朱光潜 著
商金林 校订

Lecture Notes on Poetics

诗论讲义

北京大学出版社
PEKING UNIVERSITY PRESS

图书在版编目（CIP）数据

诗论讲义 / 朱光潜著；商金林校订. —北京：北京大学出版社，2018.1
（博雅人文）
ISBN 978-7-301-28043-0

Ⅰ.①诗… Ⅱ.①朱… ②商… Ⅲ.①诗歌理论 Ⅳ.①I052

中国版本图书馆 CIP 数据核字（2017）第 047175 号

书　　名	诗论讲义 SHILUN JIANGYI
著作责任者	朱光潜 著　商金林 校订
责任编辑	艾　英
标准书号	ISBN 978-7-301-28043-0
出版发行	北京大学出版社
地　　址	北京市海淀区成府路 205 号　100871
网　　址	http://www.pup.cn　新浪微博：@北京大学出版社
电子信箱	pkuwsz@126.com
电　　话	邮购部 62752015　发行部 62750672　编辑部 62767315
印刷者	北京中科印刷有限公司
经销者	新华书店
	880 毫米×1240 毫米　A5　8.875 印张　190 千字 2018 年 1 月第 1 版　2018 年 1 月第 1 次印刷
定　　价	49.00 元

未经许可，不得以任何方式复制或抄袭本书之部分或全部内容。
版权所有，侵权必究
举报电话：010-62752024　电子信箱：fd@pup.pku.edu.cn
图书如有印装质量问题，请与出版部联系，电话：010-62756370

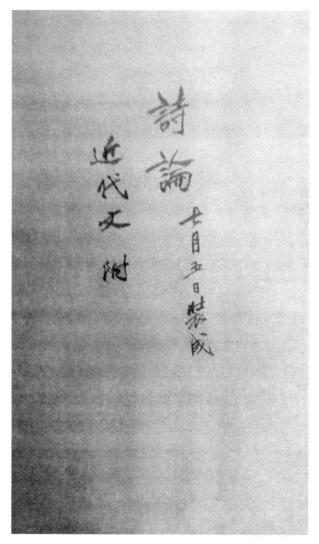

《诗论》1934年版（即本书版本）讲义封面

詩學通論

第一章　詩的起源，——歌謠（上）

詩的起源，一般如想了解一個人的性格，不能不先知道他的祖先和環境想明白一件事物的本質，最好先考究它的起源。詩也是如此。許多人在紛紛爭論「詩是什麽？」如果他們先把「詩是怎樣起來的？」一個基本問題弄清楚，也許可以免去許多糾紛。

（一）

一般學者研究詩的起源，大半從歷史和考古學下手。比如說中國詩，漢鄭玄在詩譜序裏以爲它起源於虞舜時代：

> 詩之興也，諒不於上皇之世。大庭軒轅，逮於高辛，其時有亡載籍，亦蔑云焉。虞書曰，「詩言志，歌永言，聲依永，律和聲。」然則詩之道放於此乎。

「詩」字最早見於虞書，所以詩大抵起源於虞。這種推理顯然是犯牽強。唐孔穎達在毛詩正義裏便不以鄭說爲然：

> 舜承於堯，明堯已用詩矣。故云「叢論」云：「唐虞始造其初，至周分爲六詩，」亦指堯與之文，爵之造

詩　論（二）　　　　　一

詩論（二）

初，謂這今詩之初，非謂歌之初。謳歌之初，則疑其起自大庭時矣。然謳歌自當久遠，其名曰「詩」，未知何代，雖於舜世始見「詩」名，仍是揣測之詞。從前有許多學者在古書中搜羅實例，證明虞舜以前證詩比較合理，但以為謳歌起自大庭，擭據呂氏春秋周禮尚書大傳諸書所引古詩說，已有詩。梁劉勰在紋心雕龍明詩篇裏說：「昔葛天氏樂辭云，玄鳥在曲。黃帝雲門，理不空綺。至堯有大唐之歌，舜造南風之詩。」後來許多學者繼劉勰的搜羅古逸的工作，如郭茂倩的樂府詩集和馮惟訥的詩紀諸書都集載許多散見於古書不偶近代疑古的風氣大開，經考據家的研究，周以前的歷史還是疑案，至於從前人所認為周秦以前的書，如「古文」尚書，禮記，尚書大傳，列子，吳越春秋等「即古逸詩所自來的書」，大半是漢以後的偽作，於是詩羅所載的詩成為最可疑的最古的中國詩了。

西方文學史家探求詩的起源也往往用這種搜羅古逸詩的慣技。比如說古希臘時，從前人以為荷馬的史詩是最古，近代學者搜羅許多證據，證明荷馬的史詩是集合許多更古的短篇敘事詩和傳說而做成的。那末，希臘的詩源不在荷馬而在他所根據的古詩了。

在我們看，從歷史和考古學去尋詩的起源，它是永遠不能尋出來的，因為這種方法含有兩個根本錯誤的見解：

目 次

校订说明 001

诗学通论 001

  第一章　诗的起源——歌谣（上）/ 001

  第二章　诗与谐隐 / 023

  第三章　诗的实质与形式（对话）/ 053

  第四章　诗与散文（对话）/ 083

  第五章　中国诗的节奏与声韵的分析 / 113

  第六章　中国诗何以走上"律"的路？（上）
     赋对于诗的影响 / 151

  第七章　中国诗何以走上"律"的路？（下）
     声律的研究何以特盛于齐梁以后？/ 173

近代文　附（存目） 185

  王渔洋文选 / 185

郑板桥家书选 / 185

板桥题画选 / 185

金冬心题画选 / 185

校订后记 187

校订说明

朱光潜先生的《诗论》,初成于1932年,先在朋友圈内传观。后来他在北京大学、清华大学和武汉大学任教时作为教材,并一再修改。朱先生在《自传》里说过:

> (1933年秋结束八年的留学生活)回国前,由旧中央研究院历史所我的一位(武昌)高师同班友好徐中舒把我介绍给北京大学文学院长胡适,并且把我的《诗论》初稿交给胡适作为资历的证件。于是胡适就聘我任北大西语系教授。我除在北大西语系讲授西方名著选读和文学批评史之外,还拿《文艺心理学》和《诗论》在北大中文系和由朱自清任主任的清华大学中文系研究班开过课。[1]

1943年,《诗论》由国民图书出版社出版。1948年,《诗论》由正中书局出版增订本。1984年,北京三联书店重印时,朱先生在

---

[1]《朱光潜全集》第1卷,第5页,安徽教育出版社,1987年。

"后记"中说：

> 在我过去的写作中，自认为用功较多，比较有点独到见解的，还是这本《诗论》。我在这里试图用西方诗论来解释中国古典诗歌，用中国诗论来印证西方诗论；对中国诗的音律、为什么后来走上律诗的道路，也作了探索分析。[1]

说是"用功较多"，其实是倾注了毕生的精力。《诗论》写出初稿后，朱先生在之后长达半个多世纪的学术生涯中，一直都在打磨，反复审视，精益求精。

在为安徽教育出版社编《朱光潜全集》期间，我发现了《诗论》的两种讲义，都是大十六开本。一本封面题"诗论 七月五日装成 近代文 附"，正文书名为"诗学通论"，每页的边侧都印有"北京大学讲义 文七四 G出版组印 李校（或赵校、宋校）"的字样。这本讲义正文共七章，约十万字。封面只署有"七月五日装成"，未署年份。另一本封面题"诗论 廿五年五月廿一日装成"，正文书名为"诗论课程纲要"，上部为"美学通论"，内容分为十三章，约十万字，下部为"诗学通论"，共十五章，另有附录《西方诗学略史》和《中国诗学略史》。遗憾的是后一本讲义的"诗学通论"部分只有目录，没有正文。不过，它的出现可以为考订前一本讲义的年份提供依据，前一本很可能是朱先生回国的第二年即1934

---

[1] 朱光潜：《诗论》，第287页，三联书店，1984年。

年印行的。从目录看，后一本讲义的内容太厚重了，章节翻了一倍还多，没有一两年工夫是赶不出来的。

将《诗论》讲义与《诗论》初版本、增订本和重版本比对，不仅可以看到朱先生的阅读面是如何拓展、诗学理论是如何提升、文字是如何修润的，还能看到他善于倾听各种意见，热心参与诗学论争，在学术交流和碰撞的大潮中，广纳博收，取精用宏，因而显得特别珍贵。有关《诗论》版本的演进和朱先生对"诗学"研究的毕生追求，我在本书最后的"校订后记"中有详细说明，此处不赘。

在整理讲义的过程中，我的校订工作仅限于下列七项：

一、尽量搜求多种印本及文稿进行校勘。凡原文有明显错字处，径行改正；需要加以说明的则在〔 〕中予以订正。如第一章"诗的起源——歌谣（上）"（第19页）："踢踢脚背，跳过南山。南山扳倒，水龙甩甩。新官上任，旧官请出。木读汤罐，弗知烂脱落里一只小拇脚指头。"《诗论》的其他版本也如此。可"木读汤罐"显然有误；对照顾颉刚的《吴歌甲集》和朱自清的《中国歌谣》，改为"木读〔渎〕汤罐"，说的是苏州木渎石家饭店名满江南的美味鲃肺汤。

再如第二章"诗与谐隐"（第47页）："宋以后文字游戏的风气日盛，诗人常爱用人名地名药名等等作双关语……"朱先生《诗论》的其他版本"宋以后文字……"均为"唐以后文字……"，于是改为"宋〔唐〕以后文字……"。

又如第三章"诗的实质与形式（对话）"（第80页）："好在

这种人在我们的时代中已逐渐消灭了","消灭"二字太绝对,在其他版本中均为"减少",于是改为"……已逐渐消灭〔减少〕了"。

二、用字力求统一。如"狠"和"很"这两个字在当时是通用的,讲义中有时用"狠",有时用"很",校订时统一为"很";"其他"和"其它"混用,统一为"其他"。

三、脱漏的字在[ ]中添加。如第二章"诗与谐隐"(第29页):"豁达者虽超世而却不忘怀于淑世,他对于人世,悲悯多于愤嫉;滑稽者则只知玩世,他对于人世,理智的了解多于情感的激动。这种别可以说是悲剧的诙谐和喜剧的诙谐的分别……","这种别"太突,明显漏了一个"分"字,添加后为"这种[分]别"。

再如第三章"诗的实质与形式(对话)"(第77页):"如果依的学说……",据前后文明显漏一"你"字,添加后为"如果依[你]的学说……"。

四、多余的字加< >示意应删除。如第五章"中国诗的节奏与声韵的分析"(第120页):"……所以平仄相间也有很难说是高低相间",句中的"有"当删,改为"……所以平仄相间也<有>很难说是高低相间"。

再如同章(第145页):"如果最着重的一个音时而开口,<时而齐开口,>时而合口,没有一点规律……"

五、文中提到的书籍和文章标注书名号。如第一章"诗的起源——歌谣(上)"(第2—3页):"……至于从前人所认为周秦以前的书,如古文尚书,礼记,尚书大传,列子,吴越春秋等'即古逸诗所自来的书'……"加上书名号后为:"……至于从前人所认为周秦以前的书，如古文《尚书》，《礼记》，《尚书大传》，《列子》，《吴越春秋》等'即古逸诗所自来的书'……

六、该分行、分段的代为断开。如第二章"诗与谐隐"（第46—47页）：

> 别后常相思，顿书千丈阙，题碑无罢时。（《华山畿》，"题碑"指"啼悲"）春蚕不应老，昼夜常怀丝。何惜微躯尽，缠绵自有时。（《蚕丝歌》，"丝""思"双关）

断开后为：

> 别后常相思，顿书千丈阙，题碑无罢时。（《华山畿》，"题碑"指"啼悲"）
>
> 春蚕不应老，昼夜常怀丝。何惜微躯尽，缠绵自有时。（《蚕丝歌》，"丝""思"双关）

七、外国作家、作品的译名与现今不统一的，第一次出现时在（　）中注明今译名。如第三章"诗的实质与形式（对话）"（第54页）："……在模仿英国的爱理阿特（现通译艾略特）或是法国的什么人。"

再如第五章"中国诗的节奏与声韵的分析"（第117页）："例如嚣俄（现通译雨果）的诗句……"

值得特别指出的是,文中本有以( )表注释说明的内容,排版上以略小字出之,而以上全部校改内容都采正文字号,以为区别。

另外,此讲义所附"近代文"与正文关联不大,仅存目。

商金林

2016 年 10 月 18 日于北京大学畅春园寓所

诗学通论

第一章　诗的起源——歌谣（上）

想明白一件事物的本质，最好先考究它的起源；犹如想了解一个人的性格，不能不先知道他的祖先和环境。诗也是如此。许多人在纷纷争论"诗是什么？""诗应该如何？"诸问题，争来争去，终不得要领。如果他们先把"诗是怎样起来的？"一个基本问题弄清楚，也许可以免去许多纠纷。

（一）

一般学者研究诗的起源，大半从历史和考古学下手。比如说中国诗，汉郑玄在《诗谱序》里以为它起源于虞舜时代：

> 诗之兴也，谅不于上皇之世。大庭轩辕，逮于高辛，其时有亡载籍，亦蔑云焉。虞书曰，"诗言志，歌永言，声依永，律和

声。"然则诗之道放于此乎。

他的意思是说,"诗"字最早见于《虞书》,所以诗大抵起源于虞。这种推理显然是犯牵强。唐孔颖达在《毛诗正义》里便不以郑说为然:

> 舜承于尧,明尧已用诗矣。故《六艺论》云,"唐虞始造其初,至周分为六诗",亦指尧典之文,谓之造初,谓造今诗之初,非讴歌之初;讴歌之初,则疑其起自大庭时矣。然讴歌自当久远,其名曰"诗",未知何代,虽于舜世始见"诗"名,其名必不初起舜时也。

这话比较合理,但以为讴歌起自大庭,仍是揣测之词。从前有许多学者在古书中搜罗实例,证明虞舜以前已有诗。梁刘勰在《文心雕龙·明诗》篇里据《吕氏春秋》,《周礼》,《尚书大传》诸书所引古诗说:

> 昔葛天氏乐辞云,玄鸟在曲。黄帝云门,理不空绮。至尧有大唐之歌,舜造南风之诗。

后来许多学者继刘勰的搜罗古逸的工作,如郭茂倩的《乐府诗集》和冯惟讷的《诗纪》诸书都集载许多散见于古书的诗歌。不过近代疑古的风气大开,经考据家的研究,周以前的历史还是疑案,至于从前人所认为周秦以前的书,如古文《尚书》,《礼记》,《尚书大传》,

《列子》，《吴越春秋》等"即古逸诗所自来的书"，大半是汉以后的伪作，于是《诗经》所载的诗成为最可靠的最古的中国诗了。

西方文学史家探求诗的起源也往往用这种搜罗古逸的惯技。比如说古希腊时，从前人以为荷马的史诗最古，近代学者搜罗许多证据，证明荷马的史诗是集合许多更古的短篇叙事诗和传说而做成的。那末，希腊的诗源不在荷马而在他所根据的古诗了。

在我们看，从历史和考古学去寻诗的起源，它是永远不能寻出来的，因为这种方法含有两个根本错误的见解：

一，它假定在历史记载上是最古的诗就是最原始的诗，这就是说，最早见于书籍的诗一定可以做诗的起源的证据。

二，它假定在最古的诗以外，见不着最原始的诗。这就是说，诗的起源一定要在远古时代才能寻出。

（一）第一个假定错误，因为无论是从历史的证据或是从观察的证据看，我们都可以断定诗歌的起源远在有文字记载之先。从历史的证据看，英国人用文字把民歌记载下来的风气从十三世纪才起。现在英国所保存的民歌写本只有一种是十三世纪的，其余都是十五世纪之后的。至于搜集民歌成书的风气则从十七世纪婆塞（现通译珀西）(Percy) 开端，到十九世纪才盛行。但是这些民歌在未写定搜集之前早已众口流传了。如果我们据最早的民歌写本或集本，断定在这写本或集本以前无民歌岂不是笑话？从实际可观察的证据看，现在中国各地儿歌山歌之类歌谣大半是不识字的人们做的唱的，本来与文字无缘，研究歌谣者想把它们用文字写下来，常苦有些声音根本就没有文字。假如数千年后研究北平歌谣起源者看见二十世纪才有北平歌谣的集本,以为北平歌谣即起于二十世纪,岂不更是笑话?这个道理极浅,本无庸深辩,但是从前中国学者讨论诗的起源,就没有明白这个浅道理。他们以为在最古的书里寻出几首最古的诗歌,就算是寻出诗的起源了。其实问题并不如此简单。

(二)历史家的第二个假定——最原始的诗一定是最古的诗——也是同样错误,因为诗原始与否以文化和教育程度而定,不以时代先后而定。三千年前的希腊人比现在非洲人和澳洲人的文化和教育程度较高,所以荷马的史诗虽古,而论原始的程度反不如现代非澳土人的诗谣。就拿同一民族的诗来说,现代中国民间歌谣虽比《周颂》《商颂》晚二三千年,但在诗的进化阶段上,现代民间歌谣反在《周颂》《商颂》之前。所以我们研究诗的起源,与其拿荷马史诗或《周颂》《商颂》做证据,不如拿现代未开化民族的诗和已开化民族中未受教育的民众的歌谣做证据。从前学者讨论诗的起源,只努力搜罗在历史记载中最古的诗,把当时民间歌谣都忽略去,实在是一个大错误。

这并非说,古书所载的诗一定不可以做讨论诗源的根据,比如《诗经》的《国风》大部分就是在周朝写定搜集的歌谣,具有原始诗的许多特点,虽然它们所表现的文字形式和风俗政教和近代歌谣不尽同,但就起源说,却和近代歌谣很类似;所以它们仍是研究诗源问题的好证据。就诗源问题而论,它们的年代先后实在无关宏旨,它们应该和一切歌谣受同样的看待。

说到这里,我们可以趁便略说现代中国文学史家对于《国风》断定年代的根本错误。既是歌谣,就不一定是同时起来的!尤其不一定在写定搜集时起来的。现在一般文学史家一方面承认《国风》歌谣集,一方面又想指定某《国风》属于某一个时代,比如说《卫风》一定早于《魏风》,《魏风》一定早于《郑风》。在我们看,这完全是不明白歌谣的本质,在同一部集里的歌谣时期自然有先后的分别,但是这种先后不能以歌谣所流行的区域而定。周南,召南,郑卫齐陈等字只标明属于这些分集的歌谣在未写定之前所流行的区域。在每个区域的歌谣都有早起的,有晚起的。我们不能因为某几首歌谣有历史线索可以使我们推测年代,便断定全区的歌谣都属于同一年代。例如《北平歌谣》里:"宣统回了朝,秃头要开瓢,宣统跑了,秃头好了!"("瓢"为"跑"的变音)一首显然是民国时代起来的,但是我们能据此断定《北平歌谣》里所有的歌谣全是起于民国时代么?《国风》中含有断定年代所必据的确实内证的诗根本就极少。一般人所认为史实的如《甘棠》的召伯,《何彼秾矣》的"齐侯之子"之类,也许如英国歌谣中的洛宾侯(现通译罗宾汉)(Robin Hood),实在还是很渺茫难稽。如果我们把"义""疏""孝""注"一切牵强附会的话完全丢开,专看《诗经》白文,我相信《国风》中的诗大半是不可推测年代的。姑举《国风》第一篇为例:

关关雎鸠,在河之洲。窈窕淑女,君子好逑。

这种诗所写的事实和情趣在哪一个时代不可发生呢?我们有什么证据可以断定它是西周诗或是东周诗而不是周以前的诗呢?老实说,我仔细研究《周南》十一篇诗的白文,找不出确凿的证据可以断定任何一篇诗一定属于某个时代。徐中舒在《豳风说》里以为东周以前无"公子""公务"的名称，如此说确实，则《麟趾》篇或属例外，其他《国风》大半也是如此。从前注疏家都相信二南是西周诗，陆侃冯沅君在《中国诗史》里斥其谬，同时说道：

> 这二十五篇中没有一篇可以证明是文王时诗，并且没有一篇可以证明是西周时诗。同时，可以证明是东迁后作的有许多篇。

他们所谓"许多篇"就只是《汝坟》《甘棠》《何彼秾矣》三篇。这三篇为东周诗的证据如召伯齐侯之子之类也并不确凿，他们便根据这本无确凿证据的三篇下关于二南二十五篇诗全体的结论说：

> 所以，我们大胆［把］二南的时代从西周初年移后至东周初年。

这种"大胆"的方法比根据《宣统回朝》一首歌谣断定北平歌谣全体起于民国时代还要"大胆"。他们用同样"大胆"的方法断定《国风》可分为五期。

《豳》《桧》全系西周之诗，为第一期；《秦风》为东西周之交之诗，为第二期；《王》《卫》《唐》为东周初年之诗，为第三期；《齐》《魏》为春秋初年之诗，为第四期；《郑》《曹》《陈》为春秋中年之诗，为第五期。这是比较合理的次序，是文学史家应该遵守的次序。

这是多么"大胆"的结论！假如后世文学史家服从这个命令，遵守这个"应该遵守的次序"，也不过如已往注疏家相信"文王之化""后妃之德"一类的话，同是以讹传讹而已。近代文学史家以讹传讹，不仅是《中国诗史》的作者，我们聊举一例，说明历史学者在研究诗源问题时，专从推测年代下手所陷的错误。歌谣的原始性不以年代早晚为凭，何况原始歌谣的年代早晚根本就不易推测呢？

（二）

要知道诗的起源，我们第一须明白"人类何以要唱歌做诗？"一个基本问题。这是一个心理学的问题。近代心理学家对于许多问题都不一致，而对这个问题则众口同声地答："诗歌是表现情感的。"这句话也是中国历来论诗者的公同的信条。《虞书》说，"诗言志，歌永言"，《史记·滑稽列传》引孔子语说，"书以道事，诗以达意"。所谓"志"与"意"就是近代语所谓"情感"，所谓"言"与"达"就是近代语所谓"表现"。把这个见解发挥得最透辟的是《诗大序》：

> 诗者志之所之也。在心为志，发言为诗。情动于中而形于言，言之不足，故嗟叹之；嗟叹之不足，故永歌之；永歌之不

足，不知手之舞之，足之蹈之也。情发于声。声成文，谓之音。

朱熹在《诗序》里引申这一段话，也说得很好：

> 或有问于予曰，"诗何为而作也？"予应之曰，"人生而静，天之性也；感于物而动，性之欲也。夫既有欲矣，则不能无思；既有思矣，则不能无言；既有言矣，则言之所不能尽，而发于咨咏嗟叹之余者，又必有自然之音响节奏而不能已焉。此诗之所以作也。"

人生本就有情感，有情感就必有发泄的方式，有发泄的方式就必有诗。那末，诗的起源就和人类的起源同样地古老了。但是这还是只就人类的诗而论。比人类较低下的鸟兽也有情感，也有表现情感的方式。所以近代有一派学者以为研究诗的起源，不但要注意民间歌谣，还要注意到鸟兽的歌唱。关于鸟兽的歌唱有一个重要问题：它是一种语言，还是一种音乐呢？换句话说，它的原意是实用的，还是艺术的呢？它是用语言为传达意义于同类动物的工具，还是只藉声音来发泄情感而觉得这种发泄情感的声音本身是一种快乐呢？这个问题在表面看来像很琐屑，其实与"诗的音与义哪个在先？"一个重要问题是相连的。我们对于人类也可以发同样的疑问：人类最早的声音是为什么发生来呢？为谈话还是为情感的自然流露呢？换句话说，语言有声有义，声原来就有义，还是后来才有义呢？

语言学家和乐理学家对于这种问题有多种揣测。瓦拉歇克（现通译瓦拉谢克）(Wallaschek) 在原始音乐里以为鸟歌只是语言而不是音乐。他的理由是：一，鸟类群栖者最好歌唱，独居者最好静默；二，如果以电流刺激鸟的脑膜前额第三折襞，鸟就立刻歌唱。这第三折襞是语言中枢，通常与音乐的鉴赏力无关。不过这种学说也只是一家之言。嘉斯唐（现通译加斯坦）(Garstang) 在鸟歌里以为鸟类虽以群栖者为最善歌，但在歌唱时都持"旁若无人"的孤僻态度。至于脑膜各部所司职务，高等动物与低等动物往往不同。我们不能因第三折襞在人类是语言中枢，便断定它在鸟类也是如此。依嘉斯唐说，鸟歌的音与义是同时起来的，鸟可以谈话，也可以唱歌。达尔文以为鸟歌的功用在引诱异性。中国古人也有"鸟鸣嘤嘤，求其友声"以及"鸣凤求凰"之说。但是这一说在事实上也有反证。鸟的交尾期大半在春天，唱歌的时期却不尽在春天，知更雀在秋冬唱，画眉在十一月唱，天鹨在一月唱。斯宾塞尔（现通译斯宾塞）(H. Spencer) 根据这个事实断定"鸟歌是余力的流露"。笼鸟比野鸟唱得较长久，也可以为证。依这一说，鸟歌与人类艺术（连诗在内）相似，都是泄余力于无所为而为的游戏活动。韦切尔 (Witchell) 也相信鸟歌带有艺术性，他在《音乐的起源》一文里说：

> 一个苇间歌鸟在夜间十点钟时歌唱，恰恰模仿一个金丝雀飞去时所唱的尾声。后来它陆续高唱传报鹰鹞来临的警声，接着又是咯咯的一声，好像站岗的麻雀警告它的邻人提防鹰鹞似的。这些声音停住以后，它又猛然唱苇间歌鸟的寻常调子。这个鸟的歌

声至少可以证明它有精确的记忆,也许它是有意地要用声音来表现鸟类生活中一段情节吧?我以为这个见解是有根据的。如果它是如此,鸟歌不可以说多少是有意地要把从环境得来的有趣的印象传给听歌者么?

依这一说,鸟歌不但可以表现内在的情感,还可以模拟外来的印象;不但是抒情的,而且是戏剧的了。

据我们现在所能应用的证据看,鸟先能语而后能歌,或先能歌而后能语的问题实在不易解决,我们所可以肯定的是:就现在情形说,鸟是既能语而又能歌的,并且它的歌有若干艺术的意味。一,它是情感的自然流露;二,它含有若干艺术的模仿性与游戏性,上引一例和八哥鹦鹉都可以为证;三,它含有若干的艺术形式,据威尔逊女士 (K. M. Wilson) 的研究,鸟歌的节奏用五线音谱表出,可以见出若干规律,乃至于音阶的意识。

在动物中,鸟是最善歌者,所以我们举它为例。其他动物也有许多能歌的,不过比较鸟歌简单。从鸟兽的歌唱看,我们可以见出诗歌的需要是最普遍的,最原始的,我们决不能从历史记载上寻出它的真正的起源。

(三)

就人类的诗歌起源而论,历史与考古学所搜集的证据远不如人类学与社会学所搜集的重要；因为前者以远古诗歌为对象，渺茫难稽；后者以现代歌谣为对象，确凿可凭。我们应该以后者为主，前者为辅。根据这两方面的证据，我们对于诗的起源可以得到左〔下〕列两个重要的结论：

（一）诗歌音乐跳舞在起源时是一个混合的艺术。据谷罗司（现通译格罗塞）(Grosse) 在《艺术起源》里所引的近代野蛮民族所供给的证据，这个结论几不容丝毫疑义。最著名的是澳洲土人的"考劳伯芮舞"(Corroborries)。这种舞通常都在月夜举行。舞时诸部落齐集于树林中空场，场中烧一大堆柴火。妇女们都裸着体，站在火的一边，每人在膝上绑一块袋鼠皮。指挥者站在她们和火的中间，手里执两条棍子。他用棍子一启，跳舞的男子就排成行列，走到场里起始跳舞。舞时指挥者敲棍指导节奏，同时口里唱一种歌调，声音高低与跳舞的节奏快慢相应。妇女们不参加跳舞，她们仿佛是一种音乐队，舞时她们敲着膝上的袋鼠皮，拖着嗓子随着舞的节奏歌唱。她们所唱的歌大半没有什么意义。请澳洲土人自己解释他们的歌，他们也没有办法。歌词字句往往颠倒错乱，不成文法。它的最大的功用只在附和跳舞的节奏，意义还在其次。有意义可寻的歌大半很简短，如下例：

那永尼叶人快来了，
那永尼叶人快来了，
他们一会儿就来了，
他们带着袋鼠来，

踏着大步来，

　　那永尼叶人来了。

这是一首庆贺打猎成功的歌。我们可以想象到他们带着袋鼠回来那种欢欣鼓舞的神情。其他舞歌多类此，题材大半是他们的原始生活中某一片段，简单而狂热的情感表现于简单而狂热的节奏。

　　此外澳洲还盛行种种模仿舞。在舞时他们穿戴羽毛和兽皮做的装饰，所模仿的大半是鸟兽的姿态和动作，涉及人事的大半是恋爱和战斗。有时这种模仿带有象征的意味，例如霍济铿生（现通译霍奇·斯金森）(Hodg Kinson) 所描写的"卡罗舞"(Kaaro)。这种舞也是在月夜举行，舞前他们先吃得很饱，饮得很醉，舞场中掘一大坑，坑旁有小树新草围着，形状类似女性生殖器。舞者尽是男子，每人手执一长矛。舞时他们沿着坑跳来跳去，不断地用矛插进坑里去，同时做种种狂热的姿势，唱着狂热的歌调。从这种模仿舞里我们不但见到抒情诗的起源，还可以见到戏剧的起源。诗的功用不外两种，一种是把内在的情感发泄出来，一种是把外来的印象描绘出来。这两种功用在原始的歌舞中都具备了。

　　我们在这里只能在多不胜举的实例中，选择一两个出来，说明诗歌音乐跳舞的关系。古希腊的酒神祭典中的歌舞，中世纪欧洲民间歌舞以及中国西南边境苗猺的歌舞都可以同样地证明歌舞乐三种艺术在起源时都是不能分开的。原始人类既唱歌就必跳舞，既跳舞就必唱歌。所以鲍脱库多（现通译博托库多）(Botocudo) 部落表示歌唱和跳舞都用同一个字，近代欧洲文 Ballad 一字也兼含"歌""舞"

二义,"抒情诗"则沿希腊文用Lytic,原义是说弹Lytic琴时所唱的歌。依阮元说,《诗经》中的"颂"训"舞容"。依惠周惕说,"《风》《雅》《颂》以音别"。汉魏《乐府》有"鼓吹""横吹""清商"等名,都是以乐调名诗篇。这些事实都是证明诗,乐,舞在中国原来也是一种混合的艺术。这三个成分中脱离分立最早的大概是跳舞。《诗经》的诗大半都有乐,但有舞的似只限于《颂》,不过《颂》的舞已经过朝廷乐官的形式化,不复是原始跳舞的面目。汉人乐府,诗仍与乐相伴,舞曲歌辞则独立自成一类。就诗与乐的关系说,中国旧有"曲合乐曰歌,徒歌曰谣"的分别(《诗经·魏风·园有桃》"我歌且谣"句的毛传)。"徒歌"完全在人声中见出音乐,"乐歌"则歌声与乐器声相应。"徒歌"原来是情感的自然流露,声的曲折随情感的起伏,与手舞足踏诸姿势相似;"乐歌"则意识到节奏的关系而要把这种关系用乐器表出,对于自然节奏须多少加以形式化。所以照理说,"徒歌"应在"乐歌"之前。从野蛮民族的音乐进化阶段看,这个结论也是对的。最原始的伴歌的乐器大概都像澳洲民间舞中指导者所敲的木棍和妇女所敲的袋鼠皮,都极简单,用意只在点明节奏。《吕氏春秋·古乐》篇有"葛天氏之乐,三人操牛尾投足以歌八阕"之说,与澳洲土人风俗很相似。现代中国京戏中的鼓板和西方音乐指导所用的棍子也许是最原始的伴歌的乐器所遗留到现在的。

诗歌音乐跳舞原来是混合的,它们公同的命脉是节奏。在原始时代,诗歌可以没有意义,音乐可以没有"和谐"(Melos),跳舞可以不问姿态,但是都必有节奏。后来三种艺术分化,于节奏之外,音乐尽量向"和谐"方面发展,跳舞尽量向姿态方面发展,诗歌尽量向文字意义方面发展,于是彼此距离日渐其远了。

诗歌现已独立,但在形式技巧方面,还保存若干与音乐跳舞未分家时的痕迹。最重要的是"重叠"。重叠有仅限于句的,如:

> 江有汜,之子归,不我以,不我以,其后也悔!

有应用到全章的,如:

> 麟之趾,振振公子,吁嗟麟兮!
> 麟之定,振振公姓,吁嗟麟兮!
> 麟之角,振振公族,吁嗟麟兮!

这种重叠的起源因不一致,但是最重要的原因是应和音乐或跳舞的回旋往复的音节和对唱合舞时的互相唱和。

其次是"和声"(Refrain),一诗数章,每章收尾都用同一语句,上文"吁嗟麟兮"便是好例。此格在西文诗比在中文诗较普遍,但在现代中国民歌中也还可以看见。如凤阳花鼓歌每段都用"郎底,郎底,郎底,咚!"收尾,绍兴乞歌有一种每节都用"顺流"二字收尾。原始社会在合歌时先由一个领导者独唱歌辞,到每节收尾则全群齐唱"和声",颇似旧戏中打锣鼓者所唱的"帮腔"。

其三是"衬字"。"衬字"在文义上为不必要,但歌唱时乐调曼长而歌辞正文简短,要加上"衬字"才能使辞与乐合,如《诗经》的"兮"

字,《楚辞》的"些〔兮〕"字,现代歌谣中的"呀""啊""唔"等字。歌本为"长言","长言"就是把字音拖长,中国字独立母音字少,单音拖长最难,所以于必须拖长时,"衬"上类似母音字的"呀""啊"等等以凑足音节。这种"衬字"格是中国诗歌所特有的。西文歌在延长字音时只须拖长母音,所以无"衬字"的必要。

(二)在起源时,诗歌是群众的艺术。鸟类以群栖者为最善歌唱,原始人类也在图腾部落的意识发达之后,才在节日聚会在一块,唱歌奏乐跳舞以取乐。现代人一提到诗,就联想起诗人!就问诗是谁作的。在近代社会中,诗已变成个人的艺术,诗人已几乎自成一种特殊的职业阶级。每个诗人的诗都有它的特殊的个性,不容与别人的诗相混。我们如果要了解原始诗歌,必须把这种成见抛开才行。原始诗歌都不著标〈明〉作者姓名,甚至于不流露作者的个性。它们所表现的是某部落或某阶级全体的情趣或信仰,所以每个歌唱者都不觉得他所歌唱的是属于某个人的诗。如果一首歌引不起公同的情趣,它就不能传播出去,立刻就会消灭的。

说虽如此说,我们总得要问:既是诗就必有作者,原始诗歌的作者究竟是谁呢?近代学者对此问题有两说:一说以民歌为群众的自然流露,通常叫做"群众合作说"(The Communal Theory);一说以民歌为个人的艺术意识的表现,通常叫做"个人创作说"(The Individualistic Theory)。持"群众合作说"者以德国谷林(现通译格林)(J. and W Grimm)兄弟为最力,美国查儿德(现通译查尔德)(Child)和干米尔(现通译格默里)(Gummere)把它加以发挥修正。依这派学者的意见,每个群众都有一种"集团的心",如心理学家冯特(Wundt)

所主张的,这种"集团的心"常能自由流露于节奏。比如在原始的跳舞中,大家进退俯仰,轻重疾徐,自然应节合拍,决不是先由一个人将跳舞的节奏姿态在心里起一个草稿,然后传授给同群的舞者经过一番导演和预习,才正式表演。节奏既可自然地表现于跳舞,就不难自由地表现于歌唱,因为歌唱原来与跳舞相联。群众合作诗歌的程序,有种种可能,有时甲唱乙和,有时甲问乙答,有时甲起乙续,有时甲作乙改,如此继续前进,结果就是一首歌了。这种程序最大的特色是临时口占(Improvisation),无须预作预演。

"群众合作说"在十九世纪曾盛行一时,近代学者则多倾向"个人创作说"。最显著的代表有语言学者越郎(现通译勒南)(Renan),社会学者挞德(现通译塔尔德)(Tarde),诗歌学者考庆斯基(现通译考辛斯基)(Kawczynski),滂德(现通译庞德)(Louise Pound)诸人。这班人根本否认民歌起于群舞,否认"集团的心"存在,否认诗歌为自然流露的艺术。原始人类和现代婴儿都不必在群舞中才歌唱。独歌也是很原始的。"群众合作说"假设一团混杂的男女老少,在集会时猛然不谋而合地踏同样舞步,作同样思想,编同样故事,唱同样歌调,于理实为不可思议。"筑室道旁,三年不成",何况做诗呢?据人类学社会学和语言学的实证,一切社会的习惯制度如语言宗教诗歌跳舞之类,都先由一人创作而后辗转传授于同群。人类最善模仿,一人有所发明,众人爱好,互相传习,于是,成为社会的公有物。凡是我们以为群众合作的东西其实都是学来的,模仿来的。尤其是艺术,它的有纪律的形式不能不经过反省和剪裁,决不仅是"乌合之众"的自然流露。

"群众合作说"与"个人创作说"虽恰相反，也未尝不可以调和折衷。民歌必有作者，作者必为个人，这是名理与事实所不可逃的结论。但是在原始社会中，一首歌经个人作成之后，便传给社会，社会加以不断的修改润色增补，到后来便逐渐失去原有面目。我们可以说，民歌的作者第一是个人，其次是群众；个人草创，群众完成。民歌都"活在口头上"，常在生展流动，它的活着的日子都是它的被创造的日子；它的死亡的日子才是它的完成的日子。所以群众的完成工作比个人草创工作还更重要。"民歌"究竟是"属于民间的"，所以我们把它认为群众的艺术，并不错误。

这种折衷说以美国恺屈理基（现通译基特里奇）(Kittredge) 教授在查儿德 (Child) 的《英苏民歌集序》里所解释的为最透辟，现在把他的要语摘译一段如左〔下〕：

> 一段民歌很少有，或绝对没有可确定的年月日。它的确定的创作年月日其实并不重要，像年月日对于一首赋体诗或十四行诗那样重要。一首艺术的诗在创作时即已经作者予以最后的形式。这形式是固定的，有权威的。没有人有权去更改它。更改便是一种罪过，一种损坏；批评家的责任就在把原文校勘精确，使我们见到它的本来面目。所以一首赋体诗或十四行诗的创作只是一回了事的创造的活动。这种创造一旦完成，账就算结清了，诗就算是固定的形体了，不复再有生展。民歌则不然。单是创作（无论是口占或笔写）并未了事，不过是一种开始。作品出于作者之手之后，立即交给群众去用口头传播，不能再受作者的支配了。如果

群众接收了它，它就不复是作者的私有物，就变成民众的公物。这么一来，一种新的程序，即口头传诵，就起始了，它的重要并不亚于原来作者的创造的活动。歌既由甲歌者传到乙歌者，展转传下去，它就继续地改变下去。旧章句丢去，新章句加入；韵也改了，人物姓名也更换了，别的歌谣的片段也混入了，收场的悲喜也许完全倒过来了，如果传诵到二三百年——这是常事——全篇语言结构也许因为它所用的语言本身的生展而改变。这么一来，原来作者如果听到别人歌唱他的作品，他也一定觉得面目全非了，这些歌传诵所起的变化，合拢来说，简直就是一种第二重的创作。它的性质很复杂，许多人在许多时代和广大地理区域中，都或有意或无意地参加这第二重的创作。它对歌的完成，重要并不亚于原来个人作者的第一重的创作。

这段话是根据英伦和苏格兰民歌研究所得的结论。在《中国歌谣》里我们也可以见出同样的演进阶段。最好的例是周作人在《儿歌之研究》里所引的越中儿戏歌：

　　铁脚斑斑，斑过南山。南山里曲，里曲湾湾。新官上任，旧官请出。

这首歌现在仍流行绍兴。据《古今风谣》，元至正中燕京即有此谣：

　　脚驴斑斑，脚踏南山。南山北斗，养活家狗。家狗磨面，三十弓箭。

明朝此谣还流行,不过字句略变,据《明诗综》所载:

狸狸斑斑,跳过南山。南山北斗,猎回界口。界口北面,二十弓箭。

朱竹垞《静志〔居〕诗话》谈此谣说,"此予童稚日偕间巷小儿联背踏足而歌。不详何义,亦未有验"。朱竹垞是清初秀水人,可见此谣在清初已盛行南方。朱自清在《中国歌谣》讲义里另引一首,也是现在流行的,不过与周氏所引的又不同:

踢踢脚背,跳过南山。南山扳倒,水龙甩甩。新官上任,旧官请出。木读〔渎〕汤罐,弗知烂脱落里一只小拇脚指头。

现在四川流行的有一首:

脚儿斑斑,斑上梁山。梁山大斗,一石二斗。每人屈脚,一只大脚。

这首儿歌从元朝(它的起源也许在元朝以前,这只就有书籍记载的说)传到现在,从燕京南传到浙江西传到四川;中间所经过的变化当不仅如上所载,不过就有记载的诸例看,我们也可以见出现在所流行和元朝所流行的大不相同，这种不同就要归功于恺屈理基所说的"第二重的创作"了。

　　流行于同时代异区域的歌谣，形式相差往往也很远。例如董作宾所研究的《看见她》(详见北京大学《歌谣周刊》第六十二号至六十四号)。北大歌谣研究会所搜集的这首歌谣的异文有四十五种，它的流行区域至少有十二省之广。据董氏揣测，在黄河流域的起于陕，流传于晋冀鲁各省，在长江流域的一支起于蜀(仍源于陕)，沿江传到鄂湘各省，一支从南京出发，传播于苏皖各省。黄河流域的《看见她》可以流行陕西三原的一首为例：

> 你骑驴儿我骑马，
> 看谁先到丈人家。
> 丈人丈母没在家，
> 吃一袋烟儿就走价。
> 大嫂子留，二嫂子拉，
> 拉拉扯扯到她家，
> 隔着竹帘望见她：
> 白白儿手长指甲，
> 樱桃小口糯米牙。
> 回去说与我妈妈，
> 卖田卖地要娶她。

长江流域的《看见她》可以流行于南京的一首为例：

东边来了一个小学生：

辫子拖到脚后跟，

骑花马，坐花轿，走到丈人家，

丈人丈母不在家，

帘背后看见她：

金簪子，玉耳挖；

雪白脸，淀粉擦，

雪白手，银指甲；

梳了个元宝头，戴了一头好翠花；

大红棉袄绣兰花，

天青背心蝴蝶花。我回家，告诉妈：

卖田卖地来娶她；洋钻手圈就是她！

此外四十余首《看见她》都各各不同样，就"母题"情节大半一致；就词句说，长短繁简不一律。这首歌谣决不能说是各省的民众自然流露出来而暗相合的。在起源时它必有一个作者，后经口头传诵，遂产生许多变形。变迁的缘由不外两种，一由于各地风俗习惯不同，二由于各地方言不同。据董氏的研究，"北方的悲壮醇朴，南方的靡丽浮华"。"一首歌谣到过一处，经一处民俗文学的洗礼，便另换一种风趣。到水国就撑红船，在陆地便骑白马，因物起兴，与下文都有协和烘托之妙。"至于方言，"南系韵多合口舌端向前；北系韵多开口，舌体趋后"。

这只是一两个实例。从此可知歌谣在活着时都在生展流动。

对于它的生命的维持，它所流行的区域中民众都有力量；所以我们说，它是属于民众的，不是属于某个人的。个人意识愈发达，社会愈分化，民众艺术也就愈趋衰灭。民歌在野蛮社会中最发达，中国西南的苗猺以及澳非二洲土人都是明证。在开化社会中歌谣的传播推展者是无知识的婴儿村妇农夫樵子之流。人到成年后便逐渐忘去儿时的歌，种族到成年后也便逐渐忘去原始时代的歌。所以有人说，文化是民歌的仇敌。近代歌谣学者怕歌谣散亡了，费尽心力把它们搜集，写定，印行。这种工作对于研究歌谣者虽能供给有价值的材料，对于歌谣本身的发展则有害无益。歌谣都"活在口头上"，它的生命就在流动生展，给它一个写定的形式，就是替它钉棺盖，妨碍它的生展。每个人都可以更改流行的歌谣，但是没有人有权更改《国风》或汉魏乐府。写定的形式就是一种不可侵犯的权威。

第二章　诗与谐隐

德国学者常把诗分成"民间诗"(Volkpoeslie)与"艺术诗"(Kunstpoesie)两类，以为"民间诗"全是自然流露，艺术诗才根据艺术的意识，应用技巧的知识，有意地刻划美形相出来，作欣赏的对象。这种分别实在也只是程度上的而不是绝对的。我们如果研究民间歌谣，就可以发见它们大部分都有一种传统的技巧，最显而易见的是文字游戏。我们还可以说，一般民众对于诗歌感觉兴趣，大半因为它所带的文字游戏，所以文字游戏性最显著的歌谣流传最广。这是一件值得玩味的事实。民众到了能用文字做游戏的工具时，不但已经能意识到文字本身的美妙，而且对于文字这种艺术媒介的驾驭，也已达到绰有余裕的地步了。

我们可以用三种方法拿文字来游戏，第一种是用文字开顽笑，通常叫做"谐"，第二种是用文字捉迷藏，通常叫做"谜"或"隐"，第三种是用文字搬砖弄瓦，组成意义很滑稽而声音很圆转自如的图案，这种没有一个恰当的名称，或者把它干脆地叫做"文字游戏"

也无不可。刘勰在《文心雕龙》里特辟"谐隐"类,包括带有文字游戏性的诗文,可见古人对于这类作品已颇重视。凡是"谐""隐"都带有文字游戏性,不过一种纯粹的文字游戏,着重点既不在谐,又不在隐(这两种都着重意义),而在声音的排列凑合,似应自成一类。谐,隐,与纯粹的文字游戏对于中国诗的发展都有影响。

(一)诗与谐

我们先说"谐"。"谐"就是"说笑话"。它可分两种,一种是纯粹的笑谑,意在打动风趣,互相取乐;一种是讽刺,除打趣取乐之外,还含有匡正的意思。这两种目的自然也常混一起。凡是喜剧都离不着这两重目的,所以"谐"是喜剧的雏形。王国维在《宋元戏曲史》里以为中国戏剧导源于巫与优。优即专以"谐"为职业。在原始社会中,"优"(clown)往往是一个很重要的官职。莎斯比亚(现通译莎士比亚)戏剧中的古代英国王侯常有优跟在后面,趁机会开玩笑,使朝中君臣听着高兴。中国古代王侯也常用优。《左传》,《国语》,《史记》诸书都常提到优的名称。在"桂冠诗人"之类的头衔未出现之前,优的地位大概很类似"桂冠诗人",他至少是一位"朝廷诗人"。在他的许多玩儿之中,诗歌也是很重要的一种。汉初许多词人都以俳优起家,东方朔枚乘司马相如都是著例。优的存在可以使我们想象两件事:第一,"谐"的需要是很原始,很普遍的;其次,优与诗人,谐与诗,在原始社会中是很接近的。

从心理学观点看，谐趣也是一种最原始最普遍的美感活动。凡是游戏都带有谐趣，凡是谐趣也都带有游戏。谐趣的定义可以说是，以游戏态度，把人事和物态的丑拙和乖讹当作一种美妙的意象去欣赏。像其他美感活动一样，它也是一种"形相的直觉"或"无所为而为的观照"。艺术方面的趣味有许多是为某阶级所特有的。"谐"则雅俗共赏。极粗鄙的人欢喜"谐"，极文雅的人也还是欢喜"谐"，虽然他们所欢喜的"谐"不必相同。在一个集会中，大家正襟危坐时，彼此中间无形中有一层隔阂，每个人都有俨然不可侵犯的样子；但是到了谐趣发动时，这一层隔阂便涣然冰释，大家在谑浪笑傲中忘形尔我，揭开文明人的面具，回到原始时代的团结与统一。托尔斯泰说艺术所传染的情感应能固结人与人的关系，在他认为值得表现于艺术的情感之中，笑谑也占一个很重要的位置。这是很有见地的。刘勰解释"谐"字说：

> 谐之言皆也；辞浅会俗，皆悦笑也。

这也是着重"谐"的社会性。社会的最好的团结力是谐笑，所以擅长谐笑的人在任何社会中都受欢迎，在极严肃的悲剧中有小丑，在极严肃的宫廷中有俳优。

谐的对象不外有三种。最普通的是容貌的丑拙。在俗歌谣中以麻子，癞痢，胖子，瞎子，聋子，驼子等等残疾人为笑柄的甚多。据刘勰说："魏晋滑稽，盛相驱扇。遂乃应场之鼻，方于盗削卵；张华之形，比乎握舂杵。"则嘲笑丑拙容貌的风气自古就很盛行了。

其次是品格的亏缺。例如江苏嘲挨懒歌：

一个和尚挑水喝，两个和尚抬水喝，三个和尚没水喝。

以及嘲人情浇薄歌：

门前歇仔高头马，弗是亲来也是亲；门前挂仔白席巾，嫡亲娘舅当仔陌头人。

都是用几句简单而有谐趣的话，把中国民族性的缺点写得很脱皮露骨。有时容貌的丑拙和品格的亏缺合在一起，成为笑柄。《左传》宋守城人嘲笑华元打败仗被囚赎回的歌是好例：

睅其目，皤其腹，弃甲而复。于思于思，弃甲复来！

这两种之外，人事的乖讹也是谐笑的对象，例如河南卫辉嘲笑妻大夫小的歌：

十八岁个大姐七岁郎，说你郎你不是郎，说你是儿不叫娘。还得给你解扣脱衣裳，还得把你抱上床！

以及《后汉书·刘玄传》所载的《长安歌》：

灶下养，中郎将；烂羊胃，骑都尉；烂羊头，关内侯。

都是觉得事情出乎常理之外，可恨亦复可笑。

　　"谐"都常有几分讥刺的意味，不过讥刺不一定就是"谐"。例如《诗·魏风·伐檀》：

　　不稼不穑，胡取禾三百廛兮？不狩不猎，胡瞻尔庭有县貆兮？

数句也是讥刺人事的乖讹，不过作者心存怨望，直率吐出，没有把它拿来开玩笑的意思，就不能算是"谐"。《汉书·淮南〈蜀〉王传》所载淮南民歌：

　　一尺布，尚可缝；一斗米，尚可舂；兄弟二人不相容！

也是讥而谐。这点分别对于谐的了解是非常重要的。从几方面看，"谐"的特色都是模棱两可。第一，就谐笑者对于谐笑的对象说，"谐"是恶意的而不尽是恶意的。如果尽是恶意，则结果是纯粹的直率的讥刺。一个人既拿另一个人开玩笑，对于他就是爱恶参半；恶者恶他丑拙鄙陋，爱者爱他还可以打趣助兴。因为有这一点爱的成分，丑拙鄙陋所引的嘲笑含有几分规劝匡正的意思，所以柏格荪（现通译柏格森）说，嘲笑是社会对个人的丑拙鄙陋所加的惩罚和纠正。其次，就谐笑情感本身的性质说，它是美感的而不尽是美感的。它是美感的,因为丑拙鄙陋在为谐的对象时,就是一种情趣饱和独立自足的意象。它不尽是美感的,因为谐笑的动机都是道德的或实用的,都是从道德的或实用的观点看出人事或物态的不圆满,因而表示惊奇和告诫。第三,就谐笑者自己说,他所觉到的是快感而不尽是快感。它是快感,因为丑拙鄙陋不仅打动一时的乐趣,也是沉闷世界中一种轻松束缚担负的力量,现实世界好比一池死水,可笑的事好比偶然皱起的微波,笑与谐就是对于这种微波的欣赏。不过可笑的事物究竟是丑拙鄙陋,是人生中一种欠缺,它多少不免引起惋惜的情绪,所以同时伴有不快感。许多谐歌都是以喜剧的外貌写悲剧的事情,例如徐州民歌:

乡里老,背稻草。跑上街,买荤菜。荤菜买多少?放在眼前找不到!

这〈还〉是讥嘲呢?还是怜悯呢?读这种歌真不免令人觉到"啼笑皆非"了。我们可以说,凡是"谐"都有"啼笑皆非"的意味,不过程度有深浅罢了。"谐"有这些模棱两可性,所以它从古到现在都叫做"滑稽";"滑稽"是一种盛酒的壶,酒从一边流出来,又向另一边转注进去,可以终日不竭,酒在"滑稽"里进出也是模棱两可的,所以"滑稽"喻"谐",非常恰当。

谐是模棱两可的,所以诗在有谐趣时,欢欣与哀怨往往并行不悖。我们可以说,诗人的本领就在能谐,能谐就是在丑中见出美,在失意中见出安慰,在哀怨中见出欢欣。义斯特曼(现通译伊士

曼)(Eastman)在《诙谐意识》里有一段话把这个道理说得很透辟:

> 谟罕默德(现通译穆罕默德)自夸能用虔信祈祷使山移到他面前来。有一大群信徒围着来看他显这副本领。他尽管祈祷,山仍是巍然不动,他于是说:"好,山不来就谟罕默德,谟罕默德就走去就山罢。"我们也常同样地竭精殚思,求世事恰如人意,到世事尽不如人意时,我们说,"好,我就在失意事中求乐趣罢"。这就是诙谐。诙谐像谟罕默德走去就山。它的生存是对于命运开顽笑。

"对于命运开顽笑"是一种遁逃也是一种征服。偏于遁逃者以滑稽玩世,偏于征服者以豁达超世。滑稽与豁达虽然不是绝对的分别,但实有程度上的等差。它们都是以"一笑置之"的态度处置人生的缺陷;豁达者在悲剧中参透人生世像〔相〕,于诙谐之中仍能保持严肃,所以他的诙谐沉痛深刻,出入于至性深情;滑稽者则在喜剧中见出人世的乖讹,一味嘲笑取乐,有时不免流于轻薄。豁达者虽超世而却不忘怀于淑世,他对于人世,悲悯多于愤嫉;滑稽者则只知玩世,他对于人世,理智的了解多于情感的激动。这种〔分〕别可以说是悲剧的诙谐和喜剧的诙谐的分别,一个大半从情感出发一个大半从理智出发。中国诗人中陶潜和杜甫是豁达者,东方朔和刘伶是滑稽者,嵇康和李白则介乎二者之间。

悲剧的诙谐比较喜剧的诙谐难了解欣赏。看喜剧的诙谐如王梵志的《翻着袜》:

> 梵志翻着袜，人皆道是错。宁可刺你眼，不可隐我脚。

或是李白的：

> 马上谁家白面郎，临阶下马坐人床。不通姓字粗豪甚，指点银瓶素酒尝。

或是近人嘲苛捐杂税的诗：

> 自古未闻粪有税，于今只剩屁无捐。

我们一眼看到，立刻就觉得可笑。但是这种感动只是浮面的，一笑之后，就索然无余味。悲剧的诙谐如左〔下〕列诸例：

> 人生寄一世，奄忽若飙尘。何不策高足，先据要路津？无为守贫贱，辘轲常苦辛！（古诗）

> 白发被两鬓，肌肤不复实。虽有五男儿，总不好纸笔。……天命苟如此，且进杯中物！（陶潜《责子》）

> 千秋万岁后，谁知荣与辱？但恨在世时，饮酒不得足！（陶潜《挽歌辞》）

这种诙谐本有沉痛的和滑稽的两方面。我们须同时见到这两方面，才能完全解它的深刻。胡适在《白话文学史》里说：

> 陶潜与杜甫都是有诙谐风趣的人，诉穷说苦，都不肯抛弃这一点风趣。因为他们有这一点说笑话做打油诗的风趣，故虽在穷饿之中不至于发狂，也不至于堕落。

这是一段极有见地的话，但是因为着重"说笑话做打油诗"一点，他似乎把它的沉痛的一方面轻轻放过去了。陶潜杜甫都是伤心人而有豁达的风度，表面上虽诙谐，骨子里极沉痛严肃，如果把《责子》《挽歌辞》之类的诗完全看作打油诗，就未免把他们完全看成滑稽玩世者然。

凡诗都不能无谐。情绪不外悲喜两端。喜中都有谐趣，用不着说。就是把最悲惨的事当作诗看时，也多少在其中见出谐趣。例如左〔下〕列诸诗：

> 将是瓜车，来到还家。瓜车反覆。助我者少，啖瓜者多。愿还我蒂，独且急归。兄与嫂严，当与计较。（《孤儿行》）

> 儿前抱我头，问母欲何之？人言母当去，岂复有还时？阿母常仁恻，今何更不慈？（蔡琰《悲愤诗》）

> 且如去年冬，未休关西卒，县官急索租，租税从何出？信

> 知生男恶，反是生女好。生女犹得嫁比邻，生男埋没随百草。
> （杜甫《兵车行》）

这些例子或是写自己的悲剧，或是写旁人的悲剧，都是把所写的看成一种有趣的意象，有几分把它当作戏看的意思。丝毫没有谐趣的人大概不能做诗，也不能欣赏诗，诗和谐都是生气的富裕，不能谐是枯燥贫竭的表示，不能诗也是如此。

但是诗也最不易谐，因为诗最忌轻薄，而谐最易流于轻薄。古诗《焦仲卿妻》叙夫妻别离时的誓约说：

> 君当作磐石，妾当作蒲苇；蒲苇纫如丝，磐石无转移。

后来焦仲卿听到妻子被迫改嫁的消息，便拿誓约的话来讽她：

> 府君谓新妇："贺君得高迁！磐石方且厚，可以卒千年；蒲苇一时纫，便作旦夕间。"

这是诙谐，但是未免近有轻薄，因为生离死别不是深于情者所能互相刺讥的时候。

同是诙谐，或为诗的胜境，或为诗的瑕疵，分别全在它是否出于深情。理胜于情者的诙谐往往流于纯粹的讥嘲（Satire）。讥嘲诗自然也是诗中一格，但是永远不能达到诗的最高境界。英国十八世纪诗人如蒲普（现通译蒲柏）(Pope)之流最擅长讥嘲，但是他们的诗都不是上乘。我们如果要领会讥嘲诗与上品有谐趣诗的分别，可以拿上面引过的陶潜的诗和下面两首李商隐的诗相比较：

> 一笑相倾国便亡，何劳荆棘始堪伤？小怜玉体横陈夜，已报周师入晋阳。（《北齐》）

> 龙池赐酒敞云屏，羯鼓声高众乐停。夜半宴归宫漏水，薛王沉醉寿王醒。（《龙池》）

第一首讥嘲北齐后主宠婢女不顾亡国，第二首讥嘲寿王的杨妃被他父亲夺去，他在御宴中喝不下去酒，在讥嘲诗中都算是极俏皮的，尤其是第二首写得真委婉深刻。但是我们如果稍加玩味，就可以看见它们的出发点都是理智的。没有深情在里面。我们觉得它们是聪明人的聪明话，受它们的感动，也是在理智方面而不在情感方面，不像陶潜的那两首诗能透入心的深处。

中国诗人中谐趣最丰富的大概要算杜甫。我说"最丰富"，并降〔非〕说他专好做滑稽诗，是说在他的诗中各种不同的谐趣都可以找得着。他的谐趣有极沉痛的，如《北征》和《羌村》；有拿穷开玩笑，于游戏中见豁达的，如《示从孙济》和《茅屋为秋风所破歌》；有描绘"幽默"情境为美妙意象的，如《饮中八仙歌》和《戏简郑广文》；有逢场作戏聊博一时愉快的，如写赌博的《今夕行》和写饮酒笑谑的《遭田父泥饮》；有气闷无聊，说说笑话开心的，如《秋雨叹》和《早秋苦热》；也有像上引李商隐诗那样暗敲冷笑的，如讥嘲杨家兄弟姊妹的《丽人行》。多读杜诗,最容易明白诗与谐的关系。

唐人中韩愈也颇富于谐趣,但是比较杜甫的浅狭多了。他的谐趣中滑稽者的成分居多。滑稽者的谐趣常见于文字游戏。韩愈做诗好用拗字怪句险韵,和他做《送穷文》《进学解》《毛颖传》之类的杂文一样,多少是要以文字为游戏,多少要在文字上逞才气。例如《赠刘师复》:

> 羡君齿牙牢且洁,大肉硬饼如刀截。我今牙豁落者多,所存十余皆兀臲。匙钞烂饭稳送之,合口软嚼如牛呞。妻儿恐我生怅望,盘中不饤栗与梨。……

这许多话只是说他自己牙齿豁落,没有嚼"大肉硬饼"的福分,虽名为诗,"打油气"也就很重了。

宋人的谐趣大半学韩愈和《饮中八仙歌》《遭田父泥饮》诸诗所代表的杜甫。苏轼是宋人最好的代表。他做诗好和韵,做词好用回文体,仍带有韩愈好用拗字险韵的癖性。他称赞《黄州猪肉》的诗可以和韩愈的"大肉硬饼如刀截"先后媲美。我们姑择一首比较著名的诗来,看看宋人的谐趣是什[么]样的:

> 东坡先生无一钱,十年家火烧凡铅。黄金可成河可塞,只有霜鬓无由玄。龙邱居士亦可怜,谈空说有夜不眠。忽闻河东狮子吼,拄杖落手心茫然。……(苏轼《寄吴德仁兼简陈季常》)

这只是嘲笑自己穷老,嘲笑他的朋友怕老婆,神貌都极似《饮中八仙歌》,但是文字游戏的色彩比较更浓厚。有些人拿唐诗的标准来测量宋诗,说宋朝没有诗,这话似未免过火。宋诗也自有一种特殊的趣味,它的最大的长处在能写平凡景物,琐屑家常事,在平凡琐屑中见出情趣。这一点贡献是不可忽视的。不过就谐趣说,宋人似乎缺乏深刻沉痛,像《挽歌辞》《北征》诸诗中的谐趣似不多见。这些话自然只就大概说,免不掉粗疏的毛病,但是大致似如此。

我们现在可以用几句话来总束上文。诗在起源时就与谐有密切关系。凡诗都不能无谐,因为像一切艺术,诗不免带有几分游戏性去对付人情物态。但是谐易流于轻薄,而诗最忌轻薄,所以诗也最不易谐。诗中的谐趣可略分两种。一种是悲剧的,是"对于命运开玩笑",是以"一笑置之"的态度对付人生的缺陷,表面滑稽而骨子里沉痛;一种是喜剧的,偏从理智出发,拿乖讹丑拙来打趣取笑,比较容易流于轻薄的文字游戏。

(二) 诗与隐

刘勰在《文心雕龙》里以"隐"与"谜"并列;解"隐"为"遁辞以隐意,谲譬以指事",解"谜"则为"回护其辞,使昏迷也;或体目文字,或图象品物"。但是他承认"谜"为魏晋以后"隐"的化身。其实"谜"和"隐"原来是一件事,不过在古今名称不同罢了。《国语》"秦客为庾词,范文子能对其三","庾词"也还是谜语。

在各民族中谜语的起源都很早。古希腊著名的英雄伊底伯司（现通译俄狄浦斯）因为猜着一个谜语，被第伯司（现通译忒拜）人选为国王。当时有一个兽身人首的怪物，站在城门口，要第伯司人猜"小时四只脚走，大时两只脚走，老时三只脚走"一个谜语，猜中便罢，猜不中它便要吃人。人被它吃了很多。伊底伯司来了，他说出一个"人"字，那怪物就投崖自杀了。

旧约《士师记》第十四章里有一段故事，说沙母生（现通译参孙）在结婚时出一个谜语限他的妻族人在七天之内猜中。谜语是"肉从强者出，甜从食者出"。他的妻族人猜不中，便强迫沙母生的妻去探听谜底，说她如果不从，就要把她烧死。她向丈夫哭请了七天，他才把谜底告诉了她，说强者是狮，甜者是蜜。她转告族人，他们不但脱了围，还得了三十套衣的奖赏。从此可知古希伯来人对于谜语也很重视了。

中国的谜语可以说和文字同样的久远。六书中的"会意"便是根据谜语的原则发生出来的。据许慎的解释：

会意者，比类合谊，以见指㧑，武信是也。

"止戈为武，人言为信"，就是两个字谜。许多中国字都可以如此望文生义，就因为在造字时它们就已有令人可以当作谜语猜度的意味。中国最古的歌谣据说是《吴越春秋》所载的《断竹歌》：

断竹，续竹；飞土，逐肉。

这就是隐射弹丸的谜语。《汉书·艺文志》载有《隐书十八篇》，刘向《新序》也有"齐宣王发隐书而读之"之说，可见隐语自古就有专书。《左传》里有"窨井""庚癸"两个隐语。从《史记·滑稽传》和《汉书·东方朔传》看，嗜好隐语在古时是一种极普遍的风气。一个人会隐语，那是获禄取宠的工具，东方朔是好例。一个国家有会隐语的臣子，那在坛坫樽俎间就可争许多体面。范文子猜中了秦客的三个谜语，史官便把它大书特书。《三国志·薛综传》里有一段同样的故事。蜀使张奉以隐语嘲吴尚书阚泽，泽不能答。吴人引以为羞，薛综看见这事不妙，就用一个隐语报复蜀人说：

有犬为独，无犬为蜀，横目勾身，虫入其腹。

此语一出，吴国的面子就争回来了。从这个实例和上文所引的希腊和希伯来的两个实例看，可见刘勰所说的"隐语之用，大者兴治济身"，并非夸大其辞了。

隐语在近代是一种文字游戏，在古代却是一件极严重的事。它的最早的应用大概是在预言谶语。原始人类大半相信"灵感"说。诗歌在起源时是神与人互通消息的媒介。人有所祷祝，用诗歌进呈给神；神有所启示，也用诗歌传达给人。不过人说的话要明白，神说的话要不明白，才能显得他神秘玄奥。所以符谶大部分是隐语。古希腊的"德尔斐预言"是最著名的例。在原始信仰中，预言是神凭依于人所说的话。所凭依者有时为主祭或女巫，如"德尔斐预言"。最普通的是梦中的意识。梦就是神出给人猜的隐语。各国在古代都有占梦的专官，一国君臣人民的祸福往往悬在一句梦话的枢纽上。《旧约·创世记》说埃及国王有一次梦见七匹瘦牛吞食七匹肥牛，又梦见七茎枯萎的麦穗吞食七茎肥壮的麦穗，召群臣来解释，都踌躇莫知所对，只有一个外来的犹太人约瑟夫知道它是预兆七个丰年之后有七个荒年。国王听了他的话，储蓄七个丰年的余粮，后来七个荒年果然到了，埃及人有积谷可用，没有遭饥荒。约瑟夫于是大得国王的信任。同类的神话在各国都可以遇见。占梦的迷信在有文字之前，它可以说是最古的最普遍的猜谜的把戏。

中国古代预言多假托童谣。据传说，童谣与荧惑星有关系。各代史书载童谣不列于"艺文"而列于"天文""五行"，就因为相信它是神灵凭藉无知的儿童所说的话。郭茂倩在《乐府诗集》第八十八卷里搜集各代预言式的童谣很多，它们大半是隐语。《左传》卜偃根据童谣中"鹑之奔奔"一句话断定晋必于十月丙子日灭虢，是一个最早见于书籍的例。童谣有时近于字谜。例如《后汉书·五行志》所载汉献帝时京都童谣：

千里草，何青青？十日卜，不得生。

他的解释是："千里草为董，十日卜为卓。……青青暴盛之貌，不得生者亦旋破亡也。"这种预言式的童谣大半都是假托的。当时人大概厌恶董卓专权，作隐语来诅骂他，或是在他已失败之后，隐寓其事造为"预言"，把日期移早，以神其说。但是从这种实例，我们也可以看出造隐语的心理。它一方面有所回避，不敢直说；一方面又利用一般人对于神秘事迹的惊赞,来激动好奇心。这种心理作用在普通隐语里也常见,我们在下文还要谈到。

隐语由神秘的预言变为一般人的娱乐以后,就变成一种谐。它与谐的不同只在着重点,谐偏重人事的讽刺,隐则偏重文字的游戏。谐与隐有时混合在一起。《左传》宋守城人的歌:

睅其目,皤其腹,弃甲而复。于思于思,弃甲复来!

是讥刺华元的谐语,同时也是一种隐语,把华元的容貌品格事迹都暗涵在内。现在苏州人嘲歪头的歌:"侧……听隔壁,推窗望月……掮笆斗勿吃力,两行泪作一行滴。"以及四川人嘲麻面歌:"啥?豆巴,满面花,雨打浮沙,蜜蜂错认家,荔枝核桃苦瓜,满天星斗打落花。"也都是谐隐混合,一方面刺讥人事,一方面又隐寓所刺讥者于谜语里面。谐最忌直率,直率则不但失去谐趣,而且容易触犯忌讳,招尤惹祸,所以往往出之以隐。我们在上文见过,谐都含有几分恶意,寓谐与隐,仿佛要把这点恶意遮盖起,同时要叫人看出谜底与谜面嵌合的巧妙,发生惊赞,不把注意力专注在所嘲笑的丑陋乖讹上面。

谐隐混合时,我们所得的乐趣有两种来源,一是对于丑陋乖讹的欣赏,一是对于文字游戏的欣赏。但是隐所暗射的事物不必尽是丑陋乖讹,一切事物都可以为隐的对象。隐的定义可以说是:"用捉迷藏的游戏态度,把一件事物先隐藏起,只露出一些线索来,让人可以猜得着所隐藏的究竟是什么。"我们举几个例来看看:

日里忙忙碌碌，夜里茅草盖屋。（眼）

小小一条龙，胡须硬似鬃。生前没点血，死后满身红。（虾）

南面而坐，北面而朝。象忧亦忧，象喜亦喜。（镜）

天没有它大，人有它大；上不在上，下不在下；不可在上，且宜在下。（"一"字）

囊扑二弟。（《西厢》"闷杀我也哥哥，闷杀我也哥哥"两句。）

王荆公读《辨奸论》有感。（《诗经》"吁嗟洵兮，不我信兮！"两句。）

在这些实例中，我们可以看出谜语的心理背景。就打谜语者说，他自己先看出事物中一种似是而非不即不离的关系，觉得它有趣，值得让旁人知道。他一方面想让人知道，一方面又想不让人马上就知道。他的动机本来是一种合群本能，要把个人所见到的传达给社会；同时又有游戏本能在活动，仿佛像一个猫儿捉着鼠，先和它顽耍一场再去吃它。他对于预备传达的消息要保持一种神秘，对于听者要延长一番悬揣，使他的好奇心因悬揣愈久而愈强烈。所以他不明说而暗射，掩起答案而先揭出问题。他的乐趣就在自觉是一种神秘事件的看管人，自己站在光明里，看旁人在黑暗里绕弯子。就猜谜者说,他对于所掩藏的神秘事件一方面起一种好奇心,想知道他的底蕴;一方面又起一种自尊心,仿佛自己非把这个秘幕揭穿不甘休。悬揣愈久,这两种情绪愈强烈;几经摸索,一旦豁然大悟,看出事物关系所隐藏的巧妙凑合,不免现出惊奇;同时他也觉到自己的胜利,不免现出欢慰。谜语与其叫做文字游戏,不如叫做思想游戏。艺术上的想象也还是一种思想游戏。所以谜语多少含有艺术的意味。凡是好的谜语都是一部侦探小说。

在表面上,谜语似与诗无关,所以向来言诗者对它不很注意;其实他对于诗的影响非常之大。在古英文诗中谜语是很重要的一类。诗人库来乌儿夫(现通译启涅·伍尔夫)(Cune Wulf)就是一个著名的隐语专家。中国古代亦常有以隐语为诗者,例如古绝句:

藁砧今何在?山上复有山。何日大刀头?破镜飞上天。

就隐寓"丈夫已出,月半还家"的意思。但是隐语在中国诗中的重要还不在此。它是一种雏形的描写诗。民间流行的许多谜语都可以作描写诗看。中国大规模的描写诗是赋,赋就是隐语的化身。战国秦汉间嗜好隐语的风气最盛,赋也最发达。荀卿《赋篇》包含《礼》《知》《云》《蚕》《箴》《乱》六篇独立的赋,前五篇都极力铺张所赋事物的状态本质和功用,到最后才用一句话点明题旨;最后一篇就简直不点明题旨;所以看起来就俨然是六篇隐语。现在引他的《蚕赋》后半段来显示他所用的技巧:

此夫身女好而头马首者与？屡化而不寿者与？善壮而拙老者与？有父母而无牝牡者与？冬伏而夏游，食桑而吐丝，前乱而后治，夏生而恶暑，喜湿而恶雨，蛹以为母，蛾以为父，三俯三起，事乃大已。夫是之谓蚕理。

全体都是蚕的谜语，最后一句可以说是谜底。在当时也许这个谜底是独立的，如现在谜语书在谜面之下注明谜底一样。后来许多词赋家和诗人都沿用这种技巧，以谜语状事物，姑举数例如下：

飞不飘飏，翔不翕习；其居易容，其求易给；巢林不过一枝，每食不过数粒。（张华《鹪鹩赋》）

镂五色之盘龙，刻千年之古字。山鸡看而独舞，海鸟见而孤鸣。临水则池中月出，照日则壁上菱生。（庾信《镜赋》）

光细弦欲上，影斜轮未安。微升古塞外，已隐暮云端。河汉不改色，关山空自寒。庭前有白露，暗满菊花团。（杜甫《初月》）

海上仙人绛罗襦，红绡中单白玉肤。不须更待妃子笑，风骨自是倾城姝。（苏轼《咏荔枝》）

过春社了，度帘幕中间，去年尘冷。差池欲住，试入旧巢

相并。还相雕梁藻井,又软语商量不定。飘然快拂花梢,翠尾分开红影。(史达祖《双双燕》)

以上只就赋诗词各体中略举一二例,我们如果翻阅咏物的韵文,就可看到每篇都是应用同样的技巧写出来的。上面都是比较好的例,虽是谜语,却能体物入微,情致深永。后世试帖诗赋就简直是打灯谜了。拿中国诗和西方诗相较,描写的成分似乎比叙事的成分较多。中国人似乎特别注意自然界事物的微妙的关系和类似,对于它们奇巧的凑合特别感到兴趣,所以谜语和描写诗特别发达。

谜语不但是中国描写诗的始祖,而且也是诗中比喻格的最寻常的应用。以甲事物隐射乙事物时,甲乙大半相类似,可以互相譬喻。有时甲乙并举,则为显喻 (Simile),例如古谚:

少所见,多所怪,见骆驼,言马肿背。

如果单举甲而不举乙,只言"见骆驼,言马肿背",而不说"少所见,多所怪",则类似近世的"歇后语"。上例大概仍是古代的"歇后语","少所见,多所怪"是后加的解释。"歇后语"还是一种隐语,例如:

聋子的耳朵,(摆大儿,——意谓大而无用。)

纸糊灯笼,(一戳就破。)

> 王奶奶的裹脚，(又长又臭。)

这种比喻在普通语言中极流行。它们可以显示一般民众的"诗的想象力"，同时也可以显示普通语言的艺术性。一个贩夫或村妇听到这类"俏皮话"，心里都不免高兴一阵子，这一阵子高兴就是简单的美感经验或诗的欣赏。诗人用比喻，不过把这种粗俗的说"俏皮话"的技巧加以精炼，深浅雅俗虽有不同，道理却是一致。《诗经》中最常用的技巧就是以比喻引入正文，例如：

> 关关雎鸠，在河之洲。窈窕淑女，君子好逑。
>
> 谁谓雀无角，何以穿我屋？谁谓女无家，何以速我狱？
>
> 伐柯如何？匪斧不克。取妻如何？匪媒不得。
>
> 蒹葭苍苍，白露为霜；所谓伊人，在水一方。

入首两句都是隐语，所隐者有时偏于情趣，说出的事物与作者心情有暗合默契处，如"蒹葭"例；有时偏于意象，说出的事物与作者所咏事物有类似处，如"雀角""伐柯"诸例。"兴"和"比"的分别大概就是如此。不过这种分别究竟不是绝对的，"关雎"例就是一方面隐寓和谐情趣，一方面比拟夫妇的关系。《诗经》作者们并不曾按照固定的"比""兴"标准去做诗，这种标准是后人看出来的，用来分类，不过是一种方便办法，原无谨严的逻辑，后来论诗者把它们太看重了。

诗用隐语比拟，动机常不一致。有时它是要把话说得明白些，例如"心思不能言，肠中车轮转""有客数寄书，无信心相忆，莫作瓶落井，一去无消息！""大雪纷纷何所似？洒〔撒〕盐空中差可拟，未若柳絮因风起"；有时是要把话说得婉转曲折些，例如"伤彼蕙兰花，含英扬光辉；过时而不采，将随秋草萎""春至人间花弄色，露滴牡丹开""玉颜不及寒鸦色，犹带昭阳日影来"。

中国向来注诗者好谈"微言大义"，从毛苌做《诗序》一直到张惠言批《词选》，往往把许多本无深文奥义的诗看作隐射诗，固然不免穿凿附会。但是我们也不能否认中国诗人打隐语的习惯向来很深。屈原的美人香草大半有所寄托，是多数学者的公论。无论这种公论是否可靠，它对于诗的影响很大，是无庸讳言的。阮籍《咏怀诗》多不可解处，颜延之说"他志在刺讥而文多隐避，百代之下，难以情测"。这个评语可以应用到许多"咏史诗"和"咏物诗"。陶潜《咏荆轲》，杜甫《登慈恩寺塔》，都各有寓意。我们如果丢开它们的寓意，它们自然也还是好诗，但是终不免没有把它们了解得透澈。诗人不直说心事而以隐语出之，大半有不肯说出或不能说出的苦处。骆宾王《在狱咏蝉》诗说"露重飞难进，风多响易沉"，暗射谗人使他不能鸣冤；清朝人《咏紫牡丹》诗说"夺朱非正色，异种亦称王"，暗射爱新觉罗氏以胡人代明朝入主中夏；线索都是很显然的。这种实例实在举不胜举。我们如果把这许多有寓意的诗摆在心里想一想，可就以见出隐语对于中国诗的影响之大了。

隐语用意义上的关联为"比喻",用声音上的辟〔关〕联则为"双关"或"谐声词格"(Pun)。南方人称细炭为麸炭。射麸炭的谜语是"哎呀我的妻!"因为它和"夫叹"是同音双关。歌谣中用双关的很多,例如:

买梨莫买虫咬梨,心中有苦那得知!因为分梨更亲切,那知亲切转伤梨!(朱自清《中国歌谣讲义》引闽讴,"梨"指"离")

竹篙烧火长长炭,炭到天明半作灰。(朱自清引粤讴,"炭"指"叹")

六朝吴歌用双关例甚多,徐中舒在《六朝恋歌》中说得最详,例如:

思欢久,不爱独枝莲,只惜同心藕。(《读曲歌》,"莲"指"怜","藕"指"偶")

雾露隐芙蓉,见莲不分明。(《子夜歌》,"芙蓉"指"夫容","莲"指"怜")

别后常相思,顿书千丈阙,题碑无罢时。(《华山畿》,"题碑"指"啼悲")

> 春蚕不应老,昼夜常怀丝。何惜微躯尽,缠绵自有时。
> (《蚕丝歌》,"丝""思"双关)

以上所举诸例都属民歌。据闻一多说《周南》"采采芣苢"的"芣苢"在古代与"胚胎"同音同义,则"双关"的起源就远在《诗经》时代了。像许多其他民歌的技巧一样,"双关"也常被文人采用。六朝文人说笑话常欢喜用"双关"。"四海习凿齿,弥天释道安","日下荀鸣鹤,云间陆士龙",都是当时脍炙人口的隽语。北魏胡太后的《杨白花歌》是"双关"的好例。她逼通杨华,华惧祸降梁,她还思念他,就做了这首诗叫宫人歌唱:

> 阳春二三月,杨柳齐作花。春风一夜入闺闼,杨花飘荡落南家。含情出户脚无力,拾得杨花泪沾臆。春去秋来双燕子,愿衔杨花入窠里!("杨花"和"杨华"双关)

刘禹锡《竹枝词》也是著名的双关例:

> 杨柳青青江水平,闻郎江上踏歌声。东边日出西边雨,道是无晴却有晴。("晴"和"情"双关)

宋〔唐〕以后文字游戏的风气日盛,诗人常用人名地名药名等等作双关语,例如《漫叟诗话》所引的孔毅夫诗:

>　　鄙性常山野，尤甘草舍中。钩帘阴卷柏，障壁坐防风。客土依云贯，流泉架木通。行当归老矣，已逼白头翁。

每句都嵌一药名，除纤巧之外，别无可称赞之点。这就未免堕入魔道了。

我们现在来用几句话总束以上所述，作本文的结论：

谜语是一种捉迷藏式的文字游戏。它的特点在抓住事物关系中的奇巧的凑合，把关系两项隐藏起一项，单揭出另一项，使人猜测被隐藏的一项。它的特殊乐趣在对于神秘事件的摸索和悬揣，以及发现奇巧凑合的惊赞和欢慰。占梦，造字，预言谶语都含有谜语原则在内。谜语因为带有游戏性，很早就变成一般普遍的娱乐。它和谐常携手并行，不过它的对象比谐较广。谐的对象必须带有丑拙乖讹，隐则没有这种限制。中国的描写诗以赋的规模为最大，赋即源于隐，所以隐是描写诗的雏形。一般咏物诗词也是应用隐的技巧。诗中比喻格与隐语根据同样的原理，就是以甲暗射或比拟与甲类似的乙。中国诗人打谜语的习惯很深，许多咏物咏史之类的诗都有谜面和谜底的分别，所谓言在此而意在彼。他们打隐语的动机一方面在诗本不宜直率，委婉曲折，较为美妙；一方面也因为有不能直说的苦楚，怕触忌讳，所以"回互其辞"。就声音说，诗用隐语为双关。隐对于诗的关系大概如此。如果依近代神话学家佛来索（现通译弗雷泽）(Frazer)、佛洛德（现通译弗洛伊德）(Freud) 诸人的学说，则古代一切神话寓言和宗教仪式都是隐语的变形，都各有一个"谜底"。这话牵涉较广，而且中国诗和神话的因缘较浅，所以略而不论。

（三）诗与纯粹的文字游戏

艺术和游戏都有几分是余力的流露，是富裕生命的表现。初学一件东西都有几分困难，困难在勉强拿规矩法则来约束本无规矩法则的活动，在使自由零乱的活动来迁就固定有纪律的模范。学习的趣味就在逐渐战胜这种困难，使本来牵强笨拙的变为自然娴熟的。习惯既成，驾轻就熟，熟中自然生巧，于是对于所习得的活动有运用自如之乐。到了这步工夫，我们不特不以迁就规范为困难，而且力有余裕，把它当作一件游戏工具，任意玩弄它来取乐助兴。小儿初学语言，到喉舌略能转动自如时，便常一个人鼓舌转喉作戏，他并没有和人谈话的必要，只是自觉这种玩艺和它所产生的声音有趣。

这个道理在一般艺术活动中都可以见出。每种艺术都有一个规范，迁就规范在起始时都有若干困难，但是艺术创造的乐趣就在驾驭这种困难之外还有余裕，还能带几分游戏的态度任意纵横挥扫。这是由限制中争得的自由，由规范中溢出的生气。艺术使人留恋的也就在这一点。比如中国民众游戏中的三棒鼓，拉戏胡琴，相声，口技，拳术之类，所以令人惊赞的都是那一副娴熟生动游戏自如的手腕。在诗歌方面，这种生于余裕的游戏也是一个很重要的成分。在民俗歌谣中这个成分尤其明显，我们姑从《北平歌谣》里择举二例：

老猫老猫，上树摘桃。一摘两筐，送给老张。老张不要，气得上吊。上吊不死，气得烧纸。烧纸不着，气得摔瓢。摔瓢不破，气得推磨。推磨不转，气得做饭。做饭不熟，气得宰牛。宰牛没血，气得打铁。打铁没风，气得撞钟。撞钟不响，气得老鼠乱嚷。

玲珑塔，塔玲珑，玲珑宝塔十三层。塔前有座庙，庙里有老僧。老僧当方丈，徒弟六七名：一个叫青头愣，一个叫愣头青；一个是僧僧点，一个是点点僧；一个是奔葫芦把，一个是把葫芦奔。青头愣会打磬，愣头青会捧笙；僧僧点会吹管，点点僧会撞钟；奔葫芦把会说法，把葫芦奔会念经。

这种搬砖弄瓦式的文字游戏是一般歌谣的特色。它们本来也有意义，但是着重点并不在意义而在声音的滑稽的凑合。如专论意义，这种叠床架屋的表现法似太冗沓，但是一般民众正因为冗沓而爱好它们。在上举两例中有几点值得特别〈值得〉注意。第一是"重叠"，一大串模样相同的音调像滚珠倾水似的一直流注下去。它们本来是一盘散沙，只藉这个公同的模样和几个固定不变的字句联络起成一整体。第二是"接字"，下句的意义和上句的意义本不相属，只是起首数字和上句收尾数字相同。这就是说，下句所走的方向完全是受上句收尾字决定。第三是"趁韵"，这和"接字"一样，下句跟着上句，不是因为意义相衔接，是因为声音相衔接，例如"宰牛没血，气得打铁。打铁没风，气得撞钟"。第四是"排比"，因为歌词每两句成一个单位，这两句在意义上和声音上通常都彼此相对仗，例如"奔葫芦把会说法，把葫芦奔会念经"。第五是"颠倒"或"回文"，下句文字全体地或部分地倒转上句文字，例如"玲珑塔，塔玲珑"。

以上只举文字游戏中几种普遍的重要的技巧，其实它们并不止此。文人诗歌沿用这些技巧的很多。"重叠"是诗歌的特殊表现法，《诗经》中大部分诗可以为例。"接字"在古体诗转韵时或由甲段转入乙段时，常用来做联络上下文的工具，例如"愿作东北风，吹我入君怀。君怀常不开，贱妾当何依。"（曹植《怨诗行》）"梧桐杨柳拂金井，来醉扶风豪士家。扶风豪士天下奇，意气相倾山可移。"（李白《扶风豪士歌》）"趁韵"在中文诗中最普通，诗人做诗，思想的方向往往大半是受韵脚字指定，先想到一个韵脚字而后找一个句子来把它嵌进去。"和韵"其实也还是一种"趁韵"。韩愈和苏轼的诗里"趁韵"例最多。他们以为韵压得愈"险"，诗也就愈精工。"排比"是赋和律诗所必用的形式。"回文"则苏轼的诗词也常见，他的《题金山寺》一首七律全首都可以顺读倒读，例如首联"潮随暗浪雪山倾，远浦渔舟钓月明。"这只是几条实例，如果我们仔细分析诗歌的形式和技巧，就可以见出它们大半来自民俗歌谣，都不免含有若干游戏的成分。诗人操纵媒介的能力愈大，游戏的成分也就愈多。他们力有余裕，便任意恣肆挥霍，露出一副豪爽不羁的样子。

从民歌看，我们可以知道文字游戏的嗜好是天然的，普遍的。

凡是艺术都带有几分游戏的意味，诗歌也不是例外。中国诗中文字游戏的成分似乎发达太过度一点，尤其是韩愈苏轼黄庭坚一派诗人的作品。我们现代人偏重意境和情感，对于文字游戏不免轻视。一个诗人拿过分的精力去在形式技巧上做工夫，固然容易走上轻薄纤巧的路。不过我们如果把诗中文字游戏的成分一笔勾销，也未免操之过剧。就史实说，诗歌在起源时就已与文字游戏发生密切的关联，而这种关联已一直维持到现在，不曾断绝。其次，就学理说，凡是能真正引起美感经验的东西都有若干艺术的价值，巧妙的文字游戏可以引起一种美感，是不容讳言的。文字声音对于文学，犹如颜色线形对于造型艺术。图画可用形色的错综排列产生美感，诗歌何尝不能用文字声音的错综排列产生美感呢。在许多伟大作家——例如莎斯比亚和莫里哀——的作品中，文字游戏都是一个重要的成分，如果把它洗涤净尽，作品的丰富和美妙便不免大为减色了。

第三章　诗的实质与形式（对话）

对话者：

秦　希——拥护形式者。

鲁亮生——拥护实质者。

褚广建——主张实质形式一贯者。

孟　时——一个无成见的人，但遇事喜欢"打个欠呵问到底"。

秦： 提起中国新诗，真叫人失望。旧有的形式，我们放弃了；至于新的形式哩，新的就根本没有固定的形式。我们尝试了二十年，到如今还没有摸上一条正路。做诗总得要像诗，你看现在的新诗不但不能歌唱，连念起来也就不顺口。

鲁： 你以为诗的好坏完全可以在形式上看得出么？

秦： 虽不说"完全"，它大致是可以在形式上看得出的。我想多数人都和我同意，现在中国新诗失败，就因为它没有形式。

褚： 我就不敢同意。新诗的形式固然很乱，它的实质也不见得有怎样好。许多新诗人所表现的情趣根本还是旧诗词的那些滥调，不过表面上扮一个新样子。他们自认原来裹成了小脚，后来才放的；其实他们的脚还是残损的，不过他们塞棉花穿上高跟鞋，混在"摩登"队里就自以为"摩登"了。

孟：老兄这话也未免过火一点，平心而论，有几位新诗人所表现的确实是新的意境，新的情趣。

褚：我明白你的意思，你是说现在中国也有人在写"象征派"式的诗，在模仿英国的爱理阿特（现通译艾略特）或是法国的什么人。老实说，我根本就不相信诗可以模仿，尤其不相信一个十足地道的中国人能够和爱理阿特或是法国的什么诗人真正有同样的情趣和感觉性；因为遗传，环境，教育种种因素就根本不同。中国人学外国人做诗，至多也不过像中国女子穿西装，摆摆"洋气"罢了。

鲁：我对于褚先生的话有一点很表同情，就是做诗还是要有实质，要有内容。这话在唱"为艺术而艺术"和"为诗而诗"的高调者听起来，也许有些刺耳朵。

秦：鲁先生，我虽然不是你所骂的唱高调者，却很情愿接受你的挑战。艺术美是一种形式美，我以为这是无可置疑的。诗人所写的情感和思想都是一般人所能经验或了解的，所不同者一般人不能把他们所感到或想到的表现于艺术的形式，诗人却有这副本领。我们读大诗人的作品，常觉到："这恰是我心里所要说的话，我说不出而他说出来了。"有时我们觉到他们的内容很平凡，只是他们的形式真正美妙。比如每个人都偶尔觉得人生没有意味，莎斯比亚《哈孟列德》（现通译《哈姆雷特》）和《马克伯兹》（现通译《麦克白》)的独语里也常表现"人生没有意味"这个平凡的感想,可是他的词藻多么丰富,音调多么铿锵,神韵和气魄多么动人!从此可知诗之所以为诗,不在所说的话实质如何,而在这话说出来的方式如何。实质好比生铜生铁,做诗好比拿生铜生铁来熔铸锤炼成为钟鼎。钟鼎的模样就是所谓"形式"。实质是天生自在的,形式是创造出来的,是实质原来所没有的。实质是自然,形式是艺术。说诗重形式其实就是说艺术重创造,就是说艺术不是生糙的自然。如果你是诗人,日常情境就可以写成好诗;如果你不是诗人,找大题目来撑门面,你尽管把天堂搬下来,仍然是空虚俗滥。近代还有些诗人故意找丑陋的材料做诗,诗也做得很好。

孟:秦先生这番话提醒我的一个感想。近来我很爱读六朝人的作品,我读得并不多,只是《六朝文絜》和《文选》里面所选的一部分。我的第一个印象好像走到一个春天的花园里,眼前全是一片花花绿绿锦绣灿烂的世界,真是好看,心里也真觉得舒服,但是一到我设法抓住它的后面的实质时,它就渺无踪影地从手指缝里溜去了。它好像一片在空中浮荡的极浓郁的云彩花卉和枝叶,没有着土的根。"言之无物",看之又似有物。在这种作品里,我觉得秦先生重形式的话似乎很对,不知道鲁先生的意见以为如何?

鲁:我根本不欢喜六朝人的作品。我觉得诗人和文匠有很大的分别。要做好诗须先是一个诗人。诗是情感和思想的自然流露。第一流诗人比一般人都较富于情感和想象力,积于中者深厚然后形于外者雄伟,往往不假雕琢,自成机杼。所以学诗须先从培养性情学问下手,做诗也要择大题目,要"言之有物",要抓住人类的普遍的永恒的情趣。实质空洞而专讲形式者是文匠而不是诗人。"为文艺而文艺"是文艺颓废时代的窄狭主张，充类至尽，它必须〔然〕使艺术囚在象牙之塔里，和人生社会断绝关系。这种艺术没有不浮靡肤浅的。说诗重实质，其实就是说艺术不能离开人生。我不满意像六朝的那样花花公子的文学，就因为它言之无物，和人生隔离太远。

秦：依你这样说，文学的价值不就全在实质么？你大概以为只有像韩愈的《原道》和贾谊的《治安策》之类的作品才算是文学。你不觉得诗人和思想家究竟有个分别么？

鲁：我们现在只说诗。诗是抒发情感和思想的，情感有深浅，思想有巨细，诗的价值高低即应以这种深浅巨细为标准。你刚才提起莎斯比亚，我且问你一句话：拿他的一首十四行诗来比他的《哈孟列德》或《李尔王》，你以为它们都应该等量齐观么？题材的大小和篇幅的长短不能影响到诗的价值么？

秦：如果两种作品在形式上都达到最完美的境界，它们就无可比较，它们的价值是绝对的。莎斯比亚的第一首十四行诗做到抒情诗所能做到的极境，他的《李尔王》也做到悲剧所能做到的极境，我们就不能说此胜于彼。我们只能说，它们所表现的是两种不同的境界，正犹如《李尔王》和《马克伯兹》所表现的是两种不同的境界，好比太羹玄酒，浓淡不同；玉环飞燕，肥瘦各异，但各有胜境，我们正无容强分优劣。

鲁：在我看，你这种绝对价值论是走不通的。我另举一例来说。比如歌德的《浮斯特》（现通译《浮士德》）一部诗剧费过作者的毕生的精力，不但把作者整个的人格，思想，学问，经验等都表现出来，而且把文艺复兴以后欧洲人的热情和徘徊不安的状况，以至于近代整个的时代精神和人生理想都包括无遗。同时，歌德晚年也写一首短诗，叫做《流浪者的夜歌》，以寥寥数语表现他由浪漫式的狂飙突进，皈依到古典式的静穆和谐那一种心情，就形式说，这两个作品都各造极境。但是我们决不能因为它们的形式都完美，便断定它们在价值上没有等差。《浮斯特》无疑地比《流浪者的夜歌》较伟大，因为它的实质比较深广。这是大家公认的事实，不是空洞的美学理论所能推倒的。

孟： 许多事不想不谈都没有问题，一想一谈，问题就来了。听你两位的话似乎都很有道理，形式重要，实质也并非不重要。但是专重形式，就不免犯不分诗人与文匠的毛病；专重实质，又不免犯不分诗人与学者的毛病。有什么方法可以解决这个冲突呢？这倒要请教我们的美学家褚先生。

褚： 秦先生和鲁先生的话都对，只是他们说话太笼统一点。我们应该把欣赏和批评两种态度分开来说。专就欣赏的态度说，秦先生的话是对的。在欣赏的一刹那中，心灵完全为所欣赏的意象占住，意象完全孤立绝缘，没有其他意象来搅扰，心灵无所作比较的活动，所以题材的大小和篇幅的长短诸问题都不闯入意识；如闯入意识，欣赏的态度便变为批评的态度，情趣的回流交感便变为理智的剖析了。《浮斯特》和《流浪者的夜歌》在为欣赏的对象时，在读者的心境沉没在诗境时只都是孤立绝缘的意象，它们的价值是绝对的，不容比较的。但是就批评的态度说，鲁先生的话是对的。批评总不免要估定价值，价值必有高低比较才能见出。比较高低，则题材大小和篇幅长短自不能不影响到我们的判断。从这个观点看，《浮斯特》自然比《流浪者的夜歌》的价值较高，因为它的实质比较宽广，和人生的接触点比较多，引起欣赏的可能性也比较大。

鲁：褚先生的话很可以证明实质比形式重要，因为形式都美时，作品价值仍有高低，这种高低就只能在实质见出了。我们谈价值就是在批评，并不是只就欣赏那一片刻的心领神会来说。

褚：你可不要误会我的意思。我根本否认在艺术上实质和形式可以分开来说。真正的艺术必能混化实质和形式的裂痕。实质提高，形式也自然因之提高。一般人以为《浮斯特》和《流浪者的夜歌》的差别只在实质，也是一种讹见。内容较深广，篇幅较大，前后关联较复杂，形式上的和谐自然也较难能可贵。

孟：你否认实质和形式可以分开，是不是把形式看成实质所固有而且所必有的，换句话说，是不是把形式看成实质的自然表现？

褚：形式是自然的，固有的，而不是人为的，附加的。

鲁、秦、孟三人听这话都很惊异，怀疑，踌躇，孟接着说——这话倒是有些奇怪！

褚：有什么奇怪？

孟：如果你的话不错，形式和实质就应该在同时发生，没有先后的关系了。

秦：并且它们也就没有内外的关系了。

褚：你二位所说的恰是我的意思。

秦：但是我们一般人都相信形式是"表现"实质的，实质是被形式所"表现"的。诗人的本领在见得到,说得出。见得到的是实质,说得出的是形式。换句话说,实质是语言所表现的情感和思想,形式是情感和思想所流露的语言。依这样看,实质在先,形式在后;情感和思想在内,语言在外。我们心里先有一种已经成就的情感和思想,这是实质;然后再找语言把它翻译出来,可以传达给别人知道,这就是形式;这种翻译的手续就是表现。所谓"表现"就是把在里面的现到外面来,它着重情感思想和语言的内外的关系,同时也涵着它们的先后的关系。

褚:你的主张很可以代表一般人的常识,但是它根本是一个误解。如果不打破这个误解,我们对于诗学上种种问题就永不能作明晰精确的思考。

孟:怎样见得它是误解?看你来打破它吧。

褚:如果诸位不嫌啰嗦,且让我们来把诗的要素分析清楚,看哪个要素相当于形式,哪个要素相当于实质,然后再进一步研究它们的关系如何。

秦:这似乎不必要,我刚才不已经把"实质""形式"和"表现"三个名词的定义下得很清楚了么?

褚:不错,但是你的看法只是许多看法中的一种。也还有人谈"实质""形式""表现"诸名词时,所用的意义和你所用的完全不同。

鲁:我们倒很情愿知道你所说的其他意义。

褚:说话最怕笼统和悬空,我们最好举一个实例来分析,比如李白的《玉阶怨》是人人熟习的:

　　　　　玉阶生白露，夜久侵罗袜。却下水精帘，玲珑望秋月。

请问诸位，在这一首诗里我们一眼就看到的是什么？

孟：二十个字。"文字"是诗的一个因素，那是很显然的。

褚：文字并不是一个必要的因素。诗不一定要用文字写出来。在没有文字以前就已经有诗歌。现代民歌大半仍未用文字记载。

秦：纵然没有文字记载，既是一首诗歌，总得可以在心里想着，或是在口头念着，这其实还是用文字。

褚：这不是用文字，是用语言。不过这个分别我们暂时可以丢开，叫它"文字"也好，叫它"语言"也好。不过它包含"意义"和"声音"两个要素，这一点我们大概都承认。

鲁：那是不成问题的。语言总得有内容。

秦：可别忘记一切语言虽然都有意义和声音，却不都是诗。诗的语言是特殊的。形式的因素总不能丢开。

褚：二位的话都对，诗的语言要有一种特殊的内容，也要有一种特殊的形式。为方便起见，我们姑且分头来说。先说内容，请问鲁先生，它的特殊在什么地方呢？

鲁：诗的语言是情趣饱和的语言。比如《玉阶怨》的语言和"二加二等于四""孔子是周朝哲学家"之类的语言不同，就在一个有情趣，一个只记载干枯的事实。

孟：这个分别似乎还不圆满。情趣饱和的语言也不一定就是诗。比如说"我爱你！""我真高兴！"你也是说出你的心情，但是那不能算诗。所以诗的情趣和其他情趣也应该有一个分别。

褚：这个分别是不难找出的。诗的情趣一定要藉一个具体的新鲜的明显的"意象"表示出来，比如《玉阶怨》就托出一幅画或一幕戏摆在我们的眼前，虽未明言"怨"而怨自见。我们可以说，诗是情趣的意象化，或是意象的情趣化。

孟：这个分别也还是不圆满，一切纯文学都是情趣和意象的化合体，比如说小说，散文，戏剧，小品文之类。依我看来，褚先生所说的情趣的意象化还是偏重内容方面。诗的情趣和散文的情趣不同。诗的情趣要表现于一种有规律的声音组合，普通散文的情趣则不需要有规律的音节。我们可以说，诗不仅是情趣的意象化，尤其要紧的是情趣的形式化。

秦：我完全赞成孟先生的话。

褚：谈到诗和散文的分别，问题就扯远了。如果大家高兴，我们将来再费点工夫来专研究这个分别，现在我提议回到本题，就是实质和形式的关系。这个根本问题解决了，诗和散文的问题也就不难迎刃而解了。我们刚才分析《玉阶怨》，得到几种要素，让我们想想看。

鲁：情趣，意象，语言，文字；语言又分意义和声音两项。

褚：是的，这种分析非常浅近，却亦非常重要。许多混乱的思想就起于缺乏这种浅近的基本的分析。比如实质与形式的问题向来被人闹得一团糟，就因为用这两个名词的人们大半没有弄清楚它们究竟指诗中哪两个因素。因此，它们中间关系——"表现"——也就没有一个精确的意义。

秦：你这话至少不能应用到我身上来。我已经一再说过，语言是表现情感和思想的。语言是表现者,情趣和意象是被表现者。实质兼指情趣和意象,形式指语言。我说的话丝毫没有含糊。

褚:你这些定义与流行语言的习惯很合,不过大有商酌的余地。这一层暂且按下不谈,先谈其他的可能的定义。诸位都知道谈到诗和艺术的学理,我们不应该忽略现代最大的美学家克罗齐,虽然我们不必完全赞成他的学说。依他看,诗人心中直觉到一个情趣饱和的意象,情趣便已表现于意象。情趣是被表现者,是"实质";意象是表现者,是"形式"。"表现"是情趣与意象化合时的直觉活动,就是想象,也就是创造。这种活动全部都在心里完成。至于把在心里已想好了的诗用文字写出来,只是传达,并非表现。

孟:我想起实质与形式的另一种解释。从康德派形式美学家一直到现代"纯诗"派诗学家都把诗的声音看成"形式的成分",意义看成"表意的成分"。诗的声音有如图画中的形色配合,诗的意义有如图画中的故事。依这班学者看,音乐是最形式的艺术,也是最高级的艺术,因为它不借助于内容的联想,用声音的形式直接地打动心灵。诗的最高理想在逼近音乐,以声音直接地暗示情趣和意象,极力避开理智了解的路径,这是说,把意义放在第二层。如此则情趣和意象是实质,声音是形式,表现是情趣意象与声音的关系了。

鲁:还不仅此。一般人常把写或印出来的文字看成诗的具体的"形式",所谓"表现"只是用文字记载心里所想的,或是口头所说的,而"实质"则为未加辨别的情趣意象和语言。

褚:诸位现在想想,"实质""形式""表现"三个名词有几多意义！流行语言的意义如秦先生所主张的是一种，克罗齐所主张的另是一种，"纯诗"派所主张的又另是一种，最后，鲁先生所提起的粗浅常识又另是一种。如果要把头绪理清楚，我们最好列一个表看看：

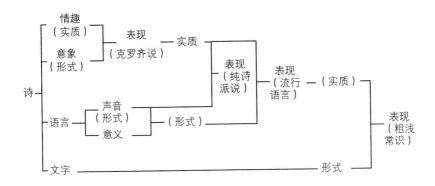

秦：在这许多定义中，我们最好把不能成立的丢开。第一，粗浅常识的表现观不能成立，因为诗歌并不绝对地需要用文字写出来或印出来。其次，"纯诗"派的主张也太过剧，因为诗用语言，究竟不能离开理智所了解的意义。第三，克罗齐的学说也似是而非，诗哪能离开语言呢？一切艺术都有情趣和意象，但是诗和其他艺术究竟有一个分别，这个分别就在诗用语言为表现情趣和意象的媒介。所以我所提出的定义是最精确的，就是：情趣和意象合为实质，语言为形式，表现是用在外在后的语言翻译或传达在内在先的情趣和意象。这是多数诗学家所公认的事实。

褚：你批评别人的话暂且按下不谈。你自己的主张诚然如你所说的，是多数人所同意的；但是我以为它是错误的。想证明这是错误，要说的话很长，我们须把情感思想和语言的关系分析得很清楚。诸位不觉得厌倦吧？

秦、鲁、孟（同声回答）：只要你说得有理，我们都很愿静听。

褚：我们先研究思想和语言的关系。请问诸位：我们用什么器官作思想的活动？

秦：用脑筋，这是心理学的常识。

褚：在思想时脑筋以外的器官都不活动么？

鲁：如果真是用心思想，我们常须静坐不动。

褚：脑筋的活动我们能看得见么？

鲁：那自然不能看见，因为有头盖骨遮住，而且脑细胞的动作也非常细微，不是肉眼所能察觉的。

褚：假如你在用心思想，我能不能知道你是在用心思想呢？

鲁（迟疑半刻）：有时能够，我们常问人"你在想什么？"

褚：脑筋的活动既不能看见，我们何以知道别人在思想呢？

秦：人在思想时，目光，颜面，筋肉以及身体姿态各方面都现出一个特殊的样子，与平时不同，所以别人一看到就知道他在思想。

褚：然则你说思想只用脑筋，别的器官都不活动，不是错了么？

秦：其他器官的活动不是思想本身，只是思想的——思想的外形或是思想的征候。

褚：这种分别是牵强的。如果我们看得见脑筋的活动，那不也还是思想的外形或征候么？我不知道你见过私塾学童"背书"没有，他们背书时，常左右摇摆走动，如果叫他们站住，他们就背诵不出来。可见身体动作对于思想的关系很密切。严格地说，我们运用思想时，全部神经系统以及全体各器官都在作一种与平时不同的活动，尤其是语言器官。行为派心理学家甚至于说，思想就是语言器官的活动。

鲁：这话未免太离奇了。

褚：一点也不离奇。比如说想到"树"时，口里常不知不觉地在念（树）字。小孩子想到什么，口里就同时说出来。诗人做诗，常一边想，一边吟哦。有些人看书，口里不念就看不下去。有些人纵然不把所想的很清楚地念出来，喉舌及其他语言器官也微作念的活动。美国心理学家做了许多实验可以为证。单举一个例来说：拉希来（现通译莱斯利）（K.S.Lashley）叫受验者先低声背诵一句话，用薰烟鼓把喉舌运动的痕迹记载下来；后来再叫他默想该句话的意义而不发声，也用薰烟鼓把喉舌运动的痕迹记载下来。这两次薰烟纸上所记载的痕迹虽一较明显，一较模糊，而曲折起伏的波纹却大致相似。从此可知思想只是无声的语言，语言也就是有声的思想。语言固不能离开思想而单独进行，思想也不能离开语言而单独进行了。思想和语言原来是一致的，所以在文化进展中，思想愈发达，语言也愈丰富。野蛮民族与未受教育的民众不但思想粗疏幼稚，语言也极简单。近代文化的日益增高，可以说是字典的日益扩大。

秦：你这番话很有道理，但是只能证明思想和语言一致，并不能证明语言不是表现思想的。

褚：如果你细心想一想，思想和语言既是一致的，并行的，不能相离的，那末，你说"语言表现思想"就不能指把在先在内的翻译为在后在外的了，思想与语言的关系也就不是实质与形式的关系了。思想与语言同时进行,思想不全是在内的,语言也不全是在外的。

鲁:你否认思想和语言的关系为实质与形式的关系,我倒有些茫然。

褚:思想有实质,你也许承认?

鲁:思想到的意义便是实质。

褚:思想也有形式,你相信不相信?

鲁:除非你是指名学上的思想律。

褚:是的,思想有条理,条理,就[是]形式。同理,语言的意义是它的实质,语言的文法组织是它的形式。总之,思想和语言是一致的活动,其中有一方面是实质(即意义),这实质并非离开语言的思想;也有一方面是形式(即思想的条理和语言的组织法),这形式也并非离开思想的语言。这两方面犹如人的骨肉和形状,并不能分离独立,或是用这个"表现"那个。我这样解释思想和语言的关系,诸位觉得有什么不圆满的地方么?

秦、鲁、孟都很迟疑——我们还觉得这种说法有些奇怪,不过暂时也想不出理由来反对你,待我们以后想想看,现在你且说明你对于情感和语言的意见。

褚:我相信诸位愈加思索,就愈不觉得我的话奇怪。说到情感,请问诸位,它究竟是什么呢?

秦:比如喜,怒,哀,惧,愁,怜惜,焦急等等都是情感。

褚:那是情感的实例,不是它的定义。

孟:情感在中文和在西文都含有"动"的意思。照心理学说,人生来有种种本能，外物刺激到某种本能，引起它的活动，都伴着一种特殊的情感。比如见到老虎，逃避的本能就活动起来，因此引起生理上种种变化，就主观的感觉说，这种活动和它所伴的生理变化，就是情感。

褚：你这个解释好极了。心有本能，感于物（刺激）而动（反应），这一动便是情感。情感发生时我们常说："我很受感动。"这感动由神经系统流播于身体各部器官。流播于颜面者为哭为笑，为面红耳赤；流播于肢体者为震颤，为舞蹈，为兴奋，为颓唐；流播于内脏各器官者为循环，呼吸，消化，分泌诸作用的变化；流播于喉舌唇齿者为语言。这是动物应付环境变化的一个完整贯串的经验。心理学为便利说明起见，说某者为情感，某者为语言。其实语言只是整个的情感反应中的一部分。

秦：不过情感有不伴着语言的，语言也有不伴着情感的。

褚：诚然，但是这只是程度的问题。情感大半需要语言，诗的语言则必须伴着情感。我们现在是研究情感语言相伴时情感和语言的关系。

孟：依你说，情感伴着语言时，语言和哭笑与兴奋颓唐震颤舞蹈种种生理变化都是平行的，相同的，是不是？

褚：你所说的恰是我的意思。语言是情感发动时许多生理变化的一种，其他许多生理变化也还是广义的语言，它们和语言都属于达尔文所说的"情感的表现"，不过这里所谓表现只是指征候，并非指由内而外由先而后的翻译。比如鸡鸣犬吠，可以说是应用语言，也可以说是流露情感，但是鸡犬的情感除鸣吠之外，还可以流露于种种筋肉活动和内脏变化。所以情感与语言的关系也并非实质与形式的关系,而是全体与部分的关系。

孟:但是说"情感表现于语言",是多么自然的一句话,依你说,这话不就是不通么?

褚:看你怎样解释"表现"两个字。如果把它看作由内而外由先而后的翻译,由甲阶段转到与甲本无关系的乙阶段,那自然是错误。如果它是名词时把它看作"征候",是动词时把它看作"流露",你说"语言表现情感"或"语言是情感的表现",自无不可。我们如果研究语言的腔调,就可以明白这个道理。比如说"来!"在战场上向敌人挑战所用的腔调和在家庭里呼唤亲爱的人所用的腔调绝不相同。这种不同的腔调还是属于情感呢?还是属于语言呢?请问诸位。

鲁:那当然属于情感。

秦:依我看,它属于语言。

褚:二位都对。腔调是属于情感的,也是属于语言的。离开腔调以及和它同类的生理变化,情感就失去它的强度,语言也就失去它的生命。我们不也常说腔调很能"传神"或"富于表现性" Expressive 么?

孟:是的,但是腔调"表现"什么呢?

褚:说它表现情感固可,说它表现语言,使语言的意义更明显,也并非不通。我们通常说语言"表现"情感,正犹如说腔调"表现"语言,只是从部分见全体,从缩写字见出整个字,从流露的一部分见出未流露的一部分,并非先有情感而后拿本无情感的语言把它从里面"现"到"表"面来。

孟：现在我明白你的意思了。依你说，思想情感和语言都是一个完整联贯的心理反应中的各部分，并不是可以分离独立的三件事物。我们不能把思想和情感看作实质，语言看作形式，更不能把语言对于思想和情感的关系看作由内而外由先而后的翻译。说"语言表现思想和情感"，只能像说从缩写字见出整个字，或是像从发冷发热断定一个人有疟疾。这番话我现在觉得很对。但是如果你不嫌啰嗦，我心里还有一点怀疑。你知道我对于传统常有一种迷信，一句话经过几千年人所公认的，我常觉得它中间总有几分道理。比如"意内言外""意在言先"，"情感思想是实质，语言是形式""表现是拿语言来传达已经成就的思想和情感"之类的话都已经有很久远的历史，你现在证明它们是误解，我所想问的就是：何以古今中外许多人都不谋而合地陷到这个误解里去呢？

褚：你这个问题非常重要。许多人误解情感思想和语言的关系，就因为有"文字"这个第三者在中间搅扰。语言是思想和情感进行时许多生理和心理变化的一种，但是语言和其他生理和心理变化有一个重要的异点。它们与情境同生同灭，语言则可以藉文字留下痕迹来。情感和思想过去了，语言的声音和姿势消失了，文字还可以独立存在。

鲁：这个异点就是你的学说的致命伤。语言必须应用文字，文字可以独立，语言也就可以离开情感思想而独立了。

褚：语言虽应用文字，却不就是文字。在进化阶段上，语言先起，文字后起。原始民族以及开化民族中的文盲都只有语言而无文字。文字只是语言的"符号"(Symbol)。符号是以甲代乙的记号。用甲代乙，因为甲比乙较便或是比乙较易于捉摸。例如国旗书签人名招牌商标之类都是符号。符号和它所指的事物是两件事，彼此可以分离独立。比如"饭桶"两个字的声音可以用"饭桶"来代表，也可以用注音字母或罗马字来代表。同时，这个符号也可以拿来作一个人的诨号。从此可知语言和文字的关系是人为的，习惯的，而不是自然的，必然的。换句话说，文字是人意制定的，习惯造就的。

孟：我觉得你这话有毛病。除着惊叹语类和谐声语类之外，语言又何尝不是人意制定的习惯造就的呢？比如想到"饭桶"或说到"饭桶"时，这两个字音（离开文字符号来说）和它所指的实物也并无必然关系。它本来也还是一种符号。"饭桶"两字的声音固然可以用许多可能的符号来代替它，叫做"饭桶"的实物也可以用许多不同的声音来代替它，在印度波斯英国俄国各国中它各有各的名称，便是明证。我们要知道，写下来或印下来的符号模样是文字，未写未印以前口里说的声音和心里想的符号模样也还是文字。

褚：你这话大体不错，不过分析起来，也还有毛病。未写未印以前口里说的声音或是心里想到的符号模样，就其为独立的声音或符号模样而言，还是文字，但是还不能算语言。语言是由情感和思想给予意义和生命的文字组织。这种文字组织因各时各境的情感和思想而得意义和生命，对于那种情感和思想就不能说是"符号"。如果要用比喻来说明，它只能说是"征候"(Symptom)，如咳嗽吐血对于肺病为征候一样。征候与病有必然关系，符号与所指事物则无必然关系。语言所用的文字，就其为文字而言，是人意制定的，习惯造就的；语言本身则为自然的，创造的，随情感思想而起伏生灭的。我们不能因为语言所用的文字是人意制定的，习惯造就的，便说语言本身也是如此。

鲁：我还不大明白。语言总离不开文字，你把它们分为两件事，恐怕有牵强吧？

褚：语言虽离不开文字，文字却可以离开语言，比如散在字典中的文字。语言的生命全在情感和思想，通常散在字典中的文字都已失去它们在具体情境中所伴着的情感和思想，所以没有生命。文字可以藉语言而得生命，语言也可以因僵化为文字而失其生命。活文字都嵌在活语言里面，死文字是从活语言所宰割下来的破碎残缺的肢体，字典好比一个陈列动物标本的博物馆。比如"闹"字在字典中是一个死文字，在"红杏枝头春意闹"一句活语言里就变成一个活文字了。再比如你的爱人叫做"春"，你呼唤"春！"时所伴随的情感和思想是在字典里"春"字之下所找不着的。"春"字在你口里是活语言，在字典里只是死文字。

秦：你对于语言和文字的分别说得很明白透澈，不过你刚才说"许多人误解情感思想和语言的关系，就因为有'文字'这个第三者在中间搅扰"，这一点我还不很明白。

褚：一般人误在把文字和语言混为一事，看见世间先有事物而后有文字称谓，便以为吾人先有情感思想而后有语言；看见文字是可离开情感思想而独立的，便以为语言也是如此。照这种看法，在未有活人说活话之前，在未有诗文之前，世间就已有一部天生自在的字典,这部字典是一般人所谓"文字",也就是他们所谓"语言"。人在说话和做诗文时,都是在这部字典里拣字来配合成辞句,好比姑娘们在针线盒里拣各色丝线来绣花一样。这么一来,情感思想变成一项事,语言变成另一项事,两项事本无必然的关系,可以随意凑拢在一起,也可以随意拆散开来了。世间就先有情感和思想,而后拿本无情感和思想的语言来"表现"它们了。情感和思想便变成实质,而语言配合的模样就变成形式了。他们不知道,语言的形式就是情感和思想的形式,语言的实质也就是情感和思想的实质。情感思想和语言是平行的,一致的:它们的关系是全体与部分而不是先与后或是内与外。我这个看法和一般人的成见颇多冲突。但是他们如肯细心作基本的缜密的分析,就知道我的话是对的。

谈到这里,他们都有些困倦。秦,鲁,孟三人对于褚的话将信将疑,要求休息一会儿,一则进些茶点提醒精神,一则有余暇可考虑褚的话,预备重整旗鼓,再作论战。到了他们再聚谈原问题时,秦鲁孟三人都觉得自己心里有极充足的理由,可以驳倒褚的情感思想语言一致的怪论。

秦:依你的主张,我们只要有情感和思想就不患没有语言。但是我们读第一流文学作品时,常觉作者所说的话都是自己心里所想说而说不出的。我们也常有"诗意",因为没有做诗的训练和技巧,所以做不出诗来。这不是证明情感思想和语言是两件事么?向来论诗者都说,诗人的要务在赋予情感思想以艺术的形式,在把心里所感所想的用最经济最有力的语言说出来。现在你说这种大家公认的学说错误,恐怕是要立异为高吧?

褚：你所说的"诗意"根本就是一个极含糊的名词。你知道克罗齐对于自以为有"诗意"而不能做诗的人所起的诨号么？那是"哑口诗人"，是幻觉和虚荣心的产品。每个人都有猜想自己是诗人的虚荣心，心里偶然有一阵模糊隐约的感触，便信任幻觉，以为那是十分精妙的诗意。我们对于一件事物须认识得清楚，才能断定它是甲还是乙。对于心里一阵感触，如是已经认识得很清楚，就自然有语言能形容它，就能直接地或间接地把它说出来；如果认识并不清楚，就没有理由断定它是"诗意"。水到自然渠成，意到自然笔随，像"采菊东篱下，悠然见南山"，"敲门都不应，倚杖听江声"，"风乍起吹皱一池春水"之类的诗词，有情感思想和语言的裂痕么？它们像是模糊隐约的情感思想变成明显固定的语言么？

秦：你所举的寥寥几个例并不能赅括一切诗词。诗有信手拈来的，也有苦心搜索来的。在苦心搜索时，情感和意象先都很模糊隐约，似可捉摸又似不可捉摸。我们须聚精会神，再三思索推敲，才能使模糊隐约的变为明显固定的，不可捉摸的变为可捉摸的。我想凡稍有写作经验的人们都得承认我这话。

褚：你的话丝毫不错。思想本来是继续联贯地向前进行，是一种解决疑难纠正错误的努力。它好比射箭，意在中的，但是不中的也是常事。我们寻思，就是把模糊隐约的变为明显确定的，把潜意识和意识边缘的东西移到意识中心里去。这种手续有如照相调配距离，把模糊的不合式的影子逐渐变为明显的合式的。诗不能全是自然的流露，就因为搜寻潜意识和意识边缘的工作有时是必要的；做诗也不能全恃直觉和灵感，就因为这种搜寻有时需要极专一的注意和极坚忍的意志。但是我们要明白，这种工作究竟还是"寻思"，并非情感思想本已明显固定而语言仍模糊隐约，须在"寻思"之上再作"寻言"的工作。再拿照相的比喻来说，我们在做诗文时，继续地在调配距离，要摄的影子是情感思想和语言相融化贯通的有机体；如果情感思想的距离合式了，语言的距离自然也就合式。我们并无须费照两次相的手续，先调配情感思想的距离而后调配语言的距离。我们通常自以为是在搜寻语言（调配语言的距离），其实同时还是在努力使情感思想明显化和确定化（调配情感思想的距离）。

秦：我还是不大相信你这话。情感思想的距离调配好了，再进一步调配语言的距离，在我看，这是一个极普遍的写作经验。我们做诗文时常苦言不能达意，须几经修改，才能碰上恰当的字句。"修改"的必要就是寻言不同寻思的铁证。

褚："修改"其实还是"寻思"问题的一部分。修改就是调配距离，但是所调配者不仅是语言，同时也还是意境（指情感思想的混合体）。比如韩愈定贾岛的"僧推月下门"为"僧敲月下门"，并不仅是语言的进步，同时也是意境的进步。"推"是一种意境，"敲"又另是一种意境，并非先有"敲"的意境而想到"推"字，嫌"推"字不能达意，然后再寻"敲"字来代替它。就我自己的经验说，我作文常常修改，每次修改，都发见话没有说清楚，其实都由于思想混乱。把思想条理弄清楚了，话自然会清楚。寻思必同时是寻言，寻言也必同时是寻思，没有比这更好的证据可以证明情感思想和语言的联贯性了。

孟：褚先生，我所怀疑的是你的美学基础。依你说，实质与形式，情感思想与语言，都在同一刹那中酝酿成熟，你似乎赞成克罗齐的"艺术即直觉，直觉即表现"之说；那末，你就难免和他陷于同样的错误，把艺术完全看成心里面的活动，把"传达"（这就是一般人所谓"表现"，例如把想好了的诗写出来）完全看成非艺术的活动了。

褚：克罗齐忽视"传达"的毛病我也看得很清楚，不过他的学说有一部分是真理，有一部分是过甚其辞，我们应该分别开来说。在诗的方面，"传达"有两个意义：一是把心里所想的歌诵出来，使旁人听得见，如民俗歌谣；一是把心里所想的用文字符号记载下来，使旁人看得见，如文人的作品。依克罗齐看，就诗的创造说，"传达"并非绝对必要，必要的是在心里想出一个叫做"诗"的意境（这就是情感意象相融化的有机体），这种"想"就是"直觉""想象"或"创造"，也就是"表现"。至于把心里想好了的诗用文字媒介传达出来是后来的第二步的工作，不能算"创造"或"表现"。在大体上说，我是赞成这个意见的。不过有两个重要点我却和克罗齐不同意。第一，在想象时诗人要用他的特殊的传达媒介——文字——来想，和画家及其他艺术家想的方法不同，所以"表现"（即"想象"）和"传达"并不完全是截然两段的事。第二，诗就是一种语言，语言根本就是人与人互相传达情感思想的媒介。人有做诗的必要，一方面是要流露情思，一方面也是要传达情思，博取社会的同情。想象而预备传达，和想象而不预备传达，心理背景大不相同。想象而预备传达，想象本身就不免多少受社会的影响。这也是证明"表现"和"传达"不可完全分开。诗人决不会永远是"自言自语者"，像克罗齐所说的。

孟：你提起诗人用文字做特殊媒介来传达他的思想，和其他艺术家不同，这又引起另一个疑难了。可想象的不尽是可传达的。有许多颜色上的细微分别不尽能用颜料描绘出来，有许多声音上的细微分别不尽能用乐调谱出来，有许多情绪的细微起伏和思致的细微曲折不尽能用语言形容出来；虽然我们对于这些细微的东西尽可以察觉到或是想象到。再拿各种艺术来比较说，画可以表现诗所不能表现的形色，乐可以表现诗所不能表现的交响的声音节奏，但是诗却可以叙述画和乐所不能叙述的言动事迹。就未传达以前的艺术想象说，诗画乐等等艺术的实质（即意境）大致相差总不甚远；就既传达以后的艺术作品说，它们的形式悬殊就很大。这个事实不可以证明实质和形式究竟是两回事么？

褚：你这个问题很中肯，我还有些应该说而未说的话可以趁这个机会补充出来。我说情感思想和语言平行一致，并非说它们的范围恰相叠合。我承认语言只是情感思想整个的反应中一部分，从语言见情感思想，也犹如从面貌姿态等见情感思想，只是从部分见全体，从缩写字见整个字。意境（情思的整体）只有一部分能见于语言，做诗就要选择这能用语言传达的一部分，拿它来象征或暗示全体。在心里所直觉的可以无限制，经语言传达出来的却须受语言的限制。直觉的阶段是诗可以和其他艺术相同的（这也不必尽然），在所直觉的意象中抉择可用语言传达的一部分，则为诗所以异于其他艺术的。各种艺术有分别，就因为它们在传达媒介上有分别。关于这一层，我很反对克罗齐。他因为看轻传达，便否认艺术可分类。这么一来，心里直觉到一种情趣饱和的意象，便已算是做成一件艺术作品，可以叫做"诗"，可以叫做"画"，也可以叫做任何其他艺术了。

鲁：你这个学说还有一个难点，就是情感思想不可假造而语言却可假造。心里感到"哈哈！"口里仅可说"哎哟！"情感思想和语言如何是一致呢？

褚：你所说的"语言可假造"，其实只是说字典中的死文字可任意乱用。小人可以冒充道学家讲仁义道德，冬烘学究可以拉调子哼《诗经》《左传》，说他们在模仿对于他们无正确意义的声响则可，说他们在用语言则不可。心里感到"哈哈！"而口里假说"哎哟！"时，声调姿势以及其他情感和思想的"征候"仍必露几分破绽。因为这个道理，我们常可以看出一首诗是否为无病呻吟，看出它所表现的是真纯的情感还是浅薄的感伤。诗的好坏就看它的情感思想和语言是否一致，看它有没有乱用文字的嫌疑。一首诗的语言肤浅粗俗或是堆砌繁芜时，我们就可以断定作者的情感原来就很平凡，思想原来就很空洞。如果语言和情感思想不是一致的，我们就无从根据语言推测作者的情感和思想，尤其不能断定他的语言是否恰合宜于他的情感和思想，断定他有无说谎造假的毛病，因为这些只有他自己才能知道。

秦：你这番话又提醒我的另一个疑问。向来批评家都承认诗文在风格上有平淡浓丽的分别。比如就古代作家说，我们都承认陶渊明平淡，温飞卿浓丽；就我们认识的现在作家说，我们都承认周作人平淡，徐志摩浓丽。这种风格上的分别似乎全在语言方面见出。平淡派作家欢喜用平淡的字句，浓丽派作家欢喜用浓丽的字句。如果依[你]的学说，文学上便不应该有风格上的差别，因为语言都做到恰到好处为止，令人觉到平淡或浓丽，就未免见出语言和情感思想的裂痕了。

褚： 我承认诗文确有风格上的差别，但是否认这种差别全在语言方面，语言方面固然有平淡浓丽的分别，情感思想方面同时也有这种分别。陶渊明派作家的思想情感本来就偏向平淡，所以他们的语言自然平淡；温飞卿派作家思想情感本来就偏向浓丽，所以他们的语言自然浓丽。风格并不是可以矫揉造作的。许多作家的错误就在误信风格可以矫揉造作，不是周作人而要想学周作人的平淡，不是徐志摩而要想学徐志摩的浓丽。捧心效颦，所以令人觉得俗滥。就两种风格来说，假装浓丽比假装平淡较容易，流弊也较大；因为堆砌浓丽的词句就可以假装浓丽；堆砌平淡的词句并不就能假装平淡，它还要一点收敛镇静的工夫。一般人假装，也容易走浓丽的路，好比穷人摆富贵架子究竟比富贵人摆穷人的架子较寻常。许多人本不能做诗而要冒充诗人，于是把诗人所常［用］的漂亮字句偷来堆砌成诗的形式，以为这就是诗了。从前做试帖诗四六文的人们如此，现在有好些新诗人也还是如此。在我想，创造诗和欣赏诗第一件要事是认清诗和"修词"的分别。不幸得很，许多新诗人所给我们的大半是［修词］(Rhetoric)，是穷人摆的富贵架子。

鲁： 你这番话我倒十分同情，没有实质而在形式上做工夫，总不能写出好诗。

褚： 不过你别误会我的意思，我并不是说假装平淡或浓丽的人们是实质形式可分开的证据。我的着重点是：他们是在造假，在乱用文字，并不能算是做诗。语言有它的风格，思想和情感也有它们的风格。风格并不全是形式问题，它的好坏只能在实质形式融贯与否见出。

秦：我对于你的学说还有一点不很满意。你似乎太偏重语言而看轻文字，以为语言是活的，文字是死的。你似乎主张做诗文一定要全用白话。从前有许多文学作品都不是用当时流行的语言，但是它们的价值仍然不可磨灭。我们可以说，除着民歌以外（就是民歌是否全用当时流行语言也还是疑问），大部分中国诗都是用已死的古文字写的。如果依你的情感思想语言一致说，恐怕它们都不能符合你的标准吧？在我看来，你似乎盲目附和白话诗运动。

褚：这个罪名，我实在不敢当。以文字的古今定文字的死活，是提倡白话者的偏见。散在字典中的文字，无论其为古为今，都是死的；嵌在有生命的谈话或诗文中的文字，无论其为古为今，都是活的。我们已经说过，文字只是一种符号，它与情思的关联全是习惯造成的。你惯用现代流行的文字运思，可用它作诗文或说话；你惯用古代文字运思，就用它来作诗文或说话，自亦无不可。从前读书人朝朝暮暮都在古书里过活，古代文字对于他们并不比现代文字难，甚至于比现代文字还更便利，所以古代文字对于他们可以变成活语言。这正如我们学外国文到很熟的地步，有时反觉用外国文发表思想，反比中文较方便一样。不过这只是就作者说和就读者说，用古代文字做诗文，对于未受古代文字的训练的群众自然是一种不方便。这里我们又回到传达与社会影响的问题了。诗既预备传达，就不能不顾到群众了解的便利。

秦：在我看来，文字的古今分别也只是比较的而不是绝对的。

我们现在用的文字大部分还是许慎的《说文解字》里所有的,并且有许多字的用法现代和二千年前也并没有多大的分别。现在所有的字大半是古代已有的,不过古代已有的字有许多在现代已不流行。古代文字有些能流传到现在,有些不能流传到现在,原因一半在需要的变迁,一半也在习惯的变迁。习惯原可养成,所以我想古代文字部分地复活,也并非不可能。你的意见以为如何?

褚:不但可能,而且是语言生展史中所常见的自然现象。欧洲有许多诗学家都主张做诗在必要时不妨采用古字。比如近代英文诗不但常用古代英文字,有时并且设法使古希腊字和古拉丁字复活。现在中国一般人说话所用的文字实在太贫乏,让一部分古字古语复活,也未始不是一种救济的办法。

秦:你这番话都专指文字,我想现在做诗时文字的选择固然重要,但是更重要的是文字的组织。像你所说的,文字嵌在有生命的词句中才有生命。古字的采用我们可以赞成,古语的组织法我们是否应该仿效,又另是一问题。你以为我们做诗,还是应该用流行语言的组织法,还是可以像复活古字似的,复活古代语言的组织法呢?换句话说,做诗是否应该用白话,或是参用古文?

褚:这也还是思想习惯问题。从前的老先生们惯用古文思想,惯用古文作诗文,现在如果勉强他们用白话写诗文,他们也许反觉不自由。这最好随他们的便。好在这种人在我们的时代中已逐渐消灭〔减少〕了。我刚才说过,既传达就不能不顾虑读者了解的便利,我们不应该学周诰殷盘那样佶屈聱牙,那是不成问题的。不过我想提倡白话运动者标出"做诗如说话"的标准也有些危险。日常的情思多粗浅芜乱，不尽可以入诗；入诗的情思都须经过一番洗炼，所以比日常的情思较为精妙有剪裁。语言是情思的结晶，诗的语言亦自应与日常的语言有别。无论在哪一国，"说的语言"和"写的语言"都有很大的分别。说时信口开河，思想和语言都比较粗疏；写时有斟酌的余暇，思想和语言都比较缜密。散文已比说话精炼，诗又比散文精炼。这所谓"精炼"可在两方面见出，一在意境，一在语言。专就语言说，有两点可以注意。第一是文法，说话通常不必句［句］都谨遵文法的纪律，作诗文则对于文法的讲究比较谨严。第二是用字。说话所用的字在任何国［家］都很有限，通常都不过数千字，写诗文则字典中的字大半都可采用。没有一个人要翻字典去说话，但是无论在哪一国，受过教育的人读诗文也不免偶尔要翻字典。这简单的事实就可以证明"写的语言"应比"说的语言"较丰富了。"写的语言"比"说的语言"也较守旧，因为说的是流动的，写的就成了固定的。"写的语言"常有不肯放弃陈规的倾向，这是一种毛病，也是一种便利。它是一种毛病，因为它容易僵硬化，失去语言的活性；它也是一种便利，因为它在流动变化中要抓住一个固定的基础。在历史上有人看重这种毛病，也有人看重这种便利。看重这种便利的人总想保持"写的语言"的特性，维持它和"说的语言"的距离。在诗的方面，把这种态度推到极端的人主张诗有特殊的"诗的文字"(Poetic Diction)。这个论调在欧洲假古典主义时代最占势力。另外一派人看重"写的语言"守旧性的毛病，总想竭力拿"说的语言"来活化"写的语言"，使它们中间的距离尽量地缩短。这就是诗方面的"白话运动"。中国现在还在白话运动期。欧洲文学史上也起过数次的白话运动。最重要的有两个，一个是中世纪行吟诗人和但丁所提倡的，一个是浪漫运动期华兹华司（现通译华兹华斯）诸人所提倡的。但丁选定"土语"为诗〈为诗〉的语言，同时却主张丢去"土语"的土性，取各地土语放在一块"簸"过一遍，簸出最精纯的一部分另造一种"精炼的土语"（The Illustrious Vulgar）为诗文之用。我觉得这个主张值得深思。总之，我的意思是：诗应该用"活的语言"，但是"活的语言"不一定就是"说的语言"，"写的语言"也还是活的。就大体说，诗所用的应该是"写的语言"而不是"说的语言"，因为写诗时情思根本就比较精炼。我的话已经说明白了没有？

孟：你解释实质和形式，情思和语言的关系的话很透澈，我已经明白了，并且在大体上赞同你的意思。不过你这个学说是否可以用来解释诗的形式以及诗和散文的分别，我觉得还有问题。我希望我们将来有机会再聚谈一次。（褚、秦、鲁都表示同意。）

第四章 诗与散文（对话）

对话者如前：

秦——传统派的代表，主张诗与散文以音律与风格分。

鲁——侧重实质者，主张诗与散文各有特殊的题材。

褚——美学家，主张诗与纯文学同义，形式起于实质的自然需要。

孟——调和派，主张诗为有音律的纯文学，形式不尽是自然的。

褚： 诗与散文问题实在还是实质与形式问题的一部分。上次我们已经证明实质和形式平行一贯，这次的问题就不难迎刃而解了。

孟： 我却没有你那样乐观。头一层，我们的根本问题还没有解决：诗究竟是什么呢？

秦： 就形式说，我们很容易定出一个标准来。诗有音律，散文没有音律。它们自然还有其他分别，但是这个是最显著而且最重要的分别。

鲁： 这个标准是靠不住的。亚理斯多德（现通译亚里士多德）

老早就说过，诗不必尽有音律，有音律的也不尽是诗。冬烘学究堆砌腐典烂调成五言八句，自己也说是在做诗。章回小说中常插入几句韵文，评论某个角色或某段情节，在前面郑重标明"后人有诗一首"的字样。一般人心目中的"诗"大半是这么一回事。但是我们要知道，诸葛亮虽然穿过八卦衣，而穿八卦衣的不必就是诸葛亮。如果依秦先生的话，《百家姓》《千字文》、医方脉诀以及冬烘学究的试帖诗和打油诗都可以和《诗经》《楚辞》《杜工部集》并驾齐驱，而柏腊图（现通译柏拉图）的《对话集》，《旧约》《史记》《汉魏丛书》中诸多杰作以及《红楼梦》之类作品反被贬于"非诗"之列了。依我看来，诗的形式空洞不足为凭，最重要的还是实质。虽然褚先生反对实质形式分立，在事实上它们却常分立，《百家姓》《千字文》之类只有诗的形式而无诗的实质，便是明证。

秦：我不相信你能够找出一个精确的标准在实质上分别诗和散文，难道诗有诗的题材，散文有散文的题材么？

鲁：这是不成问题的。有些题材只宜于做诗，有些题材只宜于做散文。就大体说，诗宜于抒情遣兴，散文宜于状物叙事说理。这并非我一人的私见，许多诗学家都是这样想。比如英国摩越（现通译默里）教授 (Middleton Murry) 是著名的主张诗和散文可交相替代者，也承认诗较宜于言情，散文较宜于说理。他说："如果起源的经验是偏于情感的，我相信用诗或用散文来表现，大半取决于时机或风尚；但是如果情感特别地深厚，特别地切己，用诗来表现的动机是占优胜。我不能想象莎斯比亚的十四行诗集可以用散文来写。"至于散文有特殊的题材，他说得更透辟。让我引他的几句结论，如果要知道详细的理由，我们可以读他的《风格论》第三章。他说："对于任何问题的精确思考必须用散文，音韵的限制对于它一定是不相容的。""一段描写，无论是写一个国家，一个逃犯，或是房子里一切器具，如果要精细，一定要用散文。""风俗喜剧所表现的心情须用散文"，"散文是讽刺的最合式的工具"。如果拿已往文学作品做一个统计，我们也可以知道摩越教授的话大致不错。极好的言情的作品都要在诗里找，极好的叙事说理的作品都要在散文里找。这种基本的分别在读者的了解方面也可以见出。懂得散文大半凭理智，懂得诗大半凭情感。这两种"懂"是"知"(know)与"感"(feel)的分别。可"知"者大半可以言喻，可"感"者大半须以意会。比如陶潜的"采菊东篱下，悠然见南山"两句诗，就字句说，极其简单，如果问人说："你懂得么？"凡是识字者大概都说懂得。如果进一层追问他所懂的是什么，他的回答不外两种，一种是很干脆地诠释字义，用白话文把它翻译出来，一种是发挥言外之意。前者是"知"，是专讲字面的意义；后者有时是"感"，是体会字面后的情趣。就字义说，这两句诗不致引起若何分歧；就情趣说，则仁者见仁，智者见智，各各不同了。散文求人能"知"，诗求人能"感"。"知"贵精确，作者说出一分，读者便恰见到那一分；"感"贵丰富，作者说出一分，读者须在这一分之外见出许多其他的东西。因此，文字的功用在诗和散文中也不相同。在散文中，文字的功用在"直述"(state)，读者注重它的本义；在诗中，文字的功用在"暗示"(suggest)，读者注重它的联想。这个分别罗斯教授 (J. L. Lowes) 在《诗〈中〉的成规与反抗》里说得最明白。

孟：别再引经据典，你的意思我们明白了。你的话在原理上只是大致不差，实在也有很多的反证。老实说，我不相信散文只宜于说理的话。凡是真正的文学作品，无论是诗或散文，里面都有它的特殊的情趣。许多小品文是抒情诗，这是大家都承认的。再看近代小说，我们试想一想，哪一种可用诗表现的情趣在小说里不能表现呢？我很相信摩越教授的话，一个作家用诗或用散文来表现他的意境大半取决于当时的风尚。荷马和莎斯比亚如果生在现代，一定会写小说；朵思托夫斯基（现通译陀斯妥耶夫斯基），普鲁斯特，劳伦司（现通译劳伦斯）诸人如果生在古希腊或伊利萨伯（现通译伊丽莎白）时代，一定会写史诗或悲剧。至于诗不能说理的话比较近于真理，但也有例外。历史上有许多很好的说理的诗，陶潜的《形影神》和朱熹的《感兴》诗都是著例。如果说宽一点，凡是诗，除情趣之外，都有若干理的成分在内，不过情理融成一片，我们不能把理分开来说罢了。你能够说希腊悲剧和莎斯比亚的悲剧里面没有"理"么？你能够说但丁的《神曲》和哥德（现通译歌德）的《浮斯特》里面没有"理"么？你能够说《天问》《杜工部集》《白香山集》里面没有"理"么？我可以举一个很简单的例来说明同样情理可表现于诗，亦可表现于散文。《论语》里"子在川上曰：'逝者如斯夫，不舍昼夜！'"是散文，李白的"前水复后水，古今相续流；新人非旧人，年年桥上游"是诗。在这两个实例中，我们能够说散文不能表现情趣或是诗不能说理么？所以我觉得从实质上分诗与散文也有难点。

秦：孟先生的话很有理。宇宙间万事万物经过诗人的心灵妙动,都可以变成诗的材料。从前人以为有些材料不能入诗,那全是迷信。古典派学者都说诗只应表现人类的普遍的永恒的情趣,但是近代诗人往往欢喜写很个别很飘忽渺茫的情趣,也不失其为精妙。德国学者莱森(现通译莱辛)(Lessing)以为诗不宜描写静止体态,但是中国许多伟大的自然诗人所写的大半是静止体态。摩越教授说诗不宜于讽刺和风俗喜剧,他忘记欧洲以讽刺和风俗喜剧著名的作者如亚理斯妥芬(现通译阿里斯托芬)、纠文纳儿(现通译尤韦纳尔)、莫理哀(垷通译臭里哀)、蒲普诸人大半采用诗的形式。诗和散文的分别不能在实质上见出,这是无疑义的。我还是觉得我的意见不错。诗人所写的情理还是一般人所能经验和了解的,所不同者他能够把普通的情理纳在艺术的形式里去。我在开始时所说的音律是形式的一种,它是最易捉摸的。此外还有一种不易捉摸的形式的成分,就是"风格"。散文的风格要直截了当,明白晓畅。有些人在散文里堆砌华丽的词藻,假扮兴奋或感伤的声调,以为散文愈像诗,它的风格就愈提高。其实这是穷人摆富贵架子,做散文应该就像说话,要有几分家常便饭的味道,"像诗"是散文的一个大毛病。诗的风格却不能太家常,太家常就令人觉得平凡干枯。它华丽也好,清淡也好;壮严也好,优美也好;却都要保持诗的尊严的身份,不能落入俗套。许多提高风格的技巧,如"拟人格",华丽字句,精当典故,情感化的声调之类,在散文为大病,在诗则为人所习用。依我看,拿音律和风格合在一起来看,诗和散文的分别是最容易辨明的。

褚: 我觉得你这个主张有两大弱点。第一,你误解"风格"的性质；第二，你似乎犯了尊诗卑散文的俗见。先说"风格"，它并不是一种空洞的形式，或是矫揉造作出来的气派。你大概记得毕丰（现通译布冯）(Buffon) 的名言："风格即人格。"换句话说，它就是作者性格情趣的特殊模样，理想的风格是情感思想和语言恰恰相称，混化无迹。上品诗和上品散文都可以做到这种境界。所以我们不能离开实质，凭空立论，说诗和散文在风格上不同。诗和散文的风格不同，也正犹如这首诗和那首诗的风格不同，所以风格不是区分诗与散文的好标准。其次，你以为诗在风格上比散文高一级，也是很大的偏见。诗和散文各有妙境，诗固往往能产生散文所不能产生的风味，散文也往往可以产生诗所不能产生的风味。例证甚多，我姑且举两个。（一）诗人引用散文典故入诗，韵味常不及原来散文的深刻微妙。例如《世说新语》：

> 桓公北征，经金城，见前为琅玡时种柳皆已十围，慨然曰："木犹如此，人何以堪！"攀枝执条，泫然流涕。

一段散文，寥寥数语，写尽人物俱非的伤感，多么简单而隽永！庾子山在《枯树赋》里把它译为韵文说：

> 昔年种柳，依依汉南；今看摇落，凄怆江潭。桓大司马闻而叹曰："树犹如此，人何以堪！"

这段韵文改动《世说新语》的字句并不多，但是它一方面比原文纤巧,一方面也比原文呆板。原文的既真切而又飘渺摇曳的风致在《枯树赋》的整齐合律的字句中就失去大半了。此外如辛稼轩的《哨遍》一首词总括《庄子·秋水》篇的大意,用语也大半集庄子的陈句,但是庄子原文的那副磅礴诙谐的气概也不复存在。我们念一段来看看:

> 有客问洪河,百川灌雨,泾流不辨涯涘。于是焉河伯欣然喜,以为天下之美尽在己。渺溟,望洋东视,逡巡向若惊叹,谓"我非逢子,大方达观之家,未免长见悠然笑耳!"

这样剪裁配合得巧妙,固然独具匠心,但是它总不免令人起假山笼鸟之感,《庄子》的雄肆就在这巧妙里消失了。(二)诗词的散文序往往胜于诗词本身。例如《水仙操》的序和词:

> 伯牙学琴于成连,三年而成,至于精神寂寞,情之专一,未能得也。成连曰:"吾之学不能移人之情,吾师有方子春在东海中。"乃赍粮从之。至蓬莱山,留伯牙曰:"吾将迎吾师。"刺船而去,旬日不返。伯牙心悲,延颈四望,但闻海水汩没,山林窅冥,群鸟悲号,仰天叹曰:"先生将移我情!"乃援琴而作歌:

> 緊洞庭兮流斯护,舟楫逝兮仙不还。
> 移形素兮蓬莱山,欽钦伤宫仙不还。

序文多么美妙！歌词所以伴乐，原不必以诗而妙，它的意义已不尽可解，但就可解者说，却比序文差得远了。此外如陶潜的《桃花源诗》，王羲之的《兰亭诗》以及姜白石的《扬州慢》词，虽然都是杰作，但就我个人的口胃说，它们本身都不如散文序美妙。这些实例很可以证明诗不必尽比散文高，秦先生的"风格"标准不能应用来区分诗与散文了。

鲁：这个问题确实是难了，音律和风格的标准靠不住，实质的标准诸位以为也靠不住，那末，我们不就要根本否认诗和散文的分别么？

褚：依我想，这是唯一的出路。我记不得是谁说的，与诗相对待的不是散文而是科学，科学叙述事理，诗与散文，就其为文学而言，表现对于事理所生的情趣。凡是作品有纯文学价值的都是诗，无论它是否具有诗的形式。我们常说柏腊图的《对话集》，《旧约》，六朝人的书信，柳子厚的山水杂记，明人的小品文，《红楼梦》之类散文作品是诗，就因为它们都是纯文学。亚理斯多德论诗，仿佛也是用这种看法。他不把音律看作诗的要素，以为诗的特殊功用在"模仿"。他所谓"模仿"就是我们所说的"创造"或"表现"。凡有创造性和表现性的文字都是纯文学，凡是纯文学都是诗。雪莱说，"诗与散文的分别是一个庸俗的错误"。克罗齐主张以"诗与非诗"的分别代替"诗与散文"的分别。我很赞成他的办法。

孟：你这番话在理论上原有它的道理，不过就事实说，在纯文学范围之内，诗和散文仍有分别，我们是不能否认的。你的办法不是解决问题而是逃避问题。如果说宽一点，还不仅纯文学都是诗，一切艺术都可以叫做诗。我们常说"王维诗中有画，画中有诗"。其实一切艺术到精妙处都必有诗的境界。我们甚至于说一个人，一件事或是一片自然风景含有诗意。你刚才提起克罗齐，如果我没有误解他的话，他把"诗""艺术""语言"都看作同义字，因为它们都是抒情的，创造的。所以"诗学""美学"和"语言学"在他的学说中是一件东西。在古希腊文中"诗"的意义是制作，所以凡是"制作"或"创造"出来的东西都可以称为"诗"，无论是文学，是图画或是其他艺术。把诗解作"纯文学"，和把诗解作"艺术"一样，毛病在太空泛。诗和艺术，诗和纯文学，都有公同的要素，这是我们承认的；但是我们也应该知道：它们在相同之中究竟有不同者在。比如王维的画，诗和散文尺牍虽然都同具一种特殊的风格，而在精妙处，可以见于诗者不必尽可以见于画，也不必尽可以见于散文尺牍。我们正要研究这不同点究竟是什么。在我看，诗是"具有音律的纯文学"。这个定义把具有音律而非纯文学的陈腐作品以及是纯文学而不具音律的散文作品都丢开，只收在形式和实质两方面都不愧为诗的作品。这是一个最寻常的也是最精确的定义。

褚：你这个调和的见解也还有问题。有和无是一个绝对的分别，我觉得就音律而论，诗和散文的分别也只是相对的而不是绝对的。

孟：你是否指诗的音律可以随时变化？

褚：不仅指变化。诗有固定的音律，是一个传统的信条。从前人对它向不怀疑，不过从自由诗，散文诗和多音散文等等新花样起来以后，我们对于这个传统的信条就有斟酌修改的必要了。自由诗起来本很早，据说古希腊就有它。近代法国诗人采用自由诗的体裁者也很多。从"意象派诗人"（Imagists）起来之后，"自由诗"才成为一个大规模的运动。自由诗究竟是什么呢？它的定义很不容易下。据法国音韵学专家格腊茫（现通译格拉芒）（Grammant）说，法文自由诗有三大特征。第一，法文诗最通行的亚力山大格每行十一音，古典派分四顿，浪漫派分三顿，自由诗则可有三顿以至于六顿。第二，法文诗通常用 aabb 式"平韵"，自由诗可杂用 abab 式"错韵"，abba 式"抱韵"等等。第三，自由诗每行不拘亚力山大格的成规，一章诗里各行长短可以相间。照这样看，"自由诗"不过就原有规律而加以变化。不过近代象征派诗人的"自由诗"不合格腊茫的三条件也很多，它们有不用韵的。英文自由诗通常比较更自由，让我念一首来看看：

> The grass is beneath my head;
> and I gaze
> at the thronging stars
> in the night.
> They fall…they fall…
> I am overwhelmed,
> and afraid.
> Each leaf of the aspen
> is caressed by the wind,
> and each is crying.

And the perfume

of invisible roses

deepens the anguish.

Let a strong mesh of roots

feed the crimson of roses

upon my heart;

and then fold over the hollow

where all the pain was.

F. S. Flint

这首诗在章法上没有固定的规律。它〈的〉好比风吹水面生浪，每一阵风所生的浪自成一单位，相当于一章。风可久可暂，浪也有长有短，三行四行五行都可以成章。就每一章说，字行排列也根据波动节奏 (Cadence) 的道理，一个节奏占一行，长短轻重无一定的规律，可以随意变化。照这样看，它似毫无规律可言，但是我们不能称它为散文，因为它究竟还是分章分行，章与章，行与行，仍有起伏呼应的关系。它不像散文那样流水式的直泻下去，却仍有低徊往复的趋势。我们可以说，自由诗实在还有一种内在的音律，不过没有普通诗的那样整齐明显罢了。散文诗又比自由诗降一等，它只是有诗意的小品文，或则说，用散文表现一个诗的境界，仍用若干诗所习用的词藻腔调，不过音律就几乎完全不存在了。从此可知就音节论，诗可以由极严整明显的规律，经过不甚显著的规律，以至于无规律了。

秦：我不赞成这话，因为像"自由诗""散文诗"之类的新花样根本就不能叫做"诗"。

褚：这恐怕是你的偏见，艺术是创造的，与时俱新的，不断地打破成规定律的。我们不能拿外在的已成的种类体裁观念作测量新兴作品的标准。你在脑筋里先假定凡诗都有严整明显的音律，看见自由诗和散文诗不符合你的成见，便根本否认它们是诗，这是走上批评的绝路。无论你承认不承认，自由诗和散文诗的存在，是一件确凿的事实；研究诗学，就不能不接受这件事实。这件事实所告诉我们的是：由有到无，诗的音律多寡有许多程度上的差别。

秦：纵然退一步承认诗可以由有音律到无音律，我们也不能说诗与散文无分别，因为散文是绝对没有音律的。

褚：这更是误解了；我们要知道，诗的起源比散文较早。原始人类凡遇值得留传的事迹或学问经验，都用诗的形式来记载，以便于记忆。到后来因为诗的形式太笨重板滞，才逐渐设法使它活摆流动有弹性，于是散文才逐渐演化出来。散文由诗解放出来，并非一朝夕之故。在萌芽期，散文的形式都和诗相差不远。比如说英国，从乔叟到莎斯比亚，诗就已经很可观，散文却仍甚笨重，词藻构造都还不脱诗的习惯。从十七世纪以后，英国才有流利轻便的散文。中国散文的演化史也很类似。秦汉以前的散文常杂有音律在内。随便举几个例来看看：

今夫古乐，进旅退旅，和正以广，弦匏笙簧，会守拊鼓。始奏以文，复乱以武。治乱以相，讯疾以雅。君子于是语，

于是道古，修身及家，平均天下。此古乐之发也。(《礼记·乐记》)

道冲而用之，或不盈。渊乎似万物之宗。挫其锐，解其纷；和其光，同其尘，湛兮似若存。吾不知谁之子，象帝之先。(《老子》)

吾有大树，人谓之樗。其大本臃肿而不中绳墨，其小枝卷曲而不中规矩。立之涂，匠者不顾。今子之言，大而无用，众所同去也。(《庄子·逍遥游》)

这都是散文，但是都有音律。中国文学中最特别的一个体裁是赋。它就是跨诗和散文界线的东西。它流利奔放，一泻直下，似散文；于变化多端之中保持音律，又似诗。我们可以说，隋唐以前大部分散文都没有脱离诗赋的影响，有很明显地用韵的，也有虽不用韵而仍保持诗赋的华丽词藻与整齐句法的，到唐以后，流利轻便的散文才逐渐占优势，不过诗赋对于散文的影响到明清时代还未完全消灭。如果我们顾到这个事实，就可见散文绝对无音律的话不可靠了。

秦：你所指的是过去的散文，现在散文已演化到无音律的阶段了，恐怕你的话就不能适用了吧？

褚：你的非难应分两层回答。头一层，我们讨论诗和散文，应着眼全局，应搜罗所有的事实。我们不专论某一时代的诗，也就不能把散文的范围限制到近代。其次，白话文运动还在进行，我们不能预言中国散文将来是否有一部分要回到杂用音律的路。不过这并非不可能。你不看见欧战后的"多音散文"(Polyphonic Prose) 运动么？佛来乔（现通译费莱契）(Fletcher) 说它的重要"不亚于政治上的欧战，科学上的镭的发明"。这虽然是过甚其词，它是一个值得注意的运动，却是无可讳言的。据罗威尔 (E. Lowel) 女士说，"多音散文应用诗所有的一切声音，如音节，自由诗，双声，叠韵，押韵，回旋之类，它可应用一切节奏，有时并且用散文节奏，但是通常都不把某一种节奏连用到很长的时间。……韵可以摆在波动节奏的终点，可以彼此紧相衔接，也可隔很长的距离遥相呼应"。换句话说，在多音散文里，极有规律的诗句，略有规律的自由诗句，以及毫无规律的散文句可以杂会在一块。我想这个花样在中国已"自古有之"，赋就可以说是最早的多音散文，庾信的《哀江南赋》，欧阳修的《秋声赋》和苏轼的《赤壁赋》都可以为例。看到欧洲的"多音散文"运动，我们不能说将来中国散文一定完全放弃音律，因为像"多音散文"的赋在中国有长久的历史和深远的影响，并且中国文字双声叠韵多，容易走上"多音"的路。

秦：这全是揣测之词，恐怕不足为凭。

褚：我的揣测能否成事实并不能影响到我的基本主张。我的基本主张是诗和散文的音律相对论。我们不能画两个圆圈，把诗摆在有音律的圈子里，把散文摆在无音律的圈子里，使彼此间壁垒森严，互不侵犯。诗可以由整齐音律到无音律，散文也可以由无音律到有音律。诗和散文两国度之中有一个很宽的界线，在这界线上有诗而近于散文，音律不甚明显的；也有散文而近于诗，略有音律可寻的。所以我不相信"有音律的纯文学"是诗的精确的定义。

孟：你的推理和证据都很有力，我很愿意放弃我的原来的主张。我向来反对做学问持成见。不过我们通常都觉得自己的成见是无可置疑的真理，到了几个见解不同的朋友们聚在一块仔细讨论，就发见成见往往是偏见。比如我们今天的讨论就破除了几个流行的成见。讨论到这个阶段，秦先生应该放弃"诗和散文以音律风格分"一个成见，鲁先生应该放弃"诗和散文各有特殊题材"一个成见，我也要放弃"诗为有音律的纯文学"一个成见了。我们所得到的结果是：无论就实质说或是就形式说，诗和散文都只有程度上的分别而没有绝对的分别，它们的疆域有一部分是互相叠合的。我们每个人虽都放弃了自己珍视许久的成见，却也都得到这〈上〉实在可珍贵的收获，所得究竟超过所失，这是大可引以自慰的。

秦：我也愿意宣告放弃我的形式主义，不过问题并没有完全解决。承认了音律不是诗的绝对必要的原素，"大部分诗何以有音律？"还是一个重要的问题。

鲁：这话倒很对。我虽然承认诗和散文的疆域有一部分互相叠合，却也不得不承认它们有一部分不互相叠合，不得不承认有音律的一部分诗和无音律的一部分散文究竟有分别。何以有一部分诗有它的特殊形式呢？

褚：我看这个问题倒不难解决。我们在上次已经说明实质形式平行一贯的道理，现在就可以拿这个道理来解释何以有一部分诗与一部分散文有分别。为说话方便起见，我们姑且从语言的习惯，把有音律的一部分诗简称为"诗",把无音律的一部分散文简称为"散文",诸位同意么?

秦：同意,不过我们要记着我们所讨论的是两极端的部分,所得的结论不必可以应用到诗和散文相邻近的部分。褚先生,让我们听你的意见吧。

褚：诗的形式——音律——是实质的自然需要。换句话说,某种实质非有诗的形式不能表现出来。诗和散文的分别不仅是形式上的分别,也是实质上的分别。刚才秦先生拥护形式的话和鲁先生拥护实质的话本来各有片面的道理,因为它们都是片面的,所以显得错误。如果我们把这两方面的话合在一块来讲,那就圆满了〈那就圆满了〉。就形式说,散文的音节是直率的,无规律的;诗的音节是循环的,有规律的。就实质说,散文宜于叙事说理,诗宜于抒情遣兴。

孟：你忘记我们刚才已证明诗可无音律,散文也可有音律;诗可叙事说理,散文也可抒情遣兴。

褚：那是不错的。我已声明过,我们现在只就有音律的诗和无音律的散文来说,你所说的那些都可列在例外。普通意义的诗和散文实在起于情趣与事理的分别。事理直截了当,一往无余;情趣则低徊往复缠绵不尽。直截了当者宜用叙述的语气,缠绵不尽者宜用惊叹的语气。在叙述语中事尽于词,理尽于意;在惊叹语中语言是情感的缩写字,情溢于词,所以读者可因声音想到弦外之响。这是诗和散文的根本分别。

秦：你这番话太抽象一点,请举一两个实例来说。

褚：比如看见一位年轻的美人，你如果把这番经验当作"事"来叙，你说，"我看见一位年轻的美人"；如果把它当作"理"来说，你说，"她年轻，所以健美"。这两句话既说出，"事"就已叙过了，"理"就已说明了，你不必再说什么，旁人就可以完全明白你的意思。但是如果你爱她，你只说"我爱她"却不能了事，因为这句话还只是把情当作事叙，文字声音本身并没传出你的缠绵不尽的情感。做诗就要于文字意义之外在声音上见出情感。音律的讲究就是这样起来的。比如《诗经·卷耳》：

> 采采卷耳，不盈顷筐。嗟我怀人，置彼周行。
> 陟彼崔嵬，我马虺隤。我姑酌彼金罍，维以不永怀。
> 陟彼高冈，我马玄黄。我姑酌彼兕觥，维以不永伤。
> 陟彼砠矣，我马瘏矣，我仆痡矣，云何吁矣！

在文字声音上就可以见出作者渴望自慰与失望的心情。她的期望与疲劳一层深似一层，声音也一章凄恻似一章，到最后一章，她的力竭声嘶的嗟叹仿佛在我们的耳里旋转。你拿这诗和"我爱你"式的空头话比一比，就可以感觉到它是真情流露的文字，它的生命就全在它的低徊往复的音节上。如用散文来写，它决不能产生这样深刻之印象。再比如《诗经》中

> 昔我往矣，杨柳依依；今我来思，雨雪霏霏。

四句诗如果译为现代的散文,则为:

从前我去时,杨柳还正在春风中摇曳;现在我回来,已是雨雪天气了。

原诗的意义虽大致还在,它的情致却不知走向何处去了。义存而情不存,就因为译文没有保留住原文的音节。实质与形式本来平行一贯,译文不同原诗,不仅在形式,实质亦并不一致。比如"在春风中摇曳"译"依依"就很勉强,费词虽较多而涵蓄却较少。"摇曳"只是板呆的物理,"依依"却含有浓厚的人情。诗较散文难翻译,就因为诗偏重音而散文偏重义,义易译而音不易译。这些实例都足证明诗的音律起于情感的自然需要。

孟: 依你的意思,诗的形式完全是自然的,内在的,与实质有必然关系的,是不是?

褚: 那恰是我的意思。

孟: 那也恰是我和你不同意的。你上次说实质与形式平行一贯,我曾经表示怀疑,以为它能否解释诗的形式,还有问题。那时我没有说理由,今天我想把理由说出来。我先提出一个极浅近的事实,然后再进一步讨论原理,比如说李白的:

箫声咽,秦娥梦断秦楼月。秦楼月,年年柳色,灞陵伤别。
乐游原上清秋节,咸阳古道音尘绝。音尘绝,西风残照,汉家陵阙。

和周邦彦的：

> 香馥馥，樽前有个人如玉。人如玉，翠翘金凤，内家妆束。
> 娇羞爱把眉儿蹙，逢人只唱相思曲。相思曲，一声声是：怨红愁绿。

两首词都是杰作。它们在形式上有无分别呢？

鲁： 没有分别，它们都是填"忆秦娥"的调子。但是在情调上它们却大不相同。李白的悲壮，有英雄气；周邦彦的香艳，有儿女气。我还相信空洞的形式无关紧要，要紧的还是实质。

孟： 我们现在不讨论实质和形式哪一个较重要，我们要证明的是：形式与实质并非有绝对的必然关系。无论在哪一国，诗的形式都不很多，虽然所写的情趣尽管有无穷的变化。中国正统的诗形式举指头就可数得尽，五古，七古，五律，七律，绝句……难道用这几种形式来表现的情趣意境也就只有这几种吗？请问褚先生。

褚： 这倒是事实，刚才我自觉很有把握，现在却有些茫然了。待我想一想，先听你说吧。

孟： 根本问题在音律的性质和起源。我们讨论了半天的"音律"，还没有把"音律"的定义下好，什么叫做"音律"呢？

褚： 音律就是有规律的音节，音节就是声音方面的节奏。

孟： 我们还应追问节奏是什么。

褚： 节奏是一切艺术的灵魂，在跳舞则为纵横急徐相照映，在绘画则为浓淡疏密明暗相配称，在建筑则为方圆长短疏密相错综，在音乐和语言则为高低抑扬长短相呼应。

　　孟：节奏是自然的还是人为的呢？

　　褚：它是自然的。人体中各种机能如呼吸循环等等都是一起一伏地川流不息，所以节奏是生理的自然需要。我们常不知不觉地求自然界的节奏和内心的节奏相应和。有时自然界本无节奏的现象也可以藉知觉而生节奏。比如钟表的机轮所作的声响本是单调一律，我们听起来，却觉得它高低长短相间。这也是很自然的。呼吸循环有起伏，所以精力有张弛，注意力有勤懈。同一声音在注意力紧张时便显得重；在注意力松懈时便显得轻。如果物态的伸缩与注意力的起伏恰相平行，则心理可以免去不自然的努力，这就是诗中所谓"谐"，否则即是"拗"。节奏的快感即起于精力的节省。凡是语言都有它的节奏，都顺着情感思想的节奏前进。

　　孟：你解释节奏的话很透辟，但是它只能应用到语言的节奏，不能应用到音乐的节奏。语言的节奏是自然的，音乐的节奏则不全是自然的，大半是经过形式化的。你刚才谈声音的节奏时，把音乐和语言相提并论，足见你没有把语言的节奏和音乐的节奏分清楚。

　　秦：这倒是闻所未闻，请你把这种分别详细解析给我们听。

　　孟：先分析语言的节奏。它是三种影响合成的。第一是发音器官的构造。呼吸有一定的长度，在"一口气"里我们所能说出的字音也因而有限制；呼吸有起伏，每句话中各字音的长短轻重也因而不能一律。念一段毫无意义的文字，也免不着带几分抑扬顿挫，这种节奏完全起于发音器官的构造，与情感和理解都不相干。其次是理解的影响。意义完成时声音须停顿，意义着重时声音须提高，意义不着重时声音须降低。这种起于理解的节奏为一切语言所公有，在散文中尤易见出。第三是情感的影响。起于情感的节奏虽常与理解的节奏相辅而行，不能分开，实在却不是一件事。它不仅见于高低起伏，在情感所伴的生理变化都可以见出。比如演说，有些人先将讲稿做好读熟，然后登台背诵，条理尽管清晰，词藻尽管是字斟句酌来的，而听者却往往不为之动。也有些人不先预备，临时随情感支配，信口开河，往往能娓娓动听，虽然事后看记录下来的演讲词，它很平凡芜琐。这就因为前一派演说家偏重理解的节奏，后一派偏重情感的节奏。理解的节奏是机械的，偏重意义；情感的节奏是有机的，偏重声音所伴的腔调和姿势。

秦：照你这样分析，音乐的节奏似乎和语言中情感的节奏相仿佛，因为它也随情感起伏。

孟：这是旧乐理学家的看法。例如英国斯宾塞（Spencer）和法国格列屈（现通译格雷特里）（Gretry）诸人都曾经主张音乐起于语言。自然语言的声调节奏略加变化，便成歌唱，乐器的音乐则为模仿歌唱的声调节奏所发展出来的，所以斯宾塞说："音乐是光彩化的语言。"德国大音乐家瓦格洛（现通译瓦格纳）（Wagner）发挥这个主张，创"音乐表现情感"说，拿无文字意义的音乐和有文字意义的戏剧混合在一起，开近代"乐剧"的先河。但是这一派学说在现代已为多数乐理学家所摈弃，德国乐理学专家华拉歇克（现通译瓦拉谢克）（Wallaschek）和司徒夫（现通译斯顿夫）（Stumpf）以及法国文艺心理学者德腊库瓦（现通译德拉库瓦）（Delacroix）诸人都以为音乐和语言根本不同，音乐并不起于语言。音乐所用的音有一定的分量，它的音阶是断续的，每音与它的邻音以级数递升或递降，彼此成固定的比例。语言所用的音无一定的分量，从低音到高音一线联贯，在声带的可能性之内，我们可在这条线上取任何音来用，前音与后音不必成固定的比例。这是指音的高低，音的长短亦复如此。还不仅此，语言都有意义，了解语言就是了解它的意义；纯音乐都没有意义，欣赏音乐要偏重声音的形式的关系，如起承转合之类。总之，语言的节奏是直率的，常倾向变化；音乐的节奏是回旋的，常倾向整齐；语言的节奏没有规律，音乐的节奏有规律；语言的节奏是自然的，音乐的节奏是形式化的。

鲁：对不起，我看不出你这番分析语言节奏和音乐节奏的长篇大论和诗有什么关系。

孟：关系大得很。许多讨论音律的人们都隔靴搔痒，就因为没有抓住这两种节奏的重要分别。请问诸位，诗的节奏是哪一种节奏呢？

褚：诗还是一种语言，它的节奏自然就是语言的节奏。

秦：我看不然，语言无固定的规律，诗却有固定的规律。所以诗的节奏比较近于音乐的节奏。

孟：你们俩的话都对，诗的节奏是语言的节奏，也是音乐的节奏。

鲁：这话可有些神秘了。依你刚才的分析，语言的节奏是自然的，无规律的；音乐的节奏是形式化的，有规律的；它们本是背道而驰的，如何能合在一起呢？

孟："相反者之同一"，像哲学家所说的。诗的难处在此，诗的妙处也在此。做诗和散文不同，散文须完全用语言的节奏，诗则于语言的节奏之外另加上音乐的节奏。所以褚先生的实质形式合一说可应用于散文，不可完全应用于诗。散文的形式是自然的，诗的形式却不全是自然的，有几分是人为的，外来的，习惯的，沿袭传统的。

褚：我还很怀疑你这番话。诗虽常沿用固有的形式，却不能为它所拘束。每个大诗人对于普通的形式都加以若干变化，好迁就他的特殊的情感。所以形式虽是人为的，传统的，在好诗里面却变成自然的，特创的。换句话说，诗虽用音律，却须保留语言的特性。

孟：你这话完全不错，不过不能推翻"诗的形式是人为的，传统的"一个基本原则。你的意思是说，诗的形式在整齐之中要有变化。你要知道，变化须从整齐出发。整齐是音乐的形式化的节奏，变化是语言的自然的节奏。无论如何，你没有方法把有音律诗中的形式化的节奏丢开，而且也绝不能把它看成自然的。你须得承认有音律诗在自然中有不自然，在变化中有规律，在创造中有沿袭，这就是说，在语言的节奏之外还有音乐的节奏。

秦：我完全同意你的主张。不过我还有一个疑问：诗的节奏须在歌诵时才可以见出。语言的节奏和音乐的节奏既不同，它们在歌诵中如何可以并行不悖呢？

孟：你问得非常好，我很可以趁这个机会证明诗的节奏同时是语言的也是音乐的。歌与诵不同。诗在原始时代都可歌唱，都必伴有乐调，所以歌词虽用语言，而语言的节奏则为音乐的节奏所掩。换句话说，歌诗几全用音乐的节奏而很少用语言的节奏，所以一个字在语言意义上原来虽不重要，而在伴乐歌唱时可以提得很高，拖得很长；一个字在语言意义上原来虽重要，而在伴乐歌唱时也可以降得很低，缩得很短。诗到近代已逐渐离开从前所伴的乐调而不复可歌唱，但仍须可诵。诗由歌的变为诵的，语言的节奏便逐渐占优势，但是音乐的节奏也并未完全消失。诵诗在西方已成一种专门艺术。戏剧学校常把它列为必修功课。公众娱乐以及文人集会中常有诵诗一项节目。诵诗的难处和做诗的难处一样，一方面要保留音乐的形式化的节奏，一方面又要顾到语言的节奏，这就是说，要在呆板的规律之中流露活跃的生气。

秦：我还是不明白这种"相反者之同一"如何可以实现，请举一个实例来说吧。

孟：我不妨就我在欧洲所见到的来说。在法国方面，诵诗法以国家戏院所通用者为准。英国无国家戏院，"老维克"（Old Vic）戏院"莎斯比亚班"诵诗剧的方法也是一个标准。此外私人团体诵诗者也很多。诗人孟罗（现通译门罗）(Harold Monro) 在世时（他死在一九三二年），每逢礼拜四晚邀请英国诗人到他所开的"诗歌书店"里朗诵他们自己的诗。就我在这些地方所得的印象说，西方人诵诗的方法也不一律。粗略地说，剧场偏重语言的节奏，诗人们自己大半偏重音乐的节奏。有些诗人根本反对戏剧式的诵法。他们以为诗的音律功用在把实际生活联想催眠，造成一种一尘不染的心境，使我们能聚精会神地陶醉于诗的意象和音乐。语言的节奏则太现实，易引起实际生活联想。不过戏剧式的诵读也很流行，它的好处在能表情。有些人设法兼收"歌唱式"与"戏剧式"，以调和语言和音乐的冲突。例如英文中：

To-morrow is our wedding day.（流行语言）

一句诗在流行语言中只有两个重音，如上文所标记的。但是就"轻重格"的规律说，它应该轻重相间，有四个重音，如下式：

To-morrow is our wedding day.（固定形式）

如此读去则本来无须着重的音须勉强着重，语言的神情就不免失去了。但是如果完全依流行语言的节奏，则又失去音乐的节奏。一般诵诗者于是设法调和，读如下式：

To-morrow is our wedding day.（折衷式）

这就是在音乐的节奏中丢去一个重音（is），以求合于语言；在语言的节奏中加上一个重音（day），以求合于音乐。这样办，两种节奏就可并行不悖了。这只是就极粗浅的说。诵诗的技艺到精微处，往往有云行天空舒卷自如之妙，这就不可以求诸形迹，所谓"神而明之，存乎其人"了。

鲁：你所说的是外国诗，中文诗恐怕不能在音乐的节奏中保留语言的节奏吧？

孟：中国人对于诵诗向来不很讲究，所采的大半类似和尚念经的方法，往往人自为政，既不合语言的节奏，又不合音乐的节奏。不过就一般哼旧诗的方法说，音乐的节奏较重于语言的节奏。我们知道，中国诗一句常分几"逗"（即顿），这种"逗"有表示节奏的功用，如法文诗中的"顿"，英文诗中的"节"。"逗"的位置在习惯上有一定的，比如五言句通常分两"逗"，落在第二字与第五字，有时第四字亦稍顿。七言句通常分三"逗"，落在第二字第四字与第七字，有时第六字亦稍顿。"逗"所表示的节奏大半是音乐的而不是语言的。例如"汉文皇帝有高台"，"文"字在义不宜顿而在音宜顿；"鸿雁不堪愁里听，云山况是客中过"，"堪""是"两虚字在义不宜顿而在音宜顿；"永夜角声悲自语，中天月色好谁看"，"悲""好"两字在语言的节奏宜长顿，"声""色"两字不宜顿，但在音乐的节奏中，"逗"不落在"悲""好"两字而反落在"声""色"两字。再如辛稼轩的《沁园春》：

> 杯汝前来，老子今朝，点检形骸。甚长年抱渴，咽如焦釜。于今喜溢，气似奔雷。　汝说刘伶，古今达者，醉后何妨死便埋。浑如许，叹汝于知己，真少恩哉。

这首词用对话体，很可以用语言的节奏念出来，但是原来的句读就应该改变。例如"杯汝前来"应读为"杯，——汝前来！""老子今朝，点检形骸。"应读为"老子今朝点检形骸"。"汝说刘伶，古今达者"应读为"汝说：'刘伶古今达者。'"关于中国诗如何念法，我们还要仔细研究，我不敢说冒昧话，也许调和音乐的节奏和语言的节奏[是]一条出路。我这里所要证明的是：无论是外国诗或中国诗，除语言的自然的节奏之外，都有一个音乐的形式化的节奏。褚先生的实质形式平行一贯说只能适用于语言的节奏，不能适用于音乐的节奏。诗的音乐的节奏是外来的，习惯的，人为的，不绝对是实质所必需的，——至少在近代诗是如此。

褚：音乐的节奏既非诗的实质所绝对地必需的，然则它是怎样起来的呢？

孟：可能的解释很多。有人以为原始人类用有音律的语言来记载一切值得流传的经验学问，原为它便于记忆。但是我想最大的原因是在原始时代诗歌音乐跳舞是一种混合的群众的艺术。因为诗歌与乐舞不分，它要迁就乐舞的节奏；因为它与乐舞是群众的艺术，固定的形式便于在合作时大家能一致。如果没有固定的音律，你想想看，这个人唱高，那个人唱低；这个人拉长，那个人缩短；不是要嘈杂纷嚷，闹得一塌糊涂么？现在人在团体合作一事时，例如农人踏水车，工人举重载，都合唱一种合规律的"呀，啊啊！"调子来调节工作的节奏，用力就一齐用力，松懈就一齐松懈。诗的音律起源，我想也不过是如此。诗歌现已独立，但仍保留许多应和乐舞的痕迹，例如重叠，和声，衬字，用韵，整齐的句法章法等等。我们可以说，诗的形式大部分是沿袭传统的，不是每个诗人根据他的某一时会特殊的情趣所凭空制造出来的。我最不相信"诗是自然流露"的话。如果诗是自然流露，我们要找真正自然流露的诗，一定要到民歌里去找。但是就形式说，民歌也有它的传统的技巧，也很富于守旧性。它也常填塞不必要的字句来凑数，也常用在意义上不恰当的字来趁韵，也常模仿已往的民歌的格式。这就是说，民歌的形式也还是现成的，外在的，沿袭传统的，不是自然流露的结果。我想没有更好的证据，可以证明褚先生的实质形式平行一贯说不能应用于诗了。

褚： 依你那么说，诗的形式变成像盲肠一类的东西了。现在诗既不应和乐舞，又不是群众的艺术，我们是否可以像割盲肠似的把诗的形式割去呢？

孟： 中音律的毒而害盲肠炎的诗人也并不少，对于他们施割的手术也许是一种救济。关于诗的音律问题，我们正可不必武断，要尊重历史的事实。诗的疆域日渐剥削，散文的疆域日渐扩大，这是一件不容否认的历史的事实。荷马用史诗体裁写的东西，苏菲克里司（现通译索福克勒斯）和莎斯比亚用悲剧体裁写的东西，现代人都用散文小说写；亚理斯妥芬和莫里哀用有音律的喜剧形式写的东西，现代人用散文戏剧写；甚至于从前人用抒情诗写的东西，现代人用散文小品文写。我们现在还有人用诗的形式来写信么？来做批评论文么？我可以数出许多希腊罗马和假古典时代学者，用诗写信，用诗做批评论文。我想徐志摩如果生在六朝，他一定用赋的体裁写《浓得化不开》和《死城》；周作人如果生在另一个时代，也许《雨天的书》变成类似《范石湖诗集》的作品。摩越教授说一个作家采用诗或散文来表现他的情感思想，大半取决于当时风尚。他以为在我们这个时代，爱好小说是康健的趣味，爱好诗是有几分不康健的趣味。我很赞成他的话。

秦：你如果要提倡废除诗的形式，我可要提出抗议。诗的形式纵然是沿袭传统的，它流传到现在，自然有它的好处。艺术的基本原则是"寓变化于整齐"。诗的音律好处就在给你一个整齐的东西做基础，可以让你变化。散文入手就是变化，变来变去，仍不过是那一种一盘散沙。诗有格律可变化多端，所以诗的形式实在比散文的更繁富。就作者说，迁就已成规律是一种困难，但是战胜技巧上的困难是艺术创造的乐事。同时，像许多诗学家所说的，这种带有困难性的音律可以节制蛮野的情感和想象，使它们不至一放不可收拾。就读者说，规律可以在心中产生预期。比如读一首平仄相间的律诗，读到平时不知不觉地预期仄的复返，读到仄时又不知不觉地预期平的复返。预期不断地产生，不断地证实，所以发生"恰如所料"的快慰；自然，整齐中也要有变化，有变化时预期不中所引起的惊讶也不可少，它不但可以破除单调，还可以提醒注意力。音律本身伴有一种美感，所以它有存在的价值。

褚：我们见到的音律的功用还不仅此。它还能够把实用的联想"催眠"，使我们聚精会神地观照纯意象。许多悲惨、淫秽或丑陋的材料，用散文写，仍不失其为悲惨、淫秽或丑陋，用诗写，就多少可以把它们美化。比如母亲杀儿子，妻子杀丈夫，女儿逐父亲和儿子娶母亲之类的故事在实际生活中很容易引起痛恨和嫌恶，但是希腊悲剧和莎斯比亚的悲剧中，它们居然成为极庄严灿烂的艺术的意象，就因为它们披上诗的形式，不致使人看成现实，以实用的态度对付它们。《西厢》《花间集》《清真词》里有许多淫词，读者往往忘其为淫，就因为注意力被引到美妙的意象与和谐的声音方面去了。用美学术语来说，音律是一种制造"距离"的工具，把平凡粗陋的现实提高到理想世界。

孟：诸位的话都很对，如果时间允许，我还可以引许多前人赞美音律的话来补充，不过这大可不必。平心而论，我也很舍不得丢开诗的形式。依我看，诗和语言的关系最密切，语言是生生不息的，却亦非无中生有。语言的文法常在变迁，我们不能否认；但是每种变迁都从一个固定的基础出发。诗的形式应该和语言的文法一样看待。它们原来都是习惯，却也都是做进化出发点的习惯。诗的形式在各国固然都有一些固定的模型，但是这些模型却也随时随地在变迁。每个诗人似乎都宜于在习惯已养成的范围之内，顺着情感的自然需要而加以伸缩。如果我们略研究诗的形式变迁史，也可以看出这是已往历史所走的一条大道。比如在中国，由四言而五言，由五言而七言；由诗而骚，而赋，而词，而曲；由古而律，后一阶段都不同前一阶段，但仍有几分是沿袭前一阶段。所以我主张诗的形式应随时变迁，却也不赞成完全抛弃传统。我相信真正诗人都能做到"从心所欲，不逾矩"的工夫。

鲁：你刚才提起散文侵略诗的疆域，如果它不退兵，恐怕将来会把诗的国度整个地吞并下去吧？那末，我们对于诗的音律的留恋也就要遭打击了。

孟：我们是现代人，说现代话，谁知道将来？你我〈们〉都不是预言者，现在已经谈到唇焦舌敝了，将来的事让将来的人去理会吧！

第五章　中国诗的节奏与声韵的分析

（一）

　　声音是在时间上纵直地绵延的。它的节奏有一个基本的条件，就是时间上的段落（Time-Intervals）。有段落才可以有起伏，有起伏才可以有节奏。如果一个混整的音所占的时间平直地绵延不断，比如用强度一律的力量去按钢琴上某一个键子，按到很久的时间，就不能有节奏。如果要产生节奏，时间的绵延直线必须分为断续线，造成段落起伏。这种段落起伏也要有若干规律，这就是说，时间上的停顿应有固定的单位，前后相差不能过远。比如五个相承续的音彼此成1∶5∶4∶3∶9的比例，起伏乱杂无章，也不能产生节奏。节奏是声音在大致相等的时间段落里所生的起伏。这大致相等的时间段落，就是声音的单位，在英文诗中叫做"音步"（Foot）。

　　节奏还是根据艺术上"同一中见差异"或"整齐中寓变化"一条基本原理。在声音的节奏上，整齐是固定的时间段落，变化是起伏。这种变化可以在三方面见出。第一是长短，亦称音长 (Length Quantity, Duration)。比如按同一琴键，按一秒钟和按两秒钟所发的声音有分别。这种分别就是长短，起于音波震动时间的久暂。久就是长音，暂就生短音。第二是高低，亦称音高 (Pitch)，比如弹第一音阶的 Mi 音和弹第二音阶的 Mi 音，时间尽管相同，所发的声音仍有分别。这种分别就是高低，起于音波震动的快慢，快就高，慢就低。第三是轻重或强弱，亦称音势 (Stress, force)。比如按同一琴键，出力和不出力所发的声音也不同。这种分别就是轻重，起于音波震幅的大小，大就重，小就低。

这三种分别可以用图形表示如下：

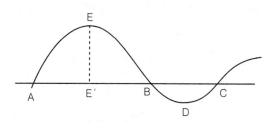

AEB，BDC ＝浪长＝音长

EE′＝震幅＝音势

AB，BC ＝震动速度＝音高

这三种分别与节奏的关系可以用图形表示如下：

———————————— 音波绵延一律，无节奏。

— — — — — — — 起伏杂乱无章，无节奏。

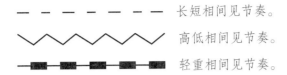

诗的节奏通常不外由这三种分别组成，不过因为语言的性质不同，各国诗的节奏对于长短，高低，轻重三要素各有所侧重。古希腊诗与拉丁诗都偏重长短。读一个长音所占的时间差不多等于读两个短音所占的。长短有规律地相间，于是现出很明显的节奏。例如 Virgil 的名句：

Quadrupe ｜ dante pu ｜ trem Soni ｜ tu quatit ｜ ungu1a ｜ Campum.

含六个音步，每步含三个音，第一音长，第二三两音短。两短音短于一长音，所以最后一音步虽仅含两音，因为都是长音，读起来所占的时间仍与其他音步一样。这种长短短式六音步格可以用（—）为长号，（∨）为短号，表示如下：

—∨∨—∨∨—∨∨—∨∨—∨∨—∨∨

这种长短相间式是希腊诗和拉丁诗所公同的，所不同者拉丁诗音步中的长音同时是重音，希腊诗音步中的长音同时是高音。因为希腊拉丁文的长音都是固定的，不能随意移动，所以一个音在音步中宜长时在语气中也一定是长的,这就是说,音乐的节奏和语言的节奏绝不冲突。

在近代欧洲各国诗中,长短的基础已放弃,代替它的是轻重,尤其是日耳曼系语言。比如说英文,诗的音步以"轻重格"(Iambic)为最普通。重音不一定比轻音长,至于高低则随读者视文义为准而加以伸缩,字音的本身并无绝对的固定的高低。因为音步的轻重有规律而语气的轻重无规律,在音步宜重的音在语气中往往不重,在音步宜轻的音在语气中也往往不轻,这就是说,音乐的节奏与语言的节奏常不免冲突。例如莎斯比亚的名句:

To be | or not | to be: | that is | the ques | tion.

是用轻重五步格,第五步多一音,第一步第三步的重音为长音,在读时比较第二第四两音步都稍长,但英文诗并不十分计较这种长短的分别。第四步的语气的重音应在第一音 (that),而音步的重音却落在第二音 (is)。如果严格地依音律读,is 应该由轻音变为重音。本来轻而要变重,音调也须由低提高。不过就常例说,音的高低对于英文诗音律的影响甚微。

英文诗每音步中的字音数目是一定的,或是两音,或是三音,偶有伸缩是例外。法文诗不用这种"字音制"(Syllabic System) 而用"顿"(Cesura),每顿中字音数目不一定。法文诗的最普通的格式是亚力山大格 (Alexandrine),每行十二音,分顿不分步。顿的数目与位置有古典格与浪漫格的分别。古典格每行有四顿,第六音与第十二音必顿，第六音前后又各有一顿，惟位置不固定。例如腊辛（现通译拉辛）的诗句：

Heureux ｜ qui satisfait ｜ de son hum ｜ ble fortune. ｜

浪漫格每行只有三顿，第十二音必顿，余二顿位置不固定。例如嚣俄（现通译雨果）的诗句：

Il vit un oeil ｜ tout grand ouvert ｜ dans les téněbres. ｜

每顿字音数目不一律，所以不能看作"音步"。法文音调和英文音调重要的差别在英文多铿锵的重音，法文则字音轻重的分别甚微，几乎平坦如流水，无大波浪。不过读诗到"顿"的位置时，声音也自然提高着重。例如上引腊辛的句子，音长，音势，音高合在一起，依音律学者格腊茫（Grammant）的估定，成下列比例：

Heureux qui satisfait de son hum ble fortune.

$2 \cdot 3\frac{1}{2} \cdot 1 \cdot 1 \cdot 1 \cdot 3 \cdot 1 \cdot 1 \cdot 3 \cdot 1 \cdot 1 \cdot 3 \cdot$

所以法文诗的节奏起伏同时受音长，音势，音高三种影响，不像英文诗那样着重音势或轻重。换句话说，轻重的分别在法文诗中并不甚明显。

总之，欧洲诗的音律有三个重要的类型。第一种是以很固定的时间段落或音步为单位，以长短相间见节奏，字音的数目与分量都是固定的，如希腊拉丁诗。第二种虽有音步单位，每音步只规定字音数目的多少，不拘字音长短的分量；在音步之内，轻音与重音相间成节奏，如近英文诗。第三种的时间段落长短更不固定，每段落中字音数目和分量都有伸缩的余地，所以这种段落不能称为"音步"，只可称为"顿"，每顿的字音以先抑后扬见节奏，所谓抑扬是兼指长短高低强弱而言，如近代法文诗。

（二）

我们费工夫讨论欧洲诗的音律，因为中国诗的音律性质究竟如何，最好是用比较来说明。

中国诗音律的研究向来分声韵两个要素。这两个要素是否能把中国诗的音律包括无余，此外是否还有其他要素，下文再详论，现在先分析声的性质。

声就是平上去入。我们在上文说过，声音上的节奏可以在长短，高低，轻重三方面见出。所谓平上去入究竟是长短，是高低还是轻重的分别呢？在实际上，每个人都不觉得辨别他所生长的区域的四声有什么困难。但是分析起来，要断四声的原素和分别，却是一件极难的事。这种困难大半起于各区域发音的差异。我们通常笼统地说"四声"，但是南音的四声是平上去入，北音无入声，四声是阴平阳平上去。如果再细分，广东有九声，浙江有八声，江苏有七声，西南中部各省有五声，北方只有四声。如果拿长短高低轻重做标准来分四声，各区域的读法不一律，也很难得到普遍的结论。

先说长短。四声显然有长短的分别。有些人在长短以外就见不出四声有其他的分别。顾炎武在《音论》中说："平声最长，上去次之，入则诎然而止，无余音矣。"吴敬恒说："声为长短"，"长短者音同而留声之时间不同"。易作霖说，"四声是什么？……它是'拍子关系'，譬如奏（1）音，奏一拍便像'都'，奏 $\frac{1}{4}$ 便像'笃'，就时间上分出四种不同的声音来，就是'平上去入'的四声"。平声比入声长，这是通例。但是上去的长短各地读法就不同。北音平声也比南音平声较长（其实北音每声的音程都比南音长）。据英人 D. Jones 和广东胡炯堂的研究，广东平声与上声和去声均成一拍与半拍之比。据高元的研究，北平阳平一拍，阴平半拍，上声一拍，去声 $\frac{3}{4}$ 拍。同是上声，广东与北平相差有半拍之长。就用在诗里来说，上去入向来合为仄声，如果仄声用上声，在北平人读起来，和阳平的长短就没有大差别了。所以平仄相间，虽似为长短相间，而又不尽是长短相间。

次说高低。四声有高低的分别，从前人似乎都忽略过去，近代语音学者才见出它的重要。如果一个声音在它的习惯的音长之内始终维持一律的音高，则高低容易断定。钢琴上第一音阶的（1）音与第二音阶的（ì）音的分别不但是很明显，而且也很纯粹。四声的高低难判定，不但因为各地发音不同，尤其因为每声在它的习惯的音长之内，不能始终维持一律的音高，有时前半高，后半低；有时前半低，后半高。比如就平声说，据 D. Jones 与胡炯堂的研究，广东清平为 d 调，北平为 G 调；大概因为南音平声不甚长，所以可成单纯的音调。据高元的研究，北平阴平为 d：A 调，阳平为 d：^{b}G 调，都由低渐高。

据赵元任的《国音新诗韵》，五声的标准读［法］如下：

阴声高而平。阳声从中音起，很快的扬起来，尾部高音和阴声一样。上声从低音起，微微再下降些，在最低音停留些时间，到末了高起来片刻就完。去声从高音起，一顺尽往下降。入声和阴声音高一样，就是时间只有它一半或三分之一那么长。

因为同一声的音高前后不一律，所以我们不能说某声为高声，某声为低声，只能说某声在某一个阶段高，某一个阶段低。就用在诗里来说，因为除阴平与入声以外，平仄两声内部都有较高较低的部分，所以平仄相间也〈有〉很难说是高低相间。

最后说轻重。从前人分别四声，大半着重轻重的标准。最早的关于四声的解释当推唐释神珙所引《元和韵谱》的话：

平声者哀而安，上声者厉而举，去声者清而远，入声者直而促。

流行的《四声歌诀》也说：

平声平道莫低昂，上声高呼猛烈强，去声分明哀远道，入声短促急收藏。

顾炎武在《音论》中所说的意思也差不多：

> 其重其［急］则为入为去为上，其轻其迟则为平。

这都是以音势分四声，依《元和韵谱》及《四声歌诀》说，平去都较轻，上入都较重；依顾氏说，则三个仄声都比平声较重。但近人也有主张平强于仄者，王光祈在《中国诗词曲之轻重律》里说：

> 平声之字，较之上去入三种仄声之字，有下列两种特色：（甲）在"量"的方面，平声则"长"于仄声。……（乙）在"质"的方面，平声则"强"于仄声。按平声之字，其发音之初，既极宏壮，而继续延长之际，又能始终保持固有之"强度"。因此，余遂将中国平声之字，比之近代西洋语言之"重音"，以及古代希腊文字之"长音"，而提出平仄二声为造成中国诗词曲的"轻重律"之说。

王氏为研究乐理学者，所说的话殊笼统粗疏，使人失望。平仄不是单纯的"长"的问题，已如上述。至于平仄的轻重关系也随地不同。据高元的研究，轻重在江苏七声上特别重要，在其他区域则影响甚微。就大体说，读上入两声显然比读平去两声较着重费力，如《元和韵谱》和《四声歌诀》所说的。还有一个重要的问题就是音的轻重是否能在独立的单字上见出。中国字虽尽单音，但有组合两字成复音的趋势，从前可以一个字表示的现在往往用两个字表示，比如"浴"变为"洗澡"，"战"变为"打仗""战争"，"父"变为"父亲"，"盆"变为"盆儿""盆子"之类。我们在下文还要详论复合两字成音组对于音律的关系，现在可以很简单地说：同是一个字在一个复合音组里读重音，在另一复合音组里可读轻音，全看行文的口气。比如同是"子"字，在"子书"里比在"扇子"里读得较重；同是"声"字，在"声音"里比在"平声"里读得较重；同是"又"字，在"他又来了"里比在"他为什么又来了"里读得较轻。因为仄音不全是重音（如去声和平声轻重略等），以及音的轻重随语气转移的两重关系，诗中平仄相间也不一定是轻重相间。

总观以上的分析，四声虽如高元所说的，为"在同一声（子音）韵（母音）中音长，音节（即音高），音势三种变化相乘之结果"，而在实际上却没有哪一声有固定一律的音长音高或音势。我们不能说，平仄等于长短，高低或轻重。因此，拿西方诗的长短轻重高低来比拟中国诗的平仄，把"平平仄仄平"看作"重重轻轻重"或"长长短短长"，一定要走入迷路。在拉丁诗中一行不能全是长音或短音，在英文诗中一行不能全是重音或轻音。假如全行都只有一种音，就不会有节奏，读起来就很佶屈聱牙。但是在中文诗中，一句可以全是平声，如"关关雎鸠"，"修条摩苍天"，"枯桑鸣中林"，"翩何姗姗其来迟"之类；一句也可以全是仄声，如"窈窕淑女"，"岁月忽已晚"，"伏枕独展转"，"利剑不在掌"之类。这些诗句虽非平仄相间，仍有轻重的起伏，读起来仍很顺口。从此可知王光祈以平仄二声作"轻重律"之说完全不能成立。

钱玄同以为五声茫无标准，不易讲得明白，主张不分五声。高元主张"五声绝对的废弃论"。胡适根据"由最古的广州话的九声逐渐减少，到后起的北部西部的四声"之事实，断定"这个趋势是应该再往前进的，是应该走到四声完全消灭的地位的"（见高元《国音学》的胡序）。他在《谈新诗》里主张"推翻词谱曲谱的种种束缚，不拘平仄，不拘长短"。

在我们看，语音的演变是一种自然现象，有风土习惯，生理构造以及心理性格种种因素在后面鼓动。它不是三数学者唱废弃或唱保守所能左右的。至于简单化是语音与文法的公同趋势，但因"简单化"而推测到"零化"，恐怕也是一个过于大胆的预言。比如英文文法，从盎格鲁萨克逊时代起一直到现在，都在简单化，我们能由此断定英文会走到文法完全消灭的地位么？

我们研究语音，像研究任何自然现象一样，要接受事实，就事论事，武断和预言都是危险的事。就事实说，声音的分别是在那里，研究诗学者应该研究这个分别在诗里有什么意义和功用。从以上分析平仄与长短高低轻重的关系所得的结果看，从中国诗可全句皆平或全句皆仄而仍有节奏的事实看，我们可以知道四声的"节奏性"不十分明显确定，至少它比不上希腊拉丁文的长短音或英文的轻重音。但是我们不能说四声对于节奏毫无影响。凡是两个不同量不同质的现象有规律地交互起伏，都多少要产生节奏出来。平与仄的分别是很显然的，这显然有分别的两种声音交互起伏；听起来自不能不感到几分节奏。中国的律诗就是要把这种交互起伏定成一种有规律的固定的模型，使节奏显得更清楚一点，像：

仄仄平平仄，平平仄仄平，仄仄平平仄仄，平仄平平。

之类的调谱不过像英文的"轻重五步格"，就离开实质的形式说，原都是死板的东西。做诗的技巧就在把它加以活化，使本来是形式化的，沿袭的东西变成自然的，创造的。每个第一流英国诗人用"轻重五步格"的方法都有和别人不同的地方，可是用的还是别人所用的"轻重五步格"。唐人宋人清人都写律诗，但是这三个时代的律诗，专就声音的效果方面说，也不能尽同。在诗中语言的节奏和音乐的节奏是不应分开的。比如下面杜甫的诗：

白日放歌须纵酒，青春作伴好还乡！（《闻官军收两河》）

永存角声悲自语，中天月色好谁看。（《宿府》）

就平仄论，这两联完全相同；但是它们的音调气韵绝不相似，就因为同样的音乐的节奏因语言节奏的变异而变异。声声随情趣而异，我们不能离开情趣（语言的节奏的原动力）而抽象地讲声音，所以诗的声调不能立谱。王士禛，赵执信，董文涣诸人所著的《声调谱》，虽是煞费苦心，究竟是解剖枯骨。我们以为诗应该研究声对于义的影响，应该选择与意义最调协的声音。平仄不能不讲究，但是不可拘泥调谱。在实际上也没有一个真正诗人拘泥调谱的。攻击调谱是一回事，攻击调平仄又另是一回事。近人因调谱的陈腐空洞而怀疑到调平仄，似乎没有把条理分清。

（三）

四声能否见出中国诗的节奏是一个问题，它能否造成诗的和谐又另是一问题。在诗中和在音乐中，节奏和"和谐"(Melody) 是应该分清的。比如磨坊的机轮声和铁铺的钉锤声都有节奏而没有和谐；古寺的一声钟和深林里一阵风声都可以有和谐而不一定有节奏。节奏自然也是造成和谐的一个要素，但是和谐的要素不仅限于节奏，比如"调质"(Tone-quality) 就比节奏还更重要。四声不但含有节奏性，还有"调质"上的分别。凡是读书人都能听出四声，都知道某字属于某声，丝毫没有困难；但是从前许多音韵学专家却不能断定四声与长短高低轻重的关系。我们可以说，四声中最不易辨别的是它的"节奏性"，最易辨别的是它的"调质"或"和谐性"。

一般人以为四声是中国语言的特殊现象。这种见解是错误的。比如说英文，a 长音就是上声，e、i、o、u 的长音都是去声，e、i、u 的短音都是入声。独立的母音没有平声，但是母音与鼻音 (mn) 相拼时，如果不是重音，往往读成阴平，例如 Stephen 中之 phen 音，Ding-dong 中之 dong 音，London 中之 don 音，Phantom 中之 tom 音，都近于阴平。如论子音则 b、l、n 诸音都近于上声，d、g、k、p 诸音都近于去声，f、m、n 诸音都以阴平收。阳平声在英文似少见。这种声的分别在英文中叫做"调质",在其他文字中也存在。西方诗论家常把它看作"诗的非节奏的成分"(Non-rhythmical Element of Verse)。

　　诗讲究声音,一方面在"节奏",在长短轻重的起伏;一方面也在"调质",在字音本身的和谐以及音与义的调协。在诗中"调质"最普通的应用在双声叠韵。双声(Alliteration)是同声纽(子音)字的叠用。在古英文诗中不用脚韵,每行分前后二部,前部必有一两个字与后部一两个字成双声,把散漫的音藉同声纽的字联络贯串起来。例如:

Beowulf waes bremeblaed wide sprang.

一句诗的前后两部用 b 的双声做联络线。这种"双声"有韵的功用,所以有时叫做"首韵"(Beginning Rhyme),与"脚韵"(End Rhyme)相对待。近代诗大半有脚韵,无须用双声作首韵,但仍当用双声产生和谐。中国字尽单音,所以"双声"字极多,例如《国风》第一篇里"雎鸠""之洲""参差""辗转"都是双声字。

　　叠韵(Assonance)是同韵纽(母音)字的叠用。古法文诗以叠韵为脚韵。例如《罗兰歌》用 bise 和 dire 成韵。近代欧洲诗脚韵于(一)行尾母音相同之外,再加上(二)母音后的子音亦必相同一个条件,例如 dire 和 lire 成韵,bise 和 mise 成韵。近代中文除含鼻音的字以外,凡字都以纯粹的母音收,所以欧洲诗用韵的第二条件在中文里几无意义,而"叠韵"和"押韵"根本只是一回事,不过普通所谓"押韵"只限于押"脚韵"罢了。其实如依谨严的逻辑分类，则"押韵"还是叠韵，叠韵有两种，一种在句内押韵，即通常所谓"叠韵"，一种在句尾押韵，即通常所谓"脚韵"。中国文字因为大半以母音收的缘故，同韵字特别多，押韵和叠韵都是最容易的事，也是做诗最注意的事。

"双声""叠韵"都是要在文字本身见出声音和谐。诗人用这些技巧，有时除声音和谐之外便别无所求，有时不仅要声音本身和谐，还要它与意义能调协。音义调协不仅限于双声叠韵。在诗中每个字的音和义如果都互相调协，那是最高的理想。音律的研究就是对于这最高理想的追求，至于能做到某种程度，离这理想是远还是近，则全凭作者的训练的深浅和天资的高低。每国文字中都有些"谐声字"(Onomatopoetic Words)，"谐声字"在音中见义，是音义调协的极端的例子。例如英文中的 Murmur, Cuckoo, Crack, ding-dong, buzz, giggle, hiss 之类。中文里"谐声字"大概在世界中算是最丰富的，它是"六书"中最重要最原始的一类。江，河，嘘，啸，呜咽，炸，爆，钟，拍，砍，唧唧，习习，萧萧，裂，破，猫，钉……随便一写，就是一大串的例子。谐声字多对于做诗是一种大便利。西方诗人往往苦心搜索，才能找得一个暗示意义的声音，在中文里可暗示意义的声音俯拾即是。在西文诗中每遇一个双声，一个叠韵，或是一个音义调协的例子，评注家即特别指点出来，视为难能可贵。在中文诗中几乎篇篇都有这种实例。

音义调协不必尽在谐声字才能见出，有时一个字音与它的意义虽无直接关系，也可以因它的"调质"暗示几分意义出来。就声纽说，发音部位与方法不同，则所生影响随之而异，比如唇音与齿音，轻唇与重唇，轻唇的清与浊在听觉上所生的印象都有差别。就韵纽说，开齐合撮以及长短的分别也各有特殊的象征性。音律的技巧就在选择富于暗示性或象征性的调质。比如形容马跑时宜多用铿锵疾促的字音，形容水流时宜多用流滑轻快的字音；表示哀感时宜多用阴暗低沉的字音，表示乐感时宜多用响亮清脆的字音。例如韩愈《听颖师弹琴歌》的头四句：

  昵昵儿女语，恩怨相尔汝，划然变轩昂，猛士赴敌场。

"昵昵""儿""尔"以及"女""语""怨""汝"都是双声叠韵，读起来非常和谐；各字音都很圆滑轻柔，子音没有夹杂一个硬音摩擦音或爆发音；除"相"字外，没有一个母音是大开口的。所以头两句恰能传出儿女私语的情致。后二句情景转变，声韵也就随之更换。第一个"划"字音来得非常突兀斩截，恰能传出由一幕温柔戏转到一幕猛烈戏的突变。韵脚转到开口阳平声，与首二句闭口上声韵成一个很强烈的反衬，也恰能传出猛士赴战场的豪情胜概。从这个实例看，我们可以知道四声的功用是一种"调质"的功用，它能够产生和谐的印象，能够使声音与意义携手并行。做诗虽不必依照《声调谱》去调平仄，但是在实际上宜用平声的地方往往不能易以仄声字，宜用仄声的地方也不能随意换平声。例如白居易《琵琶行》：

> 大弦嘈嘈如急雨，小弦切切如私语；嘈嘈切切错杂弹，大珠小珠落玉盘。

四句诗中"嘈嘈"决不可换仄声字，"切切"也决不可换平声字。第三句接连用六个舌齿摩擦的音，"切切错杂"状声音短促迅速，如改用平声或上声，效果便绝对不同。第四句以"盘"字落韵，第三句如换平声"弹"字为去声的"奏"字，意义虽略同，听起来就不免拗。第四句的"落"字也胜似"坠""堕"诸字，因为入声比去声较短促斩截，也较响亮。我们如果细心分析，就可以见出凡是好诗，平仄声一定都摆在适宜的位置，平声的效果与仄声的效果决不是一样的。平仄调和所生的影响并不亚于双声叠韵的影响。

胡适在《谈新诗》里着重双声叠韵，而看轻平仄和脚韵。他引陆放翁的诗句：

> 我生不逢柏梁建章之宫殿，安得峨冠侍游宴？

而加以分析说：

> 这十一个字里面，逢宫叠韵，梁章双韵，不柏双声，建宫双声，故更觉得音节和谐了。

接着他下结论说：

诗的音节全靠两个重要分子：一是语气的节奏，二是每句内部所用字的自然和谐。至于句末韵脚，句中的平仄，都是不重要的事。语气自然，用字和谐，就是句末无韵也不要紧。

下面他又引了几首新诗，证明双声叠韵的重要。他的话似易引起人误会他所说的"用字和谐"全在双声叠韵，而"句末韵脚，句中的平仄"则为"用字和谐"以外的事，所以"不重要"。其实韵脚也还是一种叠韵，双声在古英文诗中也当作韵用过。双声，叠韵，押韵和调平仄都同是选配"调质"的技巧。如果论"和谐"，"句末韵脚，句中的平仄"，也似不比双声叠韵差一等。在同是"调质"的现象之中，取双声叠韵，而否认押韵调平仄的重要，似未免欠公平了。

（四）

中国诗的节奏不易在四声上见出，但是节奏仍然是有的，它大半靠着"顿"，"顿"又叫做"逗"或"节"，它的重要以前很少有人真正明白。"顿"是怎样起来的呢？就大体说，每句话都要表现一个完成的意义，意义完成，声音自然停顿。一个完全句的停顿通常用终止符号（。）表示。比如说：

我来。

我到这边来。

我到这边来,听听这些人们在讨论什么。

我到这边来,听听这些人们在讨论什么,讨论得那样起劲。

这四句话长短不同,却都要到最后一字才停得住,否则意义就没有完成。三四都是复合句,每句包含两个或三个可以独立的意义,通常说话到某独立的意义完成时可以顿一顿,虽然不能完全停止住。例如三四两句用逗点符号(,)所表示的。论理,我们说话或念书,在未到逗点或终止点时都不应停顿。但在实际上我们常把一句话中的字分成几组,某相邻数字天然地属于某一组,不容随意上下移动。每组自成一小单位,有稍顿的可能。比如上例第四句可以用(—)为顿号区分为下式:

我到—这边来,听听—这些—人们—在讨论—什么,—讨论得—那么—起劲。

这种每小单位稍顿的可能性在通常说话中,说慢些就觉得出,说快些就觉不出。但是在读诗时,我们如果拉一点调子,它就很容易见出。例如下列诗句通常照这样顿:

陟彼—崔嵬,—我马—虺隤。—我姑—酌彼—金罍,—惟以—不永怀。

　　涉江—采芙—蓉,—兰泽—多芳—草。

　　永夜—角声—悲自—语,—中天—月色—好谁—看。

这里我们要特别注意的就是说话的顿和读诗的顿有一个重要的分别。说话的顿注重意义上的自然区分,例如"彼崔嵬","采芙蓉","多芳草","角声悲","月色好"诸组必须连着读,不能有顿。读诗的顿注重声音上的整齐段落,往往在意义上不连属的在声音上可连属,例如"采芙蓉"可读成"采芙—蓉","月色好—谁看"可读成"月色—好谁—看"。粗略地说,四言诗每句含两顿,五言诗每句表面似仅含两顿半而实在有三顿,七言诗每句表面似仅含三顿半而实在有四顿,因为最后一字都特别拖长,读成一顿。

　　说话的顿和读诗的顿不同,就因为说话完全用自然的节奏,读诗须参杂几分形式化的节奏。胡适在《谈新诗》里把诗的"顿挫段落"看成"自然的音节",似还有商酌的余地。比如他所举的例:

　　风绽—雨肥—梅。

　　江间—波浪—兼天—涌。

这两句诗应该依他这样顿,但是这样顿法不能说是"依意义的自然区分",因为就意义说,"肥"字和"天"字都是不应顿的。

诗里有一个形式化的节奏,我们不能否认;不过同时我们也须承认读诗者不应完全遵照形式化的节奏,应该设法使它和自然的节奏愈接近愈好。我们在以上所举各例中完全用形式化的节奏去顿的,这种顿法并非一成不变,每个读诗者都有伸缩的自由,比如下列顿法:

涉江—采芙蓉。

风绽—雨肥梅。

中天—月色好—谁看!

江间—波浪—兼天涌。

较近于语言的自然的节奏,也未尝不可用。有时如果严守形式化的节奏,往往因为与意义的自然区分相差太远,听起来反有些不顺,比如下列诸句照下式:

似梅—花落—地,—如柳—絮因—风。

送终—时有—雪,—归葬—处无—云。

静爱—竹时—来野—寺，—独寻—春偶—过溪—桥。

管城—子无—食肉—相，—孔方—兄有—绝交—书。

似不如顿成下式较为自然：

似梅花—落地，—如柳絮—因风。

送终—时—有雪，归葬—处—无云。

静爱竹—时来—野寺，—独寻春—偶过—溪桥。

管城子—无食肉—相，—孔方兄—有绝交—书。

诗的格调在各国都有常例，有变例；我们不能使变例勉强迁就常例，也不应拿变例打破常例。在诗方面和在其他艺术方面一样，谈到最后，都要归到"归心妙运"，我们不能把一切都归纳到一条死板的规律里去。

中文诗的诗与英文诗的"音步"(foot)和法文诗的"顿"(Cesura)相较，有两个重要的类似点：

（一）在一音步或一顿之内，音的长短都有伸缩的余地。英文诗每音步通常含两个单音，前轻后重，叫做"轻重格"(Iambic)，但是偶尔也可以含三个单音或一个单音，例如：

Shadowing more beau ty in their ai ry brows.

第一音步含三单音，是无疑地比第三音步两个短促而不着重的音较长。法文诗每顿长短不定，我们在上文已经说过。中文诗的顿在字面上长短虽少伸缩，但读起来长短悬殊仍是很大，这全取决于语言的自然节奏以及字音本身的"调质"，例如：

念天地—之悠悠，—独怆然—而涕下。

第一句中"念天地"顿不能有"之悠悠"顿那么长，第二句"独怆然"顿也不能如"而涕下"顿那么短。再如：

寻寻—觅觅，—冷冷—清清，—凄凄—惨惨—戚戚。

七个叠字虽各占一顿，而彼此长短不能尽同，入声的叠字自然地比平上声的叠字较短。

　　近来论诗者往往不明白每顿长短无定律的道理，发生许多误会。有人把"顿"看成"拍子"，不知道音乐中一个拍子有定量的长短，诗的音步或顿没有定量的长短，不能相提并论。此外又有人以为每顿字数应该一律，不知道字数一律时长短并不一定一律，反之，长短一律时，字数也可以不一律。最好的例是吴歌中的七绝格，七绝每句七字，而吴歌在七绝第三句往往有几十个字成一句，但唱时却须用快板，使几十个字音所占的时间不比七个字音所占的时间长得太远（据顾颉刚说）。胡适在《谈新诗》里也谈到每顿的长短问题，他说：

> 白话里的多音字比文言多得多，并且不止两个字的联合，故往往有三个字为一节，或四五个字为一节的。

这是事实，它的原因是文言省略虚字而白话不省略虚字。虚字在读诗时须轻轻地滑过去，所以白话诗的顿并不必以字数增加而比文言诗的顿较长。

　　文言诗的顿和白话诗的顿最大差别还不仅在用字多寡，而在读文言诗有一个传统的形式的节奏做底子，在语言的节奏之外有一个音乐的节奏，音的顿可不必与义的顿相同。至于白话诗，我们无传统的读法，人自为政，大半全用语言的自然的节奏，没有固定的音乐的节奏，在理论上音的顿与义的顿虽相同，而实际上它只是义的顿，不是音的顿。我们读：

> 江间—波浪—兼天—涌

时，顿与顿之中，在声音上确有一个分水界限；而读：

> 万一—这首诗—赶得上—远行人

时可作一气读，我们并不在有顿号的地方略顿。如果像读旧诗似的拉调子读白话诗，就未免有几分喜剧意味了。因此，白话诗的顿能否如旧诗的顿可造成声音上的节奏，也还是问题。

（二）像英文诗的音步和法文诗的顿一样，中文诗的逗以抑扬见节奏。读到顿时声音都略提高拉长加重，例如：

陟彼—崔嵬，—我马—虺隤。

风绽—雨肥—梅。

江间—波浪—兼天—涌。

每顿第二字都比第一字读得较长较高较重。严格地说，中文诗的音步用"顿"字来说，只是沿用旧名词，并不十分恰当，因为在实际上声音到"顿"时并不必停顿，只略提高延长加重。就这一点说，它和法文诗的顿似微有不同，因为法文诗到顿时往往实在是要略微停顿的。它和法文诗的顿相同的就是"顿"同时在音长音高音势三方面见出，一定是先抑后扬，不能如英文诗可先扬后抑。（英文诗有先重后轻以及两头轻中间重诸格。）

中文诗因为到顿必扬的缘故，四声的分别对于节奏的影响越发显得微小。例如上引诸诗句中"我马"同是上声，"江间"同是阴平，而读起来"马"比"我"，"间"比"江"都较长较高较重；在"风绽"和"波浪"两音组中，去声的"绽"字和"浪"字本比平声的"风"字和"波"字较短，而读起来反较长。

这件事实是研究中国诗的声律者所应特别注意的。它很明白地告诉我们：中国诗的节奏第一在顿的抑扬上见出，至于平仄相间，还在其次。明白这个道理，我们更可以见出拿平仄比拟英德文的"轻重律"，实在是牵强附会！

（五）

中国学者讨论诗的音节，向来分"声""韵"两层来说。在我们看，这两层之外应加上"顿"或"逗"。四声的分析已见上文。韵有两种：一种是句内押韵，一种是句尾押韵。它们实在都是"叠韵"，不过在中文习惯里句内押韵才叫做"叠韵"，句尾押韵则叫做"押韵"或"押韵脚"。声与韵是密切相关的。我们已经说过，在古英文中，双声有叠韵之用。依阮元说，齐梁以前，"韵"兼包近代"声""韵"两个意义。齐梁时有"有韵如文，无韵如笔"之说，但昭明太子所选的叫做《文选》，里面不押韵的文章还是很多。阮氏在《文韵说》里根据这个事实下结论说：

> 梁时恒言所谓韵者固指押韵脚，亦兼谓章句中之声韵，即古人所言之宫羽，今人所言之平仄也。……声韵流变而成四六，亦只论章句中之平仄，不复有押脚韵也。四六乃韵文之极致，不得谓之为无韵之文也。昭明所选不押韵脚之文，本皆奇偶相生，有声音者，所谓韵也。（《揅经室续集》卷三）

这个学说很可注意，因为它很明白地指点出来：中国韵文之中有不押韵脚的一种，就是"赋"与"四六"之类。不过阮氏据此断定昭明所选皆"韵文"，也尚有疑义，因为"序""论"诸类有许多文章不但不押韵脚，也并不讲求"奇偶相生"。我们在这里姑且沿用"韵"的流行意义，专把它看作"押韵脚"。

韵在中国发生最早，流传到现代的古籍大半都有韵。《诗经》为韵文，固不用说；即记事说理的著作，像《书经》(如《大禹谟》里"帝德广润"段，《伊训》里"圣谟洋洋"段)，《易经》(如《彖》《象》《杂卦》)，《礼记》(如《曲礼》里"行前朱鸟而后玄武"段，《乐记》里"今夫古乐"和"夫古者天地顺而四时当"诸段)，以及《老子》(例甚多)《庄子》(为《逍遥游》的末段) 之类，都有用韵的痕迹。在古代文学中最清楚的分别是伴乐与不伴乐，至于有韵无韵还在其次。

韵的起源如何，从前有很多的解释。最流行的是韵文便于记忆。章学诚在《文史通义·诗教下》里说：

> 演畴皇极，训诰之韵者也，所以便讽诵，志不忘也。……后世杂艺百家，诵拾名数，率用五言七字，演为歌谣，咸以便记诵，皆无当于诗人之义也。

不过这种说法只可以说明韵的功用，不一定可以说明韵的起源。人类唱歌跳舞，比以韵语记载事理，起来较早，所以诗歌的韵必在应用文的韵之前，韵的起源须在原始的诗歌里去找。诗歌在原始时代都与音乐跳舞并行，它的韵或许是点明一节乐调和一节舞步的停顿所必需的。近代徽戏有一种乐调每节都以锣声收，最普通的尾声是"的铛嗤铛嗤铛晃！""晃"就是锣声。在这种音乐里锣声仿佛有韵的功用。澳洲土人歌舞时妇女常在膝上捆一块袋鼠皮，到歌声某阶段即敲皮作响以应和节奏。京戏鼓书鼓板也是如此，这些乐器的声音都可以看作乐舞中的韵。也许诗歌的韵在起源时是应和每节乐调之末同一乐器的重复的声音，有如徽调中的锣，澳洲乐舞中的袋鼠皮，以及京戏鼓书中的鼓板。

中国诗向来以用韵［为］常例。诗偶有不用韵者大半都有特别原因。顾炎武在《日知录》里曾反对有韵与无韵的分别说：

> 古人之文，化工也。自然而合于音，则虽无韵之文而往往有韵；苟其不然，则虽有韵之文而时亦不用韵，终不以韵而害义也。三百篇之诗，有韵之文也。乃一章之中有二三句不用韵者，如"瞻彼洛矣"，"维水泱泱"之类是矣。一篇之中有全章不用韵，如《思齐》之四章五章，《召旻》之四章是矣。又有全篇无韵者，如《周颂》：《清庙》《维天之命》《昊天有成命》《时迈》《武》诸篇是矣。说者以为当有余声，然以余声相协，而不入正文，此则所谓不以韵而害意者也。……太史公作赞，亦时一用韵，而汉人乐府反有不用韵者。据此则文之有韵无韵，皆顺乎自然。诗固有韵，而文亦未必不用韵。东汉以降，乃以无韵属之文，有韵属之诗之判而二之，文章日衰，未始不因乎此。

顾氏的大旨在诗与文不应以韵分，因为诗可不用韵而文亦可用韵。在原理上这是我们同意的。不过就事实说，无韵诗在中国为特例，究不足以破原则。他所举的实例不尽能为诗可无韵之证。二三句不用韵而其余皆用韵，仍是用韵的变格。《周颂》多阙文，而且题材风格颇似《书经》中的"诰"，都是应用文，与通常抒情诗不同。顾氏固未尝反对"余声相协"之说，所谓"余声相协"就是在词句本身上虽不用韵，而歌唱时仍补上一个协韵的余声。

中国历史上有两次废韵的尝试。第一次是六朝人用有律无韵的文章译佛经中的有音律的行赞和"偈"。第二次就是现代白话诗运动。译佛经者大半是印度和尚，以外国人写中文，总不免有些困难，而且译佛经的本意不在于为诗，用韵很容易因迁就文字而失去真意，不用韵固无足怪。宋诗颇受佛经的影响，而且宋人极欢喜文字游戏，所以苏东坡一般人也模仿过佛经的"偈"。但是从来没有看见一个诗人仿"偈"体做无韵诗。白话诗还在萌芽时期，它的废韵的尝试显然受西方诗的影响。不过近来它又有回到用韵的倾向。以后它走那条路，我们不必作揣摩其词的预言。我们现在只讨论韵在已往的中国诗里何以那根深蒂固。也许这个问题解决了，我们对于将来诗与韵的关系如何可以推知大概。

我们首先应该明了的就是诗与韵本无必然关系。日本诗到现在还无所谓韵。古希腊诗全不用韵。拉丁诗初亦无韵，到后期才有类似韵的收声，大半用在宗教中的颂神诗和民间歌谣。古英文只有双声而无叠韵。据现有的证据看，诗用韵不是欧洲所固有的，而是由外方传去的。韵传到欧洲，至早也在耶稣纪元以后。据十六世纪英国学者阿斯铿（现通译阿舍姆）(Ascham) 说，西方诗用韵始于意大利，而意大利则采匈奴和高兹诸蛮族的"陋习"。阿斯铿以博学著名，他的话或不无所据。匈奴影响及于西欧在纪元后第一世纪左右，匈奴侵罗马则在第五世纪。韵初传到欧洲，颇风行一时。德国的《尼布浪根歌》（现通译《尼伯龙根之歌》）以及法国的从第十世纪到第十三世纪许多叙事诗都用韵。但丁的《神曲》是欧洲的第一部伟大的有韵诗。文艺复兴以后，欧洲学者倾向复古，看到古典名著都不用韵，于是骂韵是"野蛮人的玩艺儿"。密尔敦（现通译弥尔顿）(Milton) 在《失乐园》的《序》里，斐纳浪（现通译费奈隆）(Fenelon) 在《给法兰西学院的信》里都竭力骂诗用韵。十七世纪以后用韵的风气又盛起来。法国浪漫派诗人尤其注意炼韵。批评家圣博甫（现通译圣伯夫）(Sainte-Beuve) 作《颂韵诗》称韵为"诗中的唯一和谐"。诗人邦威尔 (Bainville) 在《法国诗学》里几乎把善于用韵看作诗人的最大能事。近代"自由诗"起来以后，韵又没有从前那样流行。总观韵在欧洲的历史，它的兴衰有一半取决于当时的风尚。

其次我们应该明了的就是诗宜否用韵与语言的个性也很密切相关。比如拿英法诗相较，韵对于法文诗比对于英文诗较重要得多。法国诗从头到现在，除散文诗及一部分自由诗〈为〉外，无韵诗极不易发见。"自由诗"大半仍用韵，据音韵学专家格腊茫 (Grammont) 的意见，"自由诗"全靠韵来联络成一气。英文诗长篇者大半用"无韵五音步格"，短诗不用韵者虽较少见，却亦非绝对没有。如果以行为单位，统计英诗名著，则无韵的实较有韵的为多。

想达到"庄严体"者往往不肯用韵，因为韵近于纤巧，不免有伤风格。我们可以说，韵在英文诗中几成为小家碧玉的装饰，不足与语大雅。莎斯比亚著悲剧，尽用"无韵五音步格"，在早年的作品中还偶在每幕或每景收场时夹几句韵语，到晚年他就简直不用韵。法国最著名的悲剧作家康赖意和腊辛的作品中却没有一种不用韵。韵对于英法诗的分别在这个简单的统计中就可以见出了。

这个分别的原因是值得推求的。我们在上文已经说过，法文音的轻重分别没有英文音的轻重分别那么明显。这可以说是拉丁系语言和日耳曼系语言的根本差别之一。英文诗因为轻重分明，音步又很整齐，所以节奏容易在轻重相间上见出，无须藉助于韵脚上的呼应。法文诗因为轻重不分明，每顿长短又不一律，所以节奏不容易在轻重的抑扬上见出，韵脚上的呼应有增加节奏性与和谐性的功用。

我们既明白韵对于英法诗的分别和理由，就不难知道韵对于中国诗的重要了。以中文和英法文相较，它的音轻重不甚分明，颇类似法文而不类似英文。我们在上文已见过，中文诗的平仄相间不是很干脆地等于长短高低或轻重相间，一句诗全平全仄，仍然可以见出节奏，所以节奏在平仄相间上所见出的非常轻微。近代西方语言的重音相当于希腊拉丁文的长音，轻音相当于它们的短音。中文的四声同时有长短轻重高低的分别。说精密一点，各声除阴平与入声以外，都不能始终维持一律的音长音高和音势。说粗略一点，平较长于仄，仄较高较重于平。因此，平失其为扬，它的长与它的低和轻因相反而互抵消其影响；仄亦失其为抑，它的短与它的高和重因相反而互抵消其影响。此外还加上"顿"的关系，在顿的地位，仄声可长于平声，平声也可以长于同类的另一个平声。这都是四声不易见出节奏的理由。节奏既不易在四声见出，所以须在其他原素上见出。我们上文所说的"顿"是一种，韵也是一种。韵是去而复返，前后相呼应的。韵在一篇声音平直的文章里生出节奏，犹如钟声在长夜深山的寂静里生出节奏一样。中国诗的节奏有赖于韵，也犹如法文诗的节奏有赖于韵一样。齐梁以前的诗都无意于调平仄而却必有韵，纵使调平仄，也仅限于韵脚一个字。这件事实也可以证明韵对于中国诗的节奏实比声为重要。

韵对于中国诗的重要还不仅在点明节奏。就一般诗来说，韵的最大功用在把涣散的声音团聚起来，成为一种完整的曲调。它好比贯珠的串子，在中国诗里这种串子尤其不可少。邦威尔在《法国诗学》里说："我们听诗时，只听到押韵脚的一个字，诗人所想产生的影响也全由这个韵脚字酝酿出来。"这句话应用到中文或许比应用到法文还更精确。西文诗单位是行 (Line)，每行不必为一句。行只是音的段落而不是义的终止点，所以读西文诗到每行最末一字常无停顿的必要。例如密尔敦的诗句：

> He called so Loud that all the hollow deep
> Of Hell resounded

用"上下关联格"(Eniambement)，上行一定连着下行读，不能在上行的最后一字停顿。每行的最后一音既无停顿的必要，我们就不必特别着重它，所以它对于听觉的影响和其他字音差不远，不必一定要押韵。关联格固然也常用韵，因为到韵不停的缘故，影响仍然不甚明显。中文诗则不然，每句大半是四言五言或七言，一句就有一个完足的意义。所以中文诗句不仅是音的段落，也是义的段落。读中文诗在一句中腰决不能停止（这在西文诗是常见的），而到句末一字则必稍停止，不能和下句一气连着读。句末一字是中文诗句的必停顿的一个字，所以它是全诗音节最着重的地方。如果最着重的一个音时而开口,〈时而齐开口,〉时而合口，没有一点规律，音节便不免乱杂无章，前后不能贯串成一个完整的曲调了。例如《佛所行赞经》是用五言无韵诗译的，我们试读几句看看：

> 尔时婇女众，庆闻优陀说，增其踊悦心，如鞭策良马，往到太子前，各进种种术，歌舞或言笑，扬眉露白齿，美目相眄睐，轻衣见素身，妖摇而徐步，诈亲渐习远。

就意象说，这种材料很可以写成好诗；就音节说，它却是一盘散沙，读起来不能起和谐之感。我们试拿它和郭璞的诗句比较看：

> 阊阖西南来，潜波涣鳞起。灵妃顾我笑，粲然启玉齿。蹇修时不存，要之将谁使？

马上就可以见出韵对于中国诗的音节之重要了。

疑难者或许问道：西文诗既可用上下关联格，中文诗就不能照办么？

白话诗也常效仿西文诗用上下关联格，使上行连着下行读，不押韵脚。例如徐志摩的《翡冷翠的一夜》：

> 我就微笑的再跟着清风走，
> 随他领着我，天堂，地狱，哪儿都成，
> 反正丢了这可厌的人生，实现这死
> 在爱里，这爱中心的死，不强如
> 五百次的投生？……

这里除着用关联格不用韵的问题，还有一个改句为行的问题。一篇散文分段落，一篇诗分章分行或分句，都要有一个内在的理由。中国诗向来是以句为单位，因为一句包含一个完足的意义；西文诗向来以行为单位，因为一行包含有定量或有定数的声音。一个法文诗行通常要十二个音，一个英文无韵格诗行通常要十个音。一行诗中音够了，意义虽未完足，也可以另起一行。我们试问：在上引的实例中，第三行何以一定要在"死"字收，第五行何以一定要在"如"字收呢？说它是意义的终止点么？它显然不是。说它是声音的终止点么？它也不是，因为每行既不像法文诗有一定的"顿"数，又不像英文诗有一定的"音步"数，音的多寡不一律，更不用说。假如我们把它换个样式排列，或是把它简直不分行而写成一段散文，在音节上并不产生若何分别。既写成诗的形式，读者就预期找得着诗的特殊的音节。没有诗的特殊的音节而排列成诗的形式,在作者为没有理由,在读者就不免失望了。

有一派新诗作者于改句为行时,在每行里规定顿的数目,使中文诗行如英文诗行,有一定的音步。孙大雨的《自我的写照》便是好例。这是一种进步,不过中文分音步的诗行究竟不能像英文分音步的诗行那样轻重节奏分明。我们在上文说过,旧诗分顿所生的抑扬节奏全在读的声音上见出,文字本身并不像英文轻重分明。现在新诗偏重语言的节奏,不宜于拉调子读出抑扬的节奏来,所以虽分有规律的音步,它对于音节的影响仍是很微细。因为这个道理,韵对于新诗的节奏与和谐或反比对于旧诗的更重要。新诗句法较近于散文,音节最易流于直率涣散,也许韵的联络贯串的功用更不可少。

从前中国诗人用韵的方法分古律二种。古诗用韵变化最多,尤其是《诗经》里的诗。江永在《古韵标准》里统计《诗经》用韵方法有数十种之多,例如连句韵(连韵从两句起一直到十二句止),间句韵,一章一韵,一章易韵,隔韵,三句见韵,四句见韵,五句见韵,隔数句遥韵,隔章尾句遥韵,分应韵,交错韵,叠句韵等等。古诗用韵变化多端,几不让西文诗。后来诗人逐渐向窄路上走,以至于隔句押韵,韵必平声,一章一韵到底,成为律诗的定律。一韵到底的诗音节最单调,不能顺情感的起伏曲折而变化,所以律诗不能长,排律中佳作最少。

中国旧诗用韵法还有一个大毛病,就是语音随时地变迁,而韵书则古今南北几一律。流行的诗韵还是《广韵》《平水韵》流传下来的，没有多大的变迁，其中有许多同韵的字现在读起来已经不同韵了，而做诗者还是照旧把"温""存""门""吞"诸音和"元""烦""言""番"诸音押韵，"才""来""台""垓"诸音和"灰""魁""能""玫"诸音押韵，读起来毫不顺口，与不押韵无异。还有一派人像钱玄同所骂的：

> 因为自己通了一点小学，于是做起古诗来，故意把押"同""蓬""松"这些字中间，嵌进"江""窗""双"这些字，以显其懂得古音"东""江"同韵。

这完全失去用韵的本意了。胡适在《谈新诗》里主张：

> 用韵一层，新诗有三种自由：第一，用现代的韵，不拘古韵，更不拘平仄韵。第二，平仄可以互相押韵，这是词曲通用的例，不单是新诗如此。第三，有韵固然好，没有韵也不妨。新诗的声调既在骨子里，——在自然的轻重高下，在语气的自然区分——故有无韵脚都不成问题。

除着第三层尚待斟酌以外，头两种自由是将来的新诗所必走的路。两层之外，如果须加上一层，就应该是连韵，隔韵，换韵，种种韵的应用法变化多端，如西方诗及《诗经》所指示的路。胡氏所说的第三层自由只能适用于"自由诗"。如果一切新诗的声调都只在"自然的轻重高下"和"语气的自然区分"，则诗和散文的声调便绝对没有分别，因为"自然的轻重高下"和"语气的自然区分"，像我们已经分析过的，只是语言的节奏。散文的节奏可以完全是语言的节奏，而诗却于此之外，另有一种形式化的节奏。如果把这个形式化的节奏（如平仄韵脚音步之类）完全丢开，则作者没有理由把他的作品排列成为诗的形式。我们并不反对诗人用散文写他的情思，不但不反对，并且相信纯文学在逐渐放弃诗的形式而取散文。但是我们找不到理由可以辩护一个诗人在可以用散文时而冒用诗的形式，既冒用诗的形式而又不给我们所预期的有规律的音节。

第六章　中国诗何以走上"律"的路？（上）
　　赋对于诗的影响

（一）

中国诗的体裁中最特别的是律体诗。它是外国诗体中所没有的，在中国也在魏晋以后才起来。起来以后，它的影响就非常广大。在许多诗集中律诗要占一大部分。各朝"试帖诗"都以律诗为正体。唐以后的词曲实在都是律诗的化身。律诗的影响并且波及〈到〉散文方面，四六文是很明显的例证。

无论近人怎样唾骂律诗，它的兴起是中国诗的演化史上的一件重大事变，这是不能否认的。律诗极盛于唐朝，但是创始者是晋宋齐梁时代的一般诗人。唐朝诗人许多都是六朝诗人的私淑弟子。唐初四杰固不用说，杜甫很坦白地承认：

　　　　熟知二谢将能事，颇学阴何苦用心。

不过唐朝从陈子昂起,也有一种排斥六朝的运动。陈子昂《与东方公书》说:

> 仆尝暇时观齐梁间诗,彩丽竞繁,而兴寄都绝,每以永叹。

李白的"佳句",虽"往往似阴铿",也"数典忘祖",用:

> 自从建安来,绮丽不足珍!

一句话把六朝诗人不分皂白地骂尽。后来一般论诗者往往尾随陈子昂李白,以"绮丽"二字看成六朝人的大罪状,一味推尊盛唐。他们好像以为唐诗是平地一声雷似地起来的。历史家分诗的时期,也往往把六朝归入一个段落,唐朝又归入另一段落,好像以为两段落中间有一个很清楚的分水线。这种卑六朝而尊唐的传统的看法不但是对于六朝不公平,而且也没有认清历史的连续性。平心而论,如果我们把六朝诗和唐诗摆在一个平面上去横看,六朝自较唐稍逊。六朝诗人才打新方向走,还在努力于新风格的尝试,自然不免有许多缺点。但是如果把六朝诗和唐诗摆在一条历史线上去纵看,唐人却是六朝人的承继者,六朝人创业,唐人只是守成。说者常谓诗的格调自唐而始备,其实唐诗的格调都是从六朝诗的格调演化出来的。

文学史本来不可强分时期,如果一定要分,中国诗的转变只有两个大关键。一个是乐府五言的兴盛,从《十九首》起到陶潜止。它的最大的特征是把《诗经》的变化多端的章法句法和韵法变成整齐一律,把《诗经》的低徊往复一唱三叹的音节变成直率平坦。我们试拿《秦风·蒹葭》:

蒹葭苍苍,白露为霜。所谓伊人,在水一方。溯洄从之,道阻且长;溯游从之,宛在水中央。
蒹葭凄凄,白露未晞。所谓伊人,在水之湄。溯洄从之,道阻且跻;溯游从之,宛在水中坻。
蒹葭采采,白露未已。所谓伊人,在水之涘。溯洄从之,道阻且右;溯游从之,宛在水中沚。

三章诗和《古诗十九首》的《涉江采芙蓉》章:

涉江采芙蓉,兰泽多芳草。采之欲遗谁?所思在远道。还顾望旧乡,长路漫浩浩。同心而离居,忧伤以终老。

两诗相比较,便可领略出来这种转变的风味。两诗情感境界都略相似,而写法则完全不同。《蒹葭》要用三章来复述同一情节;而《涉江采芙蓉》只用一章写完一个意境;前者有英文诗中所谓"回旋"(Return),低徊往复,缠绵不尽,后者便一气到底,不再说回头话;前者章句长短有伸缩,后者则为整齐的五言。这个大转变是由于诗与乐歌的分离。《诗经》是大半伴乐可歌的;汉魏以后,诗逐渐不伴乐，不可歌。

第二个转变的大关键就是律诗的兴起，从谢灵运和"永明诗人"起，一直到明清止，词曲只是律诗的余波。它的最大特征是丢开汉魏诗的浑厚古拙而趋向精妍新巧。这种精妍新巧在两方面见出，一是字句间意义的排偶；一是字句间声音的对仗。我们试拿上面所引的《涉江采芙蓉》和薛道衡的《昔昔盐》：

> 垂柳覆金堤，蘼芜叶复齐。水溢芙蓉沼，花飞桃李蹊。采桑秦氏女，织锦窦家妻。关山别荡子，风月守空闺。恒敛千金笑，长垂双玉啼。盘龙随镜隐，彩凤逐帷低。飞魂同夜鹊，倦寝忆晨鸡。暗牖悬蛛网，空梁落燕泥。前年过代北，今岁往辽西。一去无消息，那能惜马蹄。

两诗相比较，便可知道这转变的意味。两诗都是写别后相思，汉人寥寥数语，不绕弯也不雕饰，一气直注，浑朴天然而意味无穷。薛道衡便四方八面地渲染，句句对称，句句精巧。他对于自然的观察也比汉魏人精细。他着重颜色和空气，着重通常被人忽略的景致；着重景与情的调协。著名的"暗牖悬蛛网，空梁落燕泥"一联，最能见出这个新时代的精神。

这两个大转变之中，尤以律诗的兴起为最重要；它是由"自然艺术"转变到"人为艺术"；由不假雕琢到有意刻划。如果《国风》是民歌的鼎盛期；汉魏是古风的鼎盛期，或者说，民歌的模仿期；东晋齐梁时代就可以说是"文人诗"正式成立期。由"自然艺术"

到"人为艺术",由民间诗到文人诗,由浑厚纯朴至精妍新巧,都是进化的自然趋势,不易以人力促进,也不易以人力阻止。我们嫌齐梁以后诗为声律所束缚,以至渐失古风;但试问声律纵不存在,齐梁以后诗就能恰如《国风》以及汉魏五言么?律诗有流弊,我们无庸讳言,但是不必因噎废食,哪种诗的体裁落到平凡诗人的手里没有流弊呢?律诗之拘于形式,充其量也不过如欧洲诗中之十四行体(Sonnet)。我们能藐视伯屈拉克(现通译彼特拉克),莎斯比亚,密尔敦,溪兹(现通译济慈)诸人用十四行体所做的诗么?我们能够藐视杜甫王维诸人用律体所做的诗么?

声律这样大的运动必定有一个进化的自然轨迹做基础,决不能像妇人缠小脚,是由少数人的幻想和癖嗜所推广成的风气。它当然也有一个存在的理由,研究诗学者应该寻出它的因果线索,不当仅如王凤洲批《纲鉴》,自居"老吏断狱",说是说非。科学的第一要务在接收事实,其次在说明因果,演绎原理,至于维护与攻击,尤其余事。本篇就根据这个态度,讨论中国诗何以走上"律"的路。

(二)

中国诗走上"律"的路,最大的影响是从"赋"来的。赋本是诗中的一种体裁。汉以前的学者都把赋看作诗的一个别类。《诗经·毛序》以赋为诗的"六义"之一,《周官》列赋为"六诗"之一。班固在《两都赋》的"序"里说,"赋者古诗之流"。据《汉书·郊祀志》，赋与诗同隶于汉武帝所立的乐府。到齐梁时，刘勰在《文心雕龙》里仍承认"赋自诗出"。赋的鼎盛时代是从汉朝到梁朝，隋唐以后虽然代有作者，已没有从前那样蓬勃了。后人逐渐把诗和赋分开，把赋归到散文一方面去。比如姚鼐的《古文辞类纂》原是一部散文选，诗歌不在内而"词赋"却占很重要的位置。近来文学史家也往往沿袭这种误解，不把"词赋"放在"诗歌"项下来讲。胡适在《白话文学史》里把词赋完全丢去，还可以说是因为着重"白话文学"的缘故；陆侃如冯沅君著《中国诗史》却也不留一点篇幅给词赋，似未免忽略词赋对于中国诗的发展之重要了。

什么叫做赋呢？班固在《两都赋》序里所说的"赋者古诗之流"，和在《艺文志》里所说的"不歌而诵谓之赋"，是赋的最古的定义。刘勰在《诠赋》篇说：

> 赋者铺也。铺采摛文，体物写志也。

刘熙载在《艺概》里《赋概》篇说：

> 赋起于情事杂沓，诗不能驭，故为赋以铺陈之，斯于千态万状层见迭出者吐无不畅，畅无或竭。

赋的意义和功用已尽于这几段话了。归纳起来，它有三个特点：

一、就体裁说，赋出于诗，所以不应该离开诗来讲。

二、就作用说，赋是状物诗，宜于写杂沓多端的情态，贵铺张华丽。

三、就性质说，赋可诵不可歌。

二三两点是赋所以异于一般抒情诗的，虽可分开说，实在互相关联。赋大半描写事物，事物繁复多端，所以描写起来要铺张，才能曲尽情态。因为要铺张，所以篇幅较长，词藻较富丽，字句段落较参差不齐，所以宜于诵不宜于歌。一般抒情诗较近于音乐，赋则较近于图画，用在时间上绵延的语言表现在空间上并存的物态。诗本是"时间艺术"，赋则有几分是"空间艺术"。

赋是一种大规模的描写诗。《诗经》中已有许多雏形的赋。例如《郑风·大叔于田》铺陈打猎的排场：

> 大叔于田，乘乘马，执辔如组，两骖如舞。叔在薮，火烈俱举，襢裼暴虎，献于公所。将叔无狃，戒其伤女。

以及《小雅·无羊》描写农间牛羊的姿态：

> 谁谓尔无羊？三百为群。谁谓尔无牛？九十其犉。尔羊来思，其角濈濈；尔牛来思，其耳湿湿。或降于阿，或饮于池，或寝或讹。尔牧来思，何蓑何笠。或负其糇，三十维物，尔牲则具。

如果出于汉魏以后人的手笔，这种题材就可以写成长篇的赋了。《大叔于田》可以参较司马相如的《上林赋》和扬雄的《羽猎赋》；

《无羊》可以参较祢衡的《鹦鹉赋》和颜延之的《赭白马赋》。诗所以必流于赋者，由于人类对于自然的观察，渐由粗要以至于精微；对于文字的驾驭，渐由敛肃以至于放肆。在《诗经》中可以几句话写完的到后来就非长篇大幅不办了。

诗既流为赋，纡徊往复的音节遂变为流畅直率。中国诗转变的第一大关键是由《诗经》到汉魏乐府五言，我们已经说过。这个转变之中有一个媒介，就是《楚辞》。《楚辞》是词赋的鼻祖，它还带有几分《国风》的流风余韵，但是它的音节已不像波纹线而像直线，它的技巧已渐离简朴而事铺张了。乐府五言大胆地丢开《诗经》的形式，是因为有《楚辞》替它开了路。所以词赋对于诗的影响还不仅在律诗，古风也是由它脱胎出来的。

赋是介于诗和散文之间的。它有诗的绵密而无诗的含蓄，有散文的流畅而无散文的直截。赋的题材并非绝对需要韵文的形式。《荀子》的文章大半都很富丽，《赋篇》《成相》虽用赋体，实在还和他的其他论文差不多。周秦诸子里有许多散文是可以用赋体写的，例如《庄子·齐物论》：

> 夫大块噫气，其名为风。是唯无作，作则万窍怒呺。而独不闻之翏翏乎？山林之畏佳，大木百围之窍穴，似鼻，似口，似耳，似枅，似圈，似臼，似洼者，似污者；激者，謞者，叱者，吸者，叫者，譹者，宎者，咬者，前者唱于而随者唱喁。泠风则小和，飘风则大和，厉风济则众窍为虚。而独不见之调调之刁刁乎？

一般散文在宋玉的手里就可以写成《风赋》，在欧阳修的手里就可以写成《秋声赋》了。赋是韵文演化为散文的过渡期的一种联锁线。所以历来选家对于"词赋"一类颇费踌躇。它本出于诗，它的影响却同时流灌到诗和散文两方面。诗和散文的骈俪化都起源于赋，要懂得中国散文的变迁趋势，赋也是不可忽略的。

何以说诗和散文的骈俪化都起源于赋呢？赋侧重横断面的描写，要把空间中纷陈对峙的事物情态都和盘托出，所以最容易走上排偶的路。比如上文所引的《无羊》诗就已有排偶的痕迹。诗人固不必有意于排偶，但是既同时写牛又写羊，自然会拿它们来两两对较。文字的排偶不过是翻译自然事物的排偶。我们如果把班固的《两都赋》、张衡的《两京赋》和左思的《三都赋》的写法略加分析，便可明白这个道理。它们都从东西南北，上下左右，四面八方的铺张，又竭力渲染每一方的珍奇富庶（如其东有什么什么，其西又有什么什么之类）。这样"双管齐下"，排偶是当然的结果。

本来各种艺术都注重对称。几上的花瓶，门前的石兽，喜筵上的红蜡烛，以至于墓道旁的松柏都是成双成对，如果是奇零的，观者就不免觉得有些欠缺。图画雕刻建筑都是以对称为原则。音乐本来有纵而无横，但抑扬顿挫也往〔往〕寓排偶对仗的道理。美学家对于这种排偶对仗的要求，以为它像节奏一样，起于生理作用。人体各器官以及筋肉的构造都是左右对称。外物如果左右对称，则与身体左右两方面所费的力量也恰相平衡，所以易起快感。文字的排偶与这种生理的自然倾向也有关系。

我们在第二章已经说过，赋源于隐，隐是一种谐，含有若干文字游戏的成分。在作赋猜谜时，人类已多少意识到文字本身的美妙，于是拿它来顽把戏。排偶对仗本是自然的要求。他们发觉它的美妙，于是尽量地来用它。如果艺术是精力富裕的流露，赋可以说是文字富裕的流露。律诗和骈体文也是如此。

西方诗人，就常例说，都比较中国诗人欢喜铺张。他们的许多中篇诗其实都只是"赋"，格来（现通译格雷）(Gray)的《墓园吟》，密尔敦的《快乐者》和《沉思者》，雪莱的《西风歌》，溪兹的《夜莺歌》以及嚣俄的《高山所闻》和《拿破仑赎罪吟》诸作，都是好例。西方艺术也素重对称，何以他们的诗没有走上排偶的路呢？这是由于文字的性质不同。

第一，中文字尽单音，词句易于整齐划一。"我去君来"，"桃红柳绿"，稍有比较，即成排偶。西文单音字与复音字相错杂，意象尽管对称而词句却参差不齐，不易对称。例如雪莱的：

> Music, when soft Voices die,
> Vibrates in the memory—
> Odours, When sweet Vio1ets Sicken,
> Live within the sense they Euicken.

和丹尼生（现通译丁尼生）的：

> The long light shakes across the 1akes
> And the wild Cataract leaps in glory.

都是排偶，但是不能产生中国律诗的影响，就因为意象虽成双成对而声音却不能两两对称。比如"光"和"瀑"两字在中文里音和义都相对称，而在英文里 light 和 Cataract 意虽相对而音则多寡不同，不能成对，犹如"司马相如"不能对"班固"，虽然它们都是专名。

第二，西文的文法严密，不如中文字句构造可自由伸缩颠倒，使两句对得很工整。比如"红豆啄余鹦鹉粒，碧梧栖老凤凰枝"两句诗，若依原文构造直译为英文或法文，即漫无意义，而在中文里却不失其为精练，就由于中文文法构造比较疏简有弹性。再如"疏影横斜水清浅，暗香浮动月黄昏"两句诗没有一个虚字，每个字都实指一种景象，若译为西文，就要加上许多虚字，如冠词前置词之类。中文不但冠词和前置词可以不用，即主词动词亦可略去。在好诗里这种省略是常事，而且也很少发生意义的暧昧。单就文法论，中文比西文较宜于诗，因为它比较容易做得工整简练。

文字的构造和习惯往往能影响思想。用排偶文既久，心中就于无形中养成一种求排偶的习惯，以至观察事物都处处求对称，说到"青山"便不由你不想到"绿水"，说到"才子"便不由你不想到"佳人"。中国诗文的骈偶起初是自然现象和文字特性所酿成的，到后来加上文人求排偶的心理习惯，于是就"变本加厉"了。

艺术上的技巧都是由自然变成人为的。古人诗文本来就朴质自然，后人则连朴质自然都还要出力去学，其他可想而知。骈俪的演化也是如此。《诗经》里已偶有对句，例如"参差荇菜，左右流之；窈窕淑女，寤寐求之"；"觏闵既多，受侮不少"；"手如柔荑，肤如凝脂";"昔我往矣,杨柳依依;今我来思,雨雪霏霏"之类。在这些实例中诗人意到笔随,固无心求排偶。到《楚辞》就逐渐有意于排偶了。例如《九歌》中的《湘君》:

> 采薜荔兮水中,搴芙蓉兮木末。心不同兮媒劳,恩不甚兮轻绝。石濑兮浅浅,飞龙兮翩翩。交不忠兮怨长,期不信兮告予以不闲。

接连几句排偶,决非出之无心,不过虽排偶尚不失朴质。汉人虽重词赋,而作者如司马相如,枚乘,扬雄诸人都只在整齐而流畅的韵文中偶作骈语,亦不求其精巧,例如枚乘的《七发》:

> 龙门之桐,高百尺而无枝。中郁结之轮菌,根扶疏以分离。上有千仞之峰,下临百尺之溪。湍流溯波,又澹淡之。

一段虽然也见出作者有意于排偶,但整齐之中仍寓疏落荡漾之致,富丽而不伤芜靡,排比而不伤板滞。后来班固,左思,张衡诸人乃逐渐向堆砌雕凿的路上走,但仍不失汉人浑朴古拙的风味。魏晋以后,风气变更,就一天快似一天了。例如鲍照的《芜城赋》:

> 若夫藻扃黼帐,歌堂舞阁之基;璇渊碧树,弋林钓渚之馆。吴蔡齐秦之声,鱼龙爵马之玩,皆薰歇烬灭,光沉影绝。东都妙姬,南国丽人,蕙心纨质,玉貌绛唇,莫不埋魂幽石,

> 委骨穷尘，岂忆同舆之愉乐，离宫之苦辛哉！

就有几点与汉赋不同。第一，它很显然地在炼字琢句，尤其是比喻格用得多，例如"璇渊碧树"，"玉貌绛唇"，"埋魂"之类。第二，它着重声色臭味的渲染，如"藻"，"黼"，"碧"，"绛"，"薰"，"烬"，"光"，"影"，"歌"，"声"之类，词赋的富丽就是由这种渲染起来的。第三，句法逐渐趋向四六的类型，这就是说，句的字数四六相间，上下相排偶。第四，声音方面也渐有对仗的趋势，尤其是句末的字，例如"基"与"馆"，"声"与"玩"之类。这几点都是"律赋"的特色。齐梁时律诗仍不多见，而律赋则连篇皆是。梁元帝，江淹，庾信，徐陵诸人的作品不但意精词妍，声音也像沈约所说的，"前有浮声则后有切响"了。

总观词赋演化的痕迹可以分为三个阶段：

一、放大简短整齐的描写诗为长篇大幅的流畅富丽的韵文。就形式说，赋打破诗和散文的界限，或则说，它是诗演变为美术的散文之关键。在这个阶段里，赋虽偶作骈语而不求精巧。在音调方面，它还没有有意求对称的痕迹。它的风格还保持古代文艺的浑厚质朴。例如汉赋。

二、技巧渐精到，意象渐尖新，词藻渐富丽，作者不但求意义的排偶，也逐渐求声音的对称和谐。例如魏晋的赋。

三、技巧成熟，汉魏古拙朴直的风味完全失去，但是词句极清丽，声音极响亮，声色臭味的渲染极浓厚，四六骈俪的典型成立，运用典故及比喻格的风气也日盛。在这个阶段里，古赋已变为律赋。例如宋齐梁陈诸代的作品。

这个演化次第中有一点最值得注意,就是讲求意义的排偶在讲求声音的对仗之前。意义的排偶在楚辞、汉赋里已常见,声音的对仗则到魏晋以后才逐渐成为原则。从这件事实看,我们可以推测声音的对仗实以意义的排偶为模范。词赋家先在意义排偶中见出前后对称的原则,然后才把它推行到声音方面去。意义所含的迹象大半关于视觉,声音则全关听觉。人类的听觉本较视觉为迟钝,所以在诗方面,声虽先于义,而关于技巧的讲求,则意义反在声音之前。

(三)

赋的演化大概如上所述,现在我们回头来说它对于诗的影响。关于这层,有三点最值得注意:

一、意义的排偶,赋先于诗。诗在很古时代就有对句,我们前已说过,但是它们不是从有意刻划得来的。如果我们顺时代次第,拿赋和诗比较,就可以见出赋有意地求排偶,比诗较早。汉人作赋,接连数十句用骈语,已是常事。枚乘《七发》,班固《两都赋》,左思《三都赋》之类的作品,都是骈句多于散句。至于汉人的诗则骈句仅为例外。《上山采蘼芜》和《陌上桑》诸诗是不可多见的连用排比的诗,但是它们都是出于自然,而且也不是严格的骈语。《上山采蘼芜》拿新人和旧人对比,双管齐下,对称本是意中事。如果同样的材料落到赋家手里,一定没有那样朴质。本来是易落骈偶的材料，而诗人却没有落到骈偶，只此一端，可见汉人做诗还没有很受赋的影响。《陌上桑》的"青丝为笼系"一段虽已近于赋的铺张，但历数事物，本易重叠，如果拿它来比和它同时代的历数事物的赋（如左思《蜀都赋》"孔雀群翔，犀象竞驰"以下一段），工拙之分便显然易见了。魏晋间的赋去汉已远，而诗却仍有若干汉人的风骨。曹植的《洛神赋》和《七启》是何等纤丽的文字，而他的诗却仍有几分汉诗［的］浑厚古朴，虽然这种浑厚古朴已经是人为的，由模仿揣摩得来的。不过他究竟是以赋家而兼诗人，他的诗已是新时代的预兆。例如《情诗》里"始出严霜结，今来白露晞"已俨然是律句，《公宴诗》里连用四联对句，已开谢鲍的端倪，"朱华冒绿池"一句每字都有雕琢痕迹。区区一字往往可以见出时代的精神，例如陆机的"凉风绕曲房"的"绕"字，张协的"凝霜竦高木"的"竦"字，谢灵运的"白云抱幽石，绿筱媚清泉"的"抱"字和"媚"字，鲍照的"木落江渡寒，雁还风送秋"的"渡"字和"送"字之类都有意力求尖新，在汉诗中决找不出。《木兰词》的时代已不可考，但就"朔气传金柝，寒光照铁衣"，"当窗理云鬓，对镜贴花黄"诸句看，似非魏晋以前的作品。从谢灵运和鲍照起，诗用赋的写法日渐其盛。律诗第一步只求意义的对仗，鲍谢是这个运动的两大先驱。（当时虽无"律"的名称，"律"的事实却在那里。）在汉朝赋已重排偶而诗仍不重排偶，魏晋以后诗也向排偶路上走，而且集排偶大成的两位大诗人——谢灵运和鲍照——都同时是词赋家。从这个事实看，我们推测到诗的排偶起于赋的排偶，并非穿凿附会了。

二、声音的对仗，赋也先于诗。曹丕在《典论》里已辨明声音的清浊，陆机在《文赋》里已倡"声音迭代"之说，都远在沈约的"前有浮声，后有切响"之说之前。魏晋以后人所谓"文"，与"笔"相对。"笔"就是散文，"文"则专指韵文，包括词赋诗歌在内。但是在陆机的时代实行"声音迭代"的理论者只有词赋，而诗歌则除韵脚以外，不拘〈拘〉于平仄的对称。陆机的《文赋》，鲍照的《芜城赋》之类都是大体已用平仄对称的声调，至于诗则谢灵运和鲍照诸人虽已用全篇排偶的写法，而对于声音则只计较句尾一字平仄，句内尚无有意求平仄对称的痕迹。"永明"诗人虽然讲究句内各字的声律，究竟不过是一种理论，沈约自己做诗犯八病规则的就很多。句内的声音对仗由"永明"诗人开其端倪，到隋唐时才成为律诗的通例。

　　词赋讲究音和义的对称都先于诗，也有一个道理。词赋意在体物敷词，本以嘹亮妍丽为贵。诗的大旨在抒情，朴质古茂，自汉人已成为风气。词赋比一般诗歌离民间艺术较远，文人化的程度较深。它的作者大半是以词章为职业的文人，汉魏的赋就已有几分文人卖弄笔墨的意味。扬雄已有"雕虫小技"的讥诮。音律排偶便是这种"雕虫小技"的一端。但是虽说是"小技"，趣味却是十足。他们越做越进步，越做越高兴，到后来随处都要卖弄它，好比小儿初学会一句话或是得到一个新玩具，就不肯让它离口离手一样。他们在词赋方面见到音义对称的美妙，便要把它推用到各种体裁上去。艺术本来都有几分游戏性和谐趣，于难能处见精巧，往往也是游戏性和谐趣的流露。词赋诗歌的音义排偶便有于难能处见精巧的意味。要完全领会六朝人的作品，这一点也不可忽视。晋宋时代已有做"巧联""打诨"的玩艺,像"四海习凿齿,弥天释道安","日下荀云鹤,云间陆士龙"之类的联语在当时都传为佳话。晋宋文人的趣味不难由此推知,而音律排偶的研究也自然是意中事了。

三、在律诗方面,意义的排偶也先于声音的对仗。"律诗"的名词到唐初才出现,一般诗史家以为它是宋之问和沈佺期两人所提倡起来的。但是律诗在晋宋时已成为事实。如果单说意义的排偶,我们在上文已经说过,《诗经》《楚辞》里就有很多的例,汉魏诗更不必说。不过汉魏以前,排句在一首诗里仅偶占一小部分,对仗亦不求工整,它们大半出于自然,作者并不必有意于排偶,尤其没有把排偶悬为定格。全篇对仗工整的诗在谢灵运集里才常见。我们如果统计他的五言诗,便可以发现排句多于不排句。例如他的《登池上楼》:

> 潜虬媚幽姿,飞鸿响远音。薄霄愧云浮,栖川怍渊沉。进德智所拙,退耕力不任。徇禄反穷海,卧疴对空林。衾枕昧节候,褰开暂窥临。倾耳聆波澜,举目眺岖嵚。初景革绪风,新阳改故阴。池塘生春草,园柳变鸣禽。祁祁伤豳歌,萋萋感楚吟。索居易永久,离群难处心。持操岂独古,无闷征在今。

就俨然近似排律,所以还未走到严格的排律者,就因为意义虽排偶而声音却不平仄对仗,平常对平,仄常对仄。这种体格从谢灵运发端之后,在当时极流行。我们试翻阅鲍照,谢朓,王融诸人诗集,就可以见排偶的风气之盛。不过这种排偶都只限于意义。全篇意义排偶又加上声音对仗,俨然成为律诗的作品到梁时才出现。这个新运动的元勋——说来很奇怪——不是提倡四声八病的沈约而是与他同时的何逊。何逊的集中才开始有很工整的五律,例如:

秋风木叶落,萧瑟管弦清。望陵歌对酒,向帐舞空城。寂寂檐宇旷,飘飘帷幔清。曲终相顾起,日暮松柏声。(《铜雀伎》)

夕鸟已西渡,残霞亦半消。风声动密竹,水影漾长桥。旅人多忧思,寒江复寂寥。尔情深巩洛,予念返渔樵。何因宿归愿,分路一扬镳。(《夕望江桥》)

像这样音义都对称的诗在沈约的集中反不易寻出。何逊以后,五律的健将要推阴铿,虽然范云、王融、梁元帝诸人也常做五言律诗。梁朝时代的五律与唐代的五律有一点不同,就是韵脚不一定押平声。谢灵运鲍照(意义的排偶)和何逊阴铿(声音的对仗)是律诗的四大功臣。唐人讲究律诗,受他们的影响最大,所以杜甫有"熟知二谢将能事,颇学阴何苦用心"之句。七律起来较晚,北周庾信的《乌夜啼》是最早的例子。到唐朝宋之问沈佺期诸人的手里,它才成立一格。唐人所谓"律诗"包括绝句在内,因为它虽不必讲意义的排比,却常讲声音的对仗(有人说,"绝"意指"截",绝句截取律诗的首联与第二联或末联)。陈隋时代已有很好的五绝,例如:

山中何所有？岭上多白云。只可自怡悦，不堪持赠君。(陶弘景《答诏》)

入春才七日，离家已二年。人归落雁后，思发在花前。(薛道衡《人日思归》)

都颇佳妙。像这一类作品摆在唐人集中已不易辨出了。

（四）

说来很奇怪，中国散文讲音义对仗，反在诗之前。《孟子》《荀子》《老子》诸书中常有连篇的排句。这大概是因为作者的思想丰富，同时顾到多方面的头绪，所以造语自然排偶，与词赋状物，易趋于排偶，同一道理。汉人著作，除史书外，大半仍骈多于散。这一方面是承继周秦诸子的遗风余韵，一方面也多少受词赋的影响。左丘明的《春秋传》和司马迁的《史记》之类史书是中国散文离开排偶而趋向直率的一个最大的原动力。这般作者在秦汉时代是反时代潮流的。史书所以最早有直率流畅的散文，也有一个道理，因为史专叙事，叙事的文章贵轻快，最忌板滞，而排偶最易流于板滞。清朝古文运动中的作者最推尊左国班马，就是因为这些"古典"所给的是最纯粹的散文。

文章的排偶在汉赋中规模大具。魏晋以后，它对于散文本来已具雏形的排偶又加以推波助澜。六朝散文受词赋的影响是很显然的。魏晋人在书牍里就已作很工整的骈语，例如曹丕《与吴质书》：

> 高谈娱心，哀筝顺耳；驰骋北场，旅食南馆；浮甘瓜于清泉，沉朱李于寒水。

和曹植《与杨德祖书》：

> 昔仲宣独步于汉南，孔璋鹰扬于河朔，伟长擅名于青土，公干振藻于海隅，德琏发迹于北魏，足下高视于上京。当此之时，人人自谓握灵蛇之珠，家家自谓抱荆山之玉。

我们试想想：前一例散文和《上山采薇》《西北有浮云》诸诗同一作者；后一段散文与《箜篌引》《名都篇》《赠白马王彪》诸诗同一作者；诗和散文的风味相差几远！这种在散文中讲骈偶对仗的风气到［齐］梁时代更甚。从诏令疏表之类的应用文以至《文心雕龙》之类的著述文，都是以骈俪为常轨。我们只略翻阅当时的文集或选本，就可以知道散文的骈俪化——或则说"词赋化"——到了什么程度。

说魏晋以后的散文受词赋的影响而讲音义排偶，多数人也许承认；说魏晋以后的诗受词赋的影响而讲音义排偶，听者也许怀疑。但是事实在那里，用不着雄辩。意义的排偶和声音的对仗都发源于词赋，后来分向诗和散文两方面流灌。散文方面排偶对仗的支流到唐朝为古文运动所挡塞住,而诗方面排偶对仗的支流则到唐朝因律诗运动(或则说"试帖诗"运动,试帖诗以律诗为常轨,自唐已然)而大兴波澜,几夺原来词赋正流的浩荡声势。这种演变的轨迹非常明显,细心追索,渊源来委便一目了然了。

第七章　中国诗何以走上"律"的路？（下）
　　　　声律的研究何以特盛于齐梁以后？

（一）

律诗有两大特色，一是意义的排偶，一是声音的对仗。我们在上文里所得的结论是：

一、意义的排偶与声音的对仗都起于描写杂多事物的赋。

二、在赋的演化中，意义的排偶较早起，声音的对仗是从它推演出来的，这就是说，对称原则由意义方面推广到声音方面。

三、诗的意义排偶和声音对仗是受赋的影响。"律赋"早于"律诗"，在律诗方面，声音的对仗也较意义的排偶稍后起。

从历史看，韵的考究似乎先于声的考究。中国自有诗即有韵，至于声的考究起于何时，向来没有定论，一般人以为它起于齐永明时代（第五世纪末）。《南史·陆厥传》说：

　　（永明）时，盛为文章。吴兴沈约，陈郡谢朓，琅邪王融,以气类相推毂。汝南周颙善识声韵。约等文皆用宫商,将平上去入四声,以此制韵,有平头、上尾、蜂腰、鹤膝。五字之中,音韵悉异;两句之内,角徵不同,不可增减。世呼为永明体。

周颙曾著《四声切韵》,沈约曾著《四声谱》,两书为声韵书始祖,可惜都不传。一般人以声律起于永明,大半根据这段史实。其实声的分别是中国语言所固有的,中国自有诗即有韵,亦即有声。我们现在所讨论的不是:韵是否先于声?而是:韵的考究是否先于声的考究?声的考究可分两种,一种是考究韵脚的声,一种是考究句内每字的声。考究韵的声和考究韵一样古。打开《诗经》和汉魏人的作品看,平韵大半押平韵,仄韵大半押仄韵。例如《国风》第一篇诗《关雎》首二章一律用平声韵,第三章一律用入声韵,第四章一律用上声韵,第五章一律用去声韵。这就是古人早已在韵脚字论声的证据。考究句内各字的声音则似从齐梁时起。齐梁时才有论声律的专著,齐梁诗人才在作品里讲声音的对仗。

声律的研究何以特盛于齐梁时代呢?上篇所讲的赋的影响是主因之一。赋到齐梁时代达到它的精妍的阶段,于意义排偶之外又讲究声音对仗。诗赋同源,声律的推敲由赋传染到诗,自是意料中事。这种演变是逐渐形成的,虽然到齐梁时才达到它的顶点,而萌芽则早伏于汉魏时代。在这长时期的演变中诗赋又同时受一个很大的外来的影响,就是佛教经典的翻译和梵音研究的输入。佛教何时传入中国,世无定论;但是佛经的翻译从东汉时起,有《魏书·释老志》以及《隋书·经籍志》可据。明帝派遣蔡愔和秦景使印度，求得《四十二章经》，又带了几位印度和尚摄摩腾竺法兰回到洛阳，立白马寺，译佛经。以后印度和尚川流不息地赍经到中国来，做译经和传道的工作。到了隋朝，佛经已译出二千三百九十部之多。这种大规模的印度文化的输入，在中国文化史上是第一件大事迹。它对于哲学文学艺术以及政治风俗的影响都还待历史家详细探讨，已往的书籍对于这一点大半太疏略。我们现在只谈字音的研究。梵音的输入是促进中国学者研究字音的最大原动力。中国人从知道梵文起，才第一次与拼音文字见面，才意识到一个字音原来是由声母（子音）和韵母（母音）拼合成的。本来两字音读快时合成一音，在中文里是常见的现象。《尔雅》已有"不律谓之笔"之语。不过汉儒注书训音，只用"譬况假〈假〉借"，如某字读若某音之类，并不曾根据合两音为一音的现象为反切。据《颜氏家训·音辞》篇和陆德明的《经典释文序录》，反切起于魏朝孙炎。据章太炎说，应邵注《汉书·地理志》，已有"垫音徒浃反"，"潼音长答反"之例，是反切起于东汉。无论如何，反切在汉魏之交才起始，在当时仍是一件新发明的东西，所以"高贵乡公不解反语，以为怪异"（《颜氏家训·音辞》篇）。反切是应用拼音的方法于本非拼音的文字。如果不受拼音文字的启示，中国学者决难在本非拼音的中国文字中发见音的道理。所以反切是无疑地承受梵音的影响。反切[起]于汉魏之交，恰在印度和尚来中国和译佛经的风气大行之后，也可以证明造反切者是应用梵音的拼音于中文。郑樵《通志》说切韵之学起于西域，本是不错的话。陈澧《切韵考》以为反切起于汉而三十六字母起于唐，便断定《通志》错误，实在没有明白反切虽因三十六字母而有系统条理，却不必和字母同时起来，没有明白反切就是拼音；而中国人知道拼音的道理是从梵音输入起始的。

反切是梵音影响中国字音研究的最早实例，不过梵音对于中国字音研究的影响还不仅限于反切。梵音的研究给中国研究字音学者一个重大的刺激和一个有系统的方法。从梵音输入起，中国学者才意识到子母复合的原则，才大规模地研究声韵上种种问题。从东汉到隋唐的时期字音研究的情形极类似我们现在的情形。清朝许多小学家虽极注意音韵，但是他们费了许多工夫的结果反不如现代学者略加涉猎所得的精密准确，就因为他们没有，而我们有西方语音学做榜样。对于字音之研究，六朝人比汉人进一层，也就因为汉人没有，而汉以后人有梵音做比较的资料。齐梁时代的研究音韵的专书都多少是受梵音研究刺激而成的。比如说四声分别，它决不是沈约的发明而是反切研究的当然的结果。反切之下一字有两重功用，一是指示同韵（同母音收音），一是指示同调质（同为平声或其他声）。例如"公，古红反"，"古"与"公"同在"见"纽，同用一个子音；"红"与"公"不仅以同样母音收声，而且这个母音上必同属平声。四声的分别是中国字音所本有的；意识到这种分别而且加以条分缕析，大概起于反切；应用这种分别于诗的技巧则始于晋宋而极盛于齐永明时代。当时因梵音输入的影响，研究音韵的风气盛行，永明诗人的声律运动就是在这种风气之下酝酿成的。

（二）

赋的影响和梵音的影响之外，中国诗在齐梁时代走上"律"的路还另有一个更重要的原因，就是乐府衰亡以后，诗转入有词而无调的时期，在词调并立以前，诗的音乐在调上见出；词既离调以后，诗的音乐要在词的文字本身见出。音律的目的就是要在词的文字本身见出诗的音乐。

永明声律运动起来之后，惹起许多反响。钟嵘在《诗品》里说：

> 古曰诗颂，皆被之金竹，故非调五音无以谐会。……今既不被管弦，亦何取于声律耶？

《诗品》中本多谬论，此其一端。古诗并未尝有意地"调五音"，正因其"被之金竹"，音见于金竹即不必见于文字；今诗"取声律"，正因其"不被管弦"，音既不见于管弦即须见于文字。要明白这个道理，我们须略讲各国诗歌音义离合的进化公例。就音与义的关系说，诗歌的进化史可分为四个时期：

一、有音无义时期。这是诗的最原始时期。诗歌与音乐跳舞同源，公同的生命在节奏。歌声除应和乐舞节奏之外，不必含有任何意义。原始民歌大半如此，现代儿童和野蛮民族的歌谣也可以作证。

二、音重于义时期。在历史上诗的音都先于义，音乐的成分是原始的，语言的成分是后加的。换句话说，诗本有调而无词，后来才附词于调；附调的词本来没有意义，到后来才逐渐有意义。词的功用原来仅在应和节奏，后来文化渐进，诗歌作者逐渐见出音乐的节奏和人事物态的关联，于是以事物情态比附音乐，使歌词不惟有节奏音调而且有意义。较进化的民俗歌谣大半属于此类。在这个时期里，诗歌想融化音乐和语言。词皆可歌，在歌唱时语言弃去它的固有节奏和音调，而迁就音乐的节奏和音调。所以在诗的调和词两成分之中，调为主，词为辅。词取通俗，往往很鄙俚，虽然也偶有至性流露的佳作。

三、音义分化时期。这就是"民间诗"演化为"艺术诗"的时期。诗歌的作者由全民众变为自成一种特殊阶级的文人。文人做诗在最初都以民间诗为蓝本，沿用流行的谱调，改造流行的歌词，力求词藻的完美。文人诗起初大半仍可歌唱，但是着重点既渐由歌调转到歌词，到后来就不免专讲究歌词而不复注意歌调，于是依调填词的时期便转入有词无调的时期。到这个时期，诗就不可歌唱了。

四、音义合一时期。词与调既分立，诗就不复有文字以外的音乐。但是诗本出于音乐，无论变到怎样程度，总不能与音乐完全绝缘。文人诗虽不可歌，却仍须可诵。歌与诵所不同的就在歌依音乐（曲调）的节奏音调，不必依语言的节奏音调；诵则偏重语言的节奏音调，使语言的节奏音调之中仍含有若干形式化的音乐的节奏音调。音乐的节奏音调（见于歌调者）可离歌词而独立；语言的节奏音调则必于歌词的文字本身上见出。文人诗既然离开乐调，而却仍有节奏音调的需要，所以不得不在歌词的文字本身上做音乐的工夫。

诗的声律研究虽不必从此时起（因为词调未分时，词已不免有迁就调的必要），却从此时才盛行。在欧洲各国，诗人有意地求在文字本身上见出音乐，起源虽然都很早，但是技巧的成熟则在十九世纪，象征派所产生的"纯诗运动"把文字的声音看得比意义更重要，是诗人在文字本身求音乐的一个极端的例子。

这四个时期是各国诗歌进化所共经的轨迹。中国诗也是这个普遍公式中的一个实例。诗的有音无义的时期除少数现行儿歌之外，已无史迹可据；因为文字所记载的诗都限于有歌词的诗。见于文字记载的诗以《诗经》为最早。《诗经》里的诗本皆可歌，歌必有调，调与词虽相谐合而却可分立，正如现在歌词与乐谱的关系一样。班固《艺文志》说：

《书》曰"诗言志，歌永言"。故哀乐之心感而歌咏之声发。诵其言谓之"诗"，咏其声谓之"歌"。

所谓"言"就是歌词，所谓"声"就是乐调。现在《诗经》只有"言"而无"声"，我们很难断定在《诗经》发生时代"言"与"声"的关系究竟如何。如果拿一般民俗歌谣与祭祀宴享诗来比拟，我们可以推测《诗经》时期还是音重于义时期。它的最大功用在伴歌伴乐，离开乐调的词在起始时似无独立存在的可能。孔子删诗，已在"王迹息而诗亡"之后，所谓"诗亡"自然只能指"调亡"而不能指"词亡"。《史记》虽有"诗三百篇，孔子皆弦歌之"的传说，但就《论语》所载孔子论诗的话来看，他着重"不学诗无以言"，诵诗须能"从政""专对",诗的要旨在"思无邪",学诗的功用在能"事父""事君"以及"多识于草木鸟兽之名",他的兴趣似已偏重诗的词,带有几分文人的口胃了。本来在他的时代诗的乐调已散失,他所捉摸得着的也只有词。这就是说,《诗经》在孔子时代已由音重于义时期转到音义分化时期了。后来齐鲁韩三家诗学都偏重训诂解释,诗的乐调更无人过问了。

诗到汉朝流为乐府。班固在《汉书》记乐府起源如下:

> (武帝)立乐府,采诗夜诵,于是有代赵秦楚之讴。以李延年为协律都尉,多举司马相如等数十人造为诗赋,略论律吕以合八音之调,作十九章之歌。(《礼乐志》)

> 是时上方兴天地诸祠,欲造乐,令司马相如等作诗颂,延年辄承意弦歌所造诗,为之新声曲。(《李延年传》)

从这两段话看,"乐府"原来是一种掌音乐诗歌的衙门。它的职务不外三种:收集各地民歌(词与调兼收,调叫做"曲折"),制新词,谱新调。后来这个衙门所收集的和所制作的诗歌乐调便统称为"乐府"。乐府含有两大类材料:一是民间歌谣,如郭茂倩《乐府诗集》中的《鼓吹曲辞》《横吹曲辞》《相和[歌]辞》《清商曲辞》《新〔杂〕曲歌辞》之类;一是文人乐师所做的歌功颂德告神祈福的作品,如《乐府诗集》中的《郊庙歌辞》《燕射歌辞》之类。这两种材料相当于《诗经》中的"风"和"雅""颂"。假如孔子生迟几百年,所谓"代赵秦楚之讴"自然纳入《代风》《赵风》等等中，至于《安州〔世〕房中歌》《郊祀歌》之类则入《汉颂》了。

乐府在初期还是属于"音重于义"的时期。有调的虽不尽有词，有词的却必都有调。既有衙门专司其事，歌词就不像从前专靠口头传授，都要写在书本上了。写的方法或如近代歌词旁注工尺谱。沈约在《宋书》里推原汉《铙歌》难解的原因说："乐人以声音相传，训诂不可复解。"明杨慎在《乐曲名解》替沈约的话下注解说："凡古乐录，皆大字是词，细字是声，声词合写，故致然耳。"这大概是不错的话。当初原以声音为最重要，所以对于词的真确不留意保存。

乐府是酝酿汉魏五七言古诗的媒介。古诗既成立，乐府便由"音重于义"时期转入"音义分化"时期。乐府递化为古诗，最大的原因是乐府（衙门）中乐师与文人各有专职。制调者不制词，制词者不制调，于是调与词成为两件事，彼此有分立的可能。后来人兴味偏于音乐者或取调而弃词，兴味偏于文学者或取词而弃调。乐府初成立时，乐师本是主体，文人只是附庸。李延年是协律都尉，一切都由他统辖。乐府所收，大半词调俱备。宗庙祭祀乐歌，在起始时或沿《房中乐》《文始舞》(这都是汉人沿用前朝乐调)诸乐的旧例，采用已有的乐调，但是已有的歌词不适宜于新朝代，有改造的必要。司马相如一般文人的职务原来大概就在依旧调谱新词。新情感和新事实不尽可以旧乐调传出，所以有谱新调的必要。谱新调时往往先制词而后制调。据《汉书·李延年传》所说的"司马相如作诗颂，延年辄承意弦歌所造诗，为之新声曲"，可见乐师已听文人的调动，词在先而乐在后，词渐变为主体而乐调反降为附庸了。这个变动很重要，因为它是词离调而独立的先声。

乐府能否成功，全靠文人和乐师能否合作。像司马相如和李延年那样相得益彰，颇非易事。汉乐府制到哀帝时已废，文人虽无乐师合作，但自有做诗的兴趣，于是索性不承认乐调为诗歌的必要伴侣，独立地去做不用乐调的诗歌了。汉魏间许多文人本来不隶籍乐府，也常仿乐府诗的体裁，采乐府诗的材料，甚至于用乐府诗的旧题目做诗，虽然这种诗和乐府的精神相差甚远，也还叫做"乐府"。"青马〔青〕河畔草"诗本言远别相思，而题目却为《饮马长城窟》。唐元稹所以有"虽用古题，全无古义"，"如《出门行》不言离别，《将进酒》特书列女"之诮。这好比商人赁旧门面开新店，卖另一种货物，却仍打旧店主的招牌以招揽生意一样。汉魏人所以有这种把戏，是由于弃乐调而做诗的新运动还没有完全成功。一般人还以为诗必有乐调，所以在本来是独立的诗歌上冒上一个乐调的名称。汉魏以后，新运动完全成功，诗歌遂完全脱离乐调而独立了。诗离乐调而独立的时期就是文人诗正式成立的时期。总之，乐府递变为古风，经过三个阶段。第一是"由调定词"，第二是"由词定调"，第三是"有词无调"。这三个阶段后来在词和戏曲两方面也复演过。

诗既离开乐调，不复可歌唱，如果没有新方法来使诗的文字本身上见出若干音乐，那就不免失其为诗了。音乐是诗的生命，从前外在的乐调的音乐既然丢去，诗人不得不在文字本身上做音乐的工夫，这是声律运动的主因之一。齐梁时代恰当离调制词运动的成功时期，所以当时声律运动最盛行。齐梁是上文所说的音义离合史上的第四时期，就是诗离开外在的音乐，而着重文字本身音乐的时期。

现在我们总结上章和本章的话，对于"中国诗何以走上律的路?"一个问题作一个简赅的答复：

一、声音的对仗起于意义的排偶，这两个特征先见于赋，律诗是受赋的影响。

二、东汉以后，因为佛经的翻译与梵音的输入，音韵的研究极发达。这对于诗的声律运动是一种强烈的兴奋剂。

三、齐梁时代，乐府递化为文人诗到了最后的阶段。诗有词而无调，外在的音乐消失，文字本身的音乐起来代替它。永明声律运动就是这种演化的自然结果。

近代文 附（存目）

王渔洋文选

郑板桥家书选

板桥题画选

金冬心题画选

校订后记

一

朱光潜先生（1897—1986）生于书香门第，从六岁起就在父亲的鞭策下背诵"四书""五经"。进桐城中学读书后受到国文教师——宋诗派诗人潘季野的熏陶，对诗歌产生了浓厚的兴趣。1918年考入香港大学，又跟着沈顺和雷德教授学英诗。中西诗的滋养使得朱先生对于诗有独到的领悟。他说："'一切纯文学都有诗的特质'；推广开来，好的艺术都是诗，一幅图画是诗，一座雕像是诗，一节舞蹈是诗，不过不是文字写的罢了。要在文学跟艺术的天地间回旋，不从诗入手，就是植根不厚。"[1] 研究文学，以"诗"为突破口，对诗有较全面、历史的把握，欣赏和评论就不至于流于空泛。他在1924年写的处女作《无言之美》中说：

---

[1] 叶圣陶：《〈我与文学及其他〉序》，朱光潜《我与文学及其他》，开明书店，1943年。

> 就文学说，诗词比散文的弹性大；换句话说，诗词比散文所含的无言之美更丰富。散文是尽量流露的，愈发挥尽致，愈见其妙。诗词是要含蓄暗示，若即若离，才能引人入胜。现在一般研究文学的人都偏重散文——尤其是小说，对于诗词很疏忽。这件事实可以证明一般人文学欣赏力很薄弱。现在如果要提高文学，必先提高文学欣赏力，要提高文学欣赏力，必先在诗词方面特下功夫，把鉴赏无言之美的能力养得很敏捷。[1]

1926年到欧洲留学后，朱先生的视野更开阔了，由文学走向心理学，再由心理学走向哲学，最终锁定了"美学"和"诗学"。高觉敷在为《变态心理学派别》写的"序"中说：

> （孟实）在学问上的兴趣是多方面的；对于文学、哲学、心理学、伦理学都感到无上的兴趣，而于文学及心理学尤甚。记得他赴英留学的第一年，还常来信说自己很犹豫，究竟舍心理学而专研文学呢，或竟舍文学而专研心理学呢？亚理斯多德式的学者在现在是不可能的；于是孟实先生乃不得不有所舍。最近他已决定取文学而舍心理学，所以他说著了此书后，将不再于心理学有所刱列了。他以为我是他早年心理学方面的朋友，所以深承他的厚意，我便来作这一篇序。[2]

---

[1] 《无言之美》，《朱光潜全集》第1卷，第70页，安徽教育出版社，1987年。
[2] 同上书，第193页。

《变态心理学派别》写于1929年春天，1930年4月由开明书店出版。朱先生有感于"心理学"在当时"还是一种意见分歧，莫衷一是的学科"，"变态心理学"更是"一部待开发的领域"，于是"对于心理学各派都予以相同的注意，不分厚薄"地介绍"各派"的"主张"，供国内读者"初学"。学界认为《变态心理学派别》是我国第一部客观的"介绍近代变态心理学主要思潮"的专著，是"精心撰述"的"一册很完备、很有系统的好书"。[1] 高觉敷在序中称赞说："孟实先生虽算是文学和心理学间的'跨党'分子，然而他在心理学上对国人的贡献，实超过于一般'像煞有介事'的专门家之上。"他"第一个"介绍弗洛伊德的学说，"第一个"介绍"行为主义"，"第一个"评述考夫卡和苛勒的"完形心理学"，开了现代心理学探索深层心理的先河。

作为《变态心理学派别》姊妹篇的《变态心理学》写于1930年8月，1933年1月由上海商务印书馆出版。朱先生在"自序"里开宗明义地说："近来我国研究心理学的风气很盛，而变态心理学一科至今还没有一部专书讨论，这是一件很奇怪的事。"为了改变变态心理学这一学科无"专书"可供研讨的"现状"，朱先生"又下一城"，《变态心理学》是我国当时除《变态心理学派别》之外，仅有的另一部论述变态心理学的专著。《变态心理学派别》以作家为中心，"不分厚薄"地介绍了心理学的各种派别；《变态心理学》则以"催眠和暗示""迷狂症和多重人格""压抑作用和隐意识""梦

---

[1] 郑丕留：《变态心理学》，《清华学报》第10卷第1期，1935年1月。

的心理""弗洛伊德的泛性欲观"等"问题"为中心，客观地介绍"各家之说"，让读者"放开眼光"，经过揣摩和探讨后认清研究的"门径"。

这之后，朱先生果真"不再于心理学有所创列了"，虽说用英文撰写的博士论文《悲剧心理学》[1]也涉及"心理学"，但其主旨是论述悲剧的快感、悲剧的情境、悲剧的欣赏、悲剧的特殊属性、悲剧与宗教和哲学的关系、悲剧的崇高感等"美学"问题。他在中译本"自序"中说这篇博士论文是他的美学"处女作"，是他"文艺思想的起点"，也是《文艺心理学》和《诗论》的"萌芽"。[2]

《文艺心理学》旨在"把文艺的创作和欣赏当作心理的事实去研究，从事实中归纳出一些可适用于文艺批评的原理"，是一部"从心理学观点研究出来的'美学'"。《诗论》是应用《文艺心理学》的"基本原理去讨论诗的问题，同时，对于中国诗作一种学理的研究"。[3]

《文艺心理学》初成于1932年春。朱先生后来在清华大学、北京大学、中央艺术学院讲授"文艺心理学"时对书稿作了修改，1936年定稿，是年7月由开明书店出版。《文艺心理学》是我国最早问世又非常严谨的文艺理论专著之一。朱先生在《谈美·开场话》

---

[1] 斯特拉斯堡大学出版社，1933年3月。中译本《悲剧心理学》（张隆溪译），人民文学出版社，1983年。

[2] 中译本《悲剧心理学》（张隆溪译），第1页。

[3] 朱光潜：《作者自白》，《朱光潜全集》第1卷，第197、200页，安徽教育出版社，1993年。

中说:"在写《文艺心理学》时,我要先看几十部书才敢下笔写一章。"[1] 又说旅欧期间,西方心理学的长足发展、欧洲美学重视对审美经验做心理学研究的潮流,促使他要写一部"从心理学观点研究出来的美学";而国内美学研究的稚嫩和贫乏,也坚定了他到美学园地垦荒的志向,誓做一个"国内仅有的研究科学的美学的人",把光彩流离的各派学说,归纳起来,批判分析,造就一个完整的美学体系。[2]

《文艺心理学》共十七章,大致可分为八个专题。第一到第六章,讨论美感经验的本质;第七、八两章,讨论文艺与道德(政治)的关系;第九、十两章研究美与丑的本质;第十一章"克罗齐派美学的批评——传达与价值的问题",是全书最重要的一章,也是全书七个专题中最重要的一个专题,是该书中心思想的主体部分;第十二章论及艺术的起源与游戏;第十三、十四两章专论艺术的创造,对于"神秘"的"烟士披里纯"进行透视;第十五章专论刚性美与柔性美,把"大江东去"式的刚性美和"晓风残月"式的柔性美叙说得非常真切透彻;第十六、十七两章讨论悲剧与喜剧的本质。所论述的这八个专题各自独立,却又构成一个有机的体系。向培良认为"能以卓特的见解,自成一家之言的,不能不自朱先生的《文艺心理学》始"[3]。这部书不是"瞻仰他人的色彩",仅仅介绍西洋近代的美学理论,而是注重借用外来的"镜子"照自己的面貌,

---

[1] 《朱光潜全集》第2卷,第7页,安徽教育出版社,1993年。
[2] 曹日昌:《"文艺心理学"》,《潇湘涟漪》第2卷第6期,1936年9月1日。
[3] 向培良:《"文艺心理学"》,《大公报》1936年9月3日。

应用外来的美学学说评析我国的文学作品，阐释文学所引起的美感经验，提示研究的正当途径。这部富有"划时代"意义的《文艺心理学》是"心理地"，也是"'生理地'、'社会地'、'哲学地'去探寻文艺真理的书"[1]，是"一部充满智慧与精神见解的大书"[2]；它的问世标志着我国文艺领域的"阴天里掀开一片蓝天了"[3]。

众所周知，美学之成为一门独立的科学，是在近代。王国维、蔡元培、鲁迅等先驱者为我国现代美学的建设做出了卓越的贡献。但是直到上世纪三十年代初，我国还缺少自己的美学专著，美学还没有与文艺理论分家，成为一门独立的科学。《变态心理学派别》《变态心理学》等心理学专著是朱先生赖以建立自己美学思想体系的逻辑起点。《悲剧心理学》是《文艺心理学》和《诗论》的"萌芽"。而《文艺心理学》则是中国人自己写出来的第一部具有现代科学形态的比较系统的美学著作，是在认真探究、比较中西文化基础上，"移西方美学之花，接中国传统之木"的重要成果，标志着美学在中国发展的新阶段，而朱先生就是我国现代美学的开拓者和奠基人之一。陈机峰在《读〈文艺心理学〉书后》中说：

> ……不是很有些人喊过：中国现代没有伟大的作品么？是的，中国现代缺乏伟大的作品倒是真的。究其所以如此的原因，正确文艺理论的缺乏也未尝不可算是颇重要的一个因素。

---

[1] 但蒙：《"文艺心理学"》，上海《申报》1947年6月5日。
[2] 张景澄：《朱光潜的〈文艺心理学〉》，《国闻周报》第13卷第46期，1936年12月。
[3] 常风：《智慧的大书——读〈文艺心理学〉》，《月报》创刊号，1937年1月15日。

虽然我们已经有了好几册世界名著,譬如托尔斯太的《艺术论》,卢那卡尔斯基的《艺术论》,伊克纳维支的《唯物史观艺术论》……等,但是其中的文字是那样的生硬艰深,抽象的话多,具体的例少,又都是取材于外国著作里,这两点对于一个外国艺术上素养不够的读者,所感的不便,的确匪小了。再看看国人所著作的文艺理论,更贫弱得可怜,若想找一本不落俗套,议论精辟,包罗得很多而又叙述得那么有条有理的书,在个人所见中,则要算朱光潜先生的《文艺心理学》了。[1]

《文艺心理学》以其开拓性和创造性的理论震撼着文坛,文笔清新、轻俏、绮丽、优美,将深奥的理论问题,出之以明白流丽的笔调,使一般知识青年都能了解而受其影响。朱自清在"序"中赞美说:"这部《文艺心理学》写来自具一种'美',不是'高头讲章',不是教科书,不是咬文嚼字,或繁征博引的推理与考据,它步步引你入胜,断不会教你索然释手。"这是蔡元培提倡"美育代宗教说"以来,第一部"头头是道,醰醰有味的谈美的书"。[2]

与《文艺心理学》相比,朱先生自己更看重《诗论》,多次说道:"在我过去的写作中,如果说还有点什么自己独立的东西,那还是《诗论》。"[3] "我自己的著作,最重要的只有一部,就是《诗

---

[1] 《中学生文艺季刊》第9期,1937年3月31日。
[2] 《朱光潜全集》第1卷,第522—523页,安徽教育出版社,1993年。
[3] 《朱光潜教授谈美学》,《朱光潜全集》第10卷,第531页,安徽教育出版社,1993年。

论》。"[1] 针对意大利沙巴蒂尼教授认为《文艺心理学》是朱先生的代表作的评介，朱先生说："我自己认为比较有点独到见解的还是《诗论》。《文艺心理学》主要是介绍当时外国流行的一些学派。"[2]《变态心理学派别》《变态心理学》和《悲剧心理学》出版后，朱先生都不再作改动。至于《文艺心理学》，他在清华大学、北京大学、中央艺术学院任教做教材时作过修改和增补，1936年定稿并于同年7月由开明书店出版，之后也一直保持"原貌"。唯独《诗论》，朱先生终其一生都在苦心经营，不断提升，反复打磨，精益求精。

二

《诗论》原名《诗学通论》，初成于1932年年底，先是在朋友圈内传观。朱自清1933年1月13日日记："阅孟实《诗学》，甚佳。"次日日记："读《诗学》毕，大佳，大佳。"[3] 叶圣陶、梁宗岱、罗念生等也都看过《诗论》初稿。朱先生在《诗论（抗战版）序》中写道："朱佩弦、叶圣陶和其他几位朋友替我看过原稿，给我很多的指示，我也很感激。"朱自清1936年2月15日日记中写道："梁

---

[1] 刘烜：《〈朱光潜批评文集〉序》，商金林编：《朱光潜批评文集》，珠海出版社，1998年。

[2] 《朱光潜教授谈美学》，《朱光潜全集》第10卷，第533页。

[3] 《朱自清全集》第9卷，第185页，江苏教育出版社，1997年。

宗岱和罗念生来访。谈及平仄韵律。引用朱孟实的观点：诗与音乐分离之后，始产生平仄韵律。韵律是为了歌唱，并非为了朗诵。"[1]这些都是《诗论》在朋友圈内传观的证据。

1933年秋，朱先生结束八年的留学生活回国。回国之前，他托徐中舒向北大文学院院长胡适引荐，送交的"资历的证件"[2]就是《诗论》。按说朱先生关于新诗的主张与胡适是相左的。胡适提倡白话诗，把旧诗的形式和格律视为束缚创造的枷锁镣铐。朱先生并不这么认为，他在1932年出版的《谈美》中提出"格律"原本是"自然的"这一观念，强调诗应"取乎格律"，"创造不能无格律"，反复说明"格律"本身没有"罪过"，"格律不能束缚天才，也不能把庸手提拔艺术家的地位。如果真是诗人，格律会受他奴使，如果不是诗人，有格律他的诗固然腐滥，无格律它也还是腐滥"。艺术的创作活动就在于"创造"——"从心所欲，不逾矩"[3]。胡适的《白话文学史》出版后颇得好评，且一版再版，朱先生则写了《替诗的音律辩护——读胡适的〈白话文学史〉后的意见》[4]，与胡适商榷诗的韵律问题，旗帜鲜明地指出胡适"做诗如说话"这一根本原则是错误的，强调"做诗决不如说话"，并把其中的理由说出来，"以就教于胡先生和一般讲诗学者"[5]。胡适不愧为北大的文学院

---

[1] 《朱自清全集》第9卷，第403页，江苏教育出版社，1997年。

[2] 朱光潜：《作者自传》，《朱光潜全集》第1卷，第5页，安徽教育出版社，1993年。

[3] 朱光潜：《"从心所欲，不逾矩"——创造与格律》，《朱光潜全集》第3卷，安徽教育出版社，1993年。

[4] 《东方杂志》第30卷第1期，1933年1月。

[5] 《朱光潜全集》第3卷，第221—222页，安徽教育出版社，1993年。

院长，学术襟怀就是开阔，他对《诗论》颇为欣赏，不仅聘朱先生任西语系教授，还特意安排他"在中文系讲了一年"《诗论》[1]，开创了"外文系教授"到中文系"任课"的先例。当年旁听过《诗论》的荒芜回忆说：

> 外语系教授朱光潜在中文系开了一门课《诗论》，这在当时是件新鲜事儿。我虽然不是外语系和中文系的学生，但和许多好奇的人一样，去旁听了。朱从来不是一位口若悬河的演说家，但是他用比较文学研究的方法，用西方诗论来解释中国古典诗歌，用中国诗论来印证西方著名诗作的那些新鲜、精辟的见解，一下子就抓住我们，大大地开拓了我们的眼界。他当时在课堂上发的讲义，后来经过整理修改，便成为他的专著《诗论》。[2]

过了八十多年，"当时在课堂上发的"讲义居然找到了。大十六开本，封面题为"诗论 七月五日装成 近代文 附"，正文书名为"诗学通论"，每页的边侧都印有"北京大学讲义 文七四 G 出版组印 李校（或赵校、宋校）"的字样。讲义正文共七章，约十万字。封面上署"七月五日装成"，未标年份，按说应为1934年。现将目录抄录如下：

---

[1] 朱光潜：《〈诗论〉抗战版序》，《朱光潜全集》第1卷，第4页，安徽教育出版社，1993年。

[2] 荒芜：《师友之间——我所知道的朱光潜先生》，《读书》1986年第6期。

第一章 诗的起源——歌谣（上）

第二章 诗与谐隐

第三章 诗的实质与形式（对话）

第四章 诗与散文（对话）

第五章 中国诗的节奏与声韵的分析

第六章 中国诗何以走上"律"的路？（上）赋对于诗的影响

第七章 中国诗何以走上"律"的路？（下）声律的研究何以特盛于齐梁以后？

近代文 附

王渔洋文选

《〈感旧集〉序》《〈癸卯诗卷〉自序》、《游鸡鸣山乌龙潭诸胜记》《游瓦官寺记》《雨登木末亭记》《焦山题名记》《北固山题名记》《鹤林寺题名记》《招隐寺题名记》《竹林寺题名记》

郑板桥家书选

《小引》《淮安舟中寄弟墨》《范县署中寄弟墨第二书》《范县署中寄弟墨第四书》《潍县署中寄弟墨第一书》《潍县署中寄弟墨第二书》《潍县寄弟墨第四书》《潍县署中寄弟墨第五书》

板桥题画选

竹（"余家有茅屋二间""江馆清秋""文与可画竹""徐文长先生画雪竹""石涛画竹""余画大幅竹好画水"）

丛兰棘刺图

靳秋田索画（"终日作字作画""三间茅屋"）

竹石

金冬心题画选

画竹题记

画马题记

画梅题记

自写真题记

第一章论"诗的起源"。叙说诗的发生"远在有文字记载之先"；它的起源以人类的天性为基础，如情感的表现、"模仿"与"游戏"本能所生的快乐。诗歌和音乐、跳舞三者同出一源："诗歌音乐跳舞在起源时是一个混合的艺术"，是"群众的艺术"。原始的诗是"口头"的，正如歌谣的创作，大概初出于个人，而为群众所完成。"歌谣都'活在口头上'，它的生命就在流动生展"，一经文字的记载，"给它一个写定的形式，就是替它钉棺盖，妨碍它的生展"。

第二章论"诗与谐隐"。"谐"就是"说笑话"；"隐"是"用文字捉迷藏"。"凡是'谐''隐'都带有文字游戏性。"诗歌和"谐趣""隐语"及"文字游戏"等有着密切的关系；诗歌的特殊表现法，如"重叠""接字""趁韵""和韵""排比""回文"等种种技巧，就以谐、隐和文字的游戏来做基础。

第三章论"诗的实质与形式"（对话）。既批评"拥护形式者"（秦）片面强调的"形式美"，也反对"拥护实质者"（鲁）的"实质比形式重要"论。通过"主张实质形式一致者"（褚）与秦、鲁等的"对话"，指出"诗的语言要有一种特殊的内容，也要有一种特殊的形式"，写诗要用精练的"写的语言"，而不用比较粗疏的"说的语言"。

第四章论"诗与散文"（对话）。诗与散文的分别，在形式上和实质上都不见有确实的根据。说诗是"具有音律的纯文学"，也仅就其大体而言，"诗和散文的分别也只是相对的而不是绝对的"。"诗有固定的音律"，在于节制粗野的情感和想象，把现实的事物提高为理想的世界。但"诗可以由整齐的音律到无音律，散文也可以由无音律到有音律"。"就形式说，散文的音节是直率的，无规律的；诗的音节是循环的，有规律的。就实质说，散文宜于叙事说理，诗宜于抒情遣兴。"

第五章是"中国诗的节奏与声韵的分析"。节奏由音的长短、高低、轻重三要素构成，源自艺术上"同一中见差异"或"整齐中寓变化"这一"基本原理"。中国诗的节奏，大半靠着"顿"，"说话的顿和读诗的顿不同"，"说话完全用自然的节奏，读诗须参杂几分形式化的节奏"，声音和意义两个方面最好能够兼顾。英文诗中的"音步"、法文诗中的"顿"和中国诗的"顿"颇相近，亦有差别之处。中国诗的读法,"到顿必扬","中国诗的节奏第一在顿的抑扬上见出,至于平仄相间,还在其次"。"韵有两种:一种是句内押韵,一种是句尾押韵。它们实在都是叠韵,不过在中文习惯里句内押韵叫做'叠韵',句尾押韵则叫做'押韵'或'押韵脚'。韵与声是密切相关的。""韵对于中国诗的重要不仅在点明节奏。就一般诗来说,韵最大功用在把涣散的声音团聚起来,成为一种完整的曲调。它好比贯珠的串子,在中国诗里这串子尤不可少。""散文的节奏可以完全是语言的节奏,而诗却于此之外,另有一种形式化的节奏。如果把这个形式化的节奏(如平仄韵脚音步之类)完全丢开,则作者没有理由把他的作品排列成诗的形式。"既然是诗,就要有"诗的形式",就必须给读者"所预期的有规律的音节"。

第六章论"中国诗何以走上'律'的路?(上)赋对于诗的影响"。"中国诗走上'律'的路,最大的影响是从'赋'来的。""诗本是'时间艺术',赋则有几分是'空间艺术'",作为"一种大规模的描写诗"的"赋","侧重横断面的描写,要把空间中纷陈对峙的事物情态都和盘托出,所以最容易走上排偶的路"。律诗"意义的排偶"和"声音的对仗",都是赋的影响。

第七章论"中国诗何以走上'律'的路?(下)声律的研究何以特盛于齐梁以后?"东汉以后,"因为佛经的翻译与梵音的输入,音韵的研究极发达。这对于诗的声律运动是一种强烈的兴奋剂"。赋的影响和梵音的影响之外,另一个更重要的原因,"就是乐府衰亡以后,诗转入有词而无调的时期",诗的音乐要在词的文字本身见出。永明声律运动就是这种演化的自然结果。

朱先生在1936年春写的《〈文艺心理学〉作者自白》中说：

> 这部书（《文艺心理学》）还是我在外国当学生时代写成的。原来预备早发表，所以朱佩弦先生的序还是一九三二年在伦敦写成的。后来自己觉得有些地方还待修改，一搁就搁下了四年。在这四年中我拿它做讲义在清华大学讲过一年，今年又在北京大学的《诗论》课程里择要讲了一遍。每次讲演，我都把原稿更改过一次。[1]

"今年又在北京大学的《诗论》课程里择要讲了一遍"，说的虽然是《文艺心理学》，可这个"又"字却能说明朱先生在北大讲《诗论》不止一年。除这份讲义外，还有一份《诗论》讲义，也是大十六开本，封面字为"诗论 廿五年五月廿一日装成"，正文书名为"诗论课程纲要 上部 美学通论 下部 诗学通论"，每页的边侧也都印有"北京大学讲义 文七四（文二八）G出版组印 张校（或赵校、宋

《诗论》1936年版讲义封面

---

[1]《朱光潜全集》第1卷，第197页，安徽教育出版社，1993年。

校、李校）"字样。遗憾的是这份《诗论》讲义，只有"上部 美学通论"，"下部 诗学通论"仅见目录，印制的时间是1936年5月21日。现将目录抄录如下：

　　第一章 诗的起源与变迁——民间诗与文人诗

　　第二章 诗与散文

　　第三章 诗的实质与形式——情思与语言的关系

　　第四章 诗的音律

　　第五章 中国诗何以重韵

　　第六章 中国诗的声律何以特盛于齐梁以后

　　第七章 中国诗何以走上"律"的路——赋对于诗的影响

　　第八章 诗的意象

　　第九章 诗与画

　　第十章 诗的情趣

　　第十一章 中国诗和西方诗在意象与情趣方面的比较

　　第十二章 中国诗和西方诗在技巧方面的比较

　　第十三章 诗的种类——中国何以无长诗

　　第十四章 论中国新诗

　　第十五章 诗的功用

　　附　录

　　　　一、西方诗学略史

　　　　二、中国诗学略史

仅从"目录"和"附录"便可以看出，这第二份《诗论》讲义显然要比第一份讲义丰富厚重得多。这丰富厚重固然与朱先生对"诗学"执着地探求有关，但更重要的还是得益于时代。朱先生回国后活跃于平津文坛，参与一系列文学活动，从中汲取了丰富的滋养。他在《自传》中说：

> （我回国时）正逢"京派"和"海派"对垒。……我由胡适约到北大，自然就成了京派人物，京派在"新月"时期最盛，自从诗人徐志摩死于飞机失事之后，就日渐衰落。胡适和杨振声等人想使京派再振作一下，就组织一个八人编委会，筹办一种《文学杂志》。编委会之中有杨振声、沈从文、周作人、俞平伯、朱自清、林徽音等人和我。他们看到我初出茅庐，不大为人所注目或容易成为靶子，就推我当主编。由胡适和王云五接洽，把新诞生的《文学杂志》交给商务印书馆出版。[1]

"京派"与"京派作家"是两个概念。前者热心于"政治"，后者执着于"文艺"。前者的"对垒"夹杂着复杂的政治因素，后者的"对垒"则洋溢着要"引领中国文艺界"的热忱。朱先生在这里所说的"京派"，指的是"京派作家"。朱先生在《从沈从文先生的人格看他的文艺风格》一文中说：

---

[1] 《朱光潜全集》第1卷，第5页，安徽教育出版社，1993年。

> ……在从文的最亲密的朋友中我也算得一个，对他的人格我倒有些片面的认识。在解放前十几年中，我和从文过从颇密，有一段时间我们同住一个宿舍，朝夕生活在一起。他编《大公报·文艺副刊》，我编商务印书馆的《文学杂志》，把北京的一些文人纠集在一起，占据了这两个文艺阵地，因此博得了所谓"京派文人"的称呼。京派文人的功过，世已有公评，用不着我来说，但有一点却是当时的事实，在军阀横行的那些黑暗日子里，在北方一批爱好文艺的青少年中把文艺的一条不绝如缕的生命线维持下去，也还不是一件易事。于今一些已到壮年或老年的小说家和诗人之中还有不少人是在当时京派文人中培育起来的。[1]

天津《大公报·文艺》创刊于 1935 年 9 月 1 日，刊名"文艺"两字就出自朱先生之手，笔势狂放、遒劲洒脱，可见他与主编沈从文的情谊非同一般。作为"京派作家"中的文艺理论家和美学家，朱先生对新文学的现状和发展都有着热忱的关注和独到的思考。

三

早在筹办《文学杂志》之前，朱先生在他的家里——慈慧殿三

---

[1]《朱光潜全集》第 10 卷，第 491 页，安徽教育出版社，1993 年。

号组织过"读诗会"。上世纪二三十年代,北平有过两个"读诗会",一个是闻一多家的"黑屋"读诗会,成立于1926年初。为了给青年诗人提供一个有特色的活动场所,闻一多把书斋和客厅的四壁都敷贴上无光的黑纸,还在壁楣上画了一道金圈,金圈里是他亲手绘制的汉代石刻浮雕一类的马车。走进"黑屋",仿佛看到一位脚踝上套有细金环的裸体非洲女郎。室内设有神龛,供着一尊西方女神的雕像。到这一年的秋天,闻一多到上海谋职,"黑屋"读诗会就解体了。另一个就是朱先生家的"读诗会"。朱先生的客厅没有闻一多"黑屋"那种奇特怪诞的风味,只是挂在墙上的一幅达·芬奇的名画《蒙娜丽莎》格外醒目,蒙娜丽莎神秘的微笑里,洋溢着永恒的魅力。

沈从文在《谈朗诵诗——一点历史的回溯》中说:"当时的诗人如徐志摩、朱湘、刘梦苇、朱大枬、杨子惠、方玮德、刘半农诸先生都死了。闻一多先生改了业,放下了他诗人兼画家的幻想,诚诚恳恳的去做他的古文学爬梳整理工作。饶孟侃作了中央政校军校的教官。北平地方又有了一群新诗人和几个好事者,产生了一个读诗会。这个集会在北平后门慈慧殿三号朱光潜先生家中按时举行,参加的人实在不少。计北大梁宗岱、冯至、孙大雨、罗念生、周作人、叶公超、废名、卞之琳、何其芳、徐芳……诸先生,清华有朱自清、俞平伯、王了一、李健吾、林庚、曹葆华诸先生,此外尚有林徽因女士,周煦良先生等等。这些人或曾在读诗会上作过有关诗的谈话,或者曾把新诗、旧诗、外国诗,当众诵过,读过,说过,哼过。大家兴致所集中的一件事,就是新诗在诵读上,有多少成功可能？新诗在诵读上已经得到多少成功？新诗究竟能否诵读？差不多集所有北方系新诗作者和关心者于一处，这个集会可以说是极难得的。"[1] 梁宗岱、冯至、孙大雨、罗念生、周作人、叶公超、废名、卞之琳、何其芳、徐芳、朱自清、俞平伯、王了一、李健吾、林庚、曹葆华、林徽因、周煦良，还有胡适、顾颉刚、罗常培、容肇祖、常惠、佟晶心、吴世昌、杨刚、徐芳、李素英，仅就沈从文开列的这一连串的名单，就可以想象慈慧殿三号"读诗会"的场景，真是高朋满座，群英荟萃。

《朱自清全集》第9卷（即日记卷）中有关"读诗会"的记载，是"读诗会"最珍贵的原始资料，现抄录如下：

> 1934年5月23日：昨晚举行吟诵会，以我将去之，《大摊儿》为最好，《孔乙己》亦不劣。余读《卡尔佛里》较佳，《给亡妇》则不佳。因以题材关系，且在顾宪良读《子夜》上海译文后，亦不免影响也。先是此会拟有人读上海白，求材料而不得，始定翻译办法。然《子夜》之文实太啰嗦，不便诵读，其描写处尤然。顾君计费时二十五分，众有倦意，余文只得疾读，且紧接顾后，未容听众喘息，此皆失败因由也。本日读语体皆勉效口语；然此只是一种读法。在此读法中愈工口语与文之愈近口语者自易成功，唐君是也。然如稻翁之论，谓惟幽默轻巧之作乃能诵读，则亦不免一偏之说。大抵不近口语之作，当另有读

---

[1]《沈从文全集》第17卷，第247页，北岳文艺出版社，2002年。

法，须着重咬字，使字有高尚感情（Noble Feeling），则尚远于口语声调。此层尚待试验，昨日之会，本意固在试验耳。稻翁读八股，声调至佳，如顾宪良之从未见八股文者，亦觉其有力。可知读之关系亦不小也。至董同和读《秋声赋》，真背书耳。[1]

1935年1月20日：下午赴朱M.S.家（朱光潜），参加读诗与文学讨论会。李健吾与马小姐先朗诵王芹溪改编的剧本《她屈从于妥协》。这个中国剧本太欧化了。李先生扮演一个迂腐气十足的旧官吏，可是他讲的却是满嘴最时髦的幽默话，真是矛盾得可笑。马小姐表演摩登女郎真是驾轻就熟，因其本人就是个摩登女郎。接着是我朗诵自己的短文《沉默》。然后冯先生（废名）讲新诗，他强调新诗应有新情调。不过我对他分析自己的诗更感兴趣。若有人把他们所说的话记下来，那倒是一篇很好的文章。后来我将其概要记在笔记本上。梁夫人（林徽因）对梅菲尔德的日记中的一句话作了一番阐述，这句话是："坦普尔（Temple）先生，你太多心了。我想要买一块腌肉。"她从这短短一句话里悟出的言外之意似乎太多了些。吃饭时，桌上的饼甚美。后遇淑芳小姐，真是个才华出众的女士。为赶上六点的公共汽车而伤透脑筋。不过总算赶上了。[2]

---

[1]《朱自清全集》第9卷，第293页，江苏教育出版社，1997年。
[2] 同上书，第339页。

1935年2月16日：下午访周C.J.，并同去朱孟实家。唐先生读《妻的灵魂》，他对文中的感情表达得不够认真。我很后悔事先未劝他，并读其作品《餐室》。孙大雨先生简要地讲了诗的形式问题。他以莎士比亚的《李尔王》第三幕第二场为例，读了九行诗，并解释如何使音调与感情一致。他还谈了莎士比亚的无韵诗，并强调莎翁诗形式的多样化。然后他朗读了自己的译文，并声称他尽了最大努力找寻最适当的元音以求符合原著的效果，但仍不成功。他说有位中国评论家曾声称这样的诗句是译不好的。但孙大雨先生还是译了。我们知道他指的是梁实秋。淑芳小姐朗诵又太富于诗意了（我的意思是指纤雅）。[1]

1935年3月25日：P（俞平伯）谈及昨日的朗诵会，说李健吾读了孙毓棠先生的诗，并与淑芳女士一起朗读了她的剧本，很成功。朗诵会上朗诵的东西大多是新诗。P认为新诗的生命在一定程度上依赖于朗诵，正如音乐作品要靠演奏者一样。不过这中间仍然有共同的东西，这是需要探讨的实质性问题。然后我们又谈到了古诗的特色。我认为年轻读者将不会对古诗感兴趣，但P. P.不以为然，而且他认为新诗的读者也不会太多。[2]

---

[1] 《朱自清全集》第9卷，第343页，江苏教育出版社，1997年。
[2] 同上书，第348页。

1935年4月3日：今晚举行朗诵会。张清常与唐宝兴才华出众。王小姐朗诵时声音发抖，口型亦颇不雅。孙作云不够认真。[1]

1935年11月10日：进城参加朗诵会。作关于一九二七年前新诗运动之演讲。准备不足，颇不成功。感到自己在以下三件事上做得不够认真：对基督教青年会成员的讲课；给《宇宙风》杂志投稿中的一段；以及今天的演讲。像这样做事是"拆烂污"。[2]

1937年3月14日：参加《文学月刊》宴会。

陆志韦先生告我，他在研究方言与官话的句型。他将要求许多人为他读诗，以便灌唱片。[3]

1937年4月22日：下午开共赏会。朱孟实作《诗与散文》讲演。要点如下：

一、音律之存在理由有三：

1. 多样化中之统一性；

2. 节奏；

3. 淫猥之掩护物（例如酬简）。

---

[1] 《朱自清全集》第9卷，第349页，江苏教育出版社，1997年。
[2] 同上书，第389页。
[3] 同上书，第458页。

二、散文占领了诗的领域。

三、形式平凡，只有平凡。

四、若形式之有理由，则必为音乐的。

第三项中朱曾引用米德尔顿·默里（Midleton Murry）的《风格问题》里的话。默里认为在任何形式中都没有内在的价值。[1]

1937年4月24日：开共赏会。[2]

依据朱自清日记可以推测慈慧殿三号的"读诗会"早在1934年5月就开始了，一直延续到1937年"七七"之前。"读诗会""按时举行"，每月大概一至二次。朱自清住在城外清华大学北院，离朱先生家较远，为赶"公共汽车而伤透脑筋"；再加上担任清华大学中文系主任，工作繁忙，不是逢会必到——每次的"读诗会"都参加，所以日记里的"读诗会"并不完整。"读诗会"涉及的议题相当广泛，沈从文在《谈朗诵诗——一点历史的回溯》中说：

这个集会虽名为读诗会，我们到末了却发现在诵读上最成功的倒是散文。徐志摩、朱佩弦和老舍先生的散文。记得某一次由清华邀来一位唐宝鑫先生，读了几首诗，大家并不觉得如

---

[1] 《朱自清全集》第9卷，第463—464页，江苏教育出版社，1997年。

[2] 同上书，第464页。

何特别动人。到后读到老舍先生一篇短短散文时,环转如珠,流畅如水,真有不可形容的妙处。从那次试验上让我们得到另外一个有价值的结论,一个作者若不能处理文字和语言一致,所写的散文,看来即或顺眼,读来可不好听。新诗意义相同。有些诗看来很有深意,读来味同嚼蜡。一篇好散文或一首好诗,想在诵读上得到成功,同时还要一个会读它的人。

当时长于填词唱曲的俞平伯先生,最明中国语体文字性能的朱自清先生,善法文诗的梁宗岱、李健吾先生,习德文诗的冯至先生,对英文诗富有研究的叶公超、孙大雨、罗念生、周煦良、朱光潜、林徽因诸先生,此外还有个喉咙大,声音响,能旁若无人高声朗诵的徐芳女士,都轮流读过些诗。朱、周二先生且用安徽腔吟诵过几回新诗旧诗,俞先生还用浙江土腔,林徽因女士还用福建土腔同样读过一些诗。总结看来,就知道自由诗不能在诵读上有什么意想不到的效力。不自由诗若读不得其法,也只是哼哼唧唧,并无多大意味。多数作者来读他自己的诗,轻轻的读,环境又优美合宜,因作者诵读的声容情感,很可以增加一点诗的好处。若不会读又来在较多人数集会中大声的读,就常常不免令人好笑。

这个集会在我这个旁观者的印象上,得来一个结论,就是:新诗若要极端"自由",就完全得放弃某种形式上由听觉得来的成功。但是这种"新"很容易成为"晦",为不可解。废名的诗是一个极端的例子。何其芳、卞之琳几人的诗,用分行排比增加视觉的效果,来救听觉的损失,另是一例。若不然，想要从听觉上成功，那就得牺牲一点自由，无妨稍稍向后走，走回头路，在辞藻与形式上多注点意，得到诵读时传达的便利，林徽因、冯至、林庚几人的诗，可以作例。[1]

一批大学教授、著名作家、学界精英汇集在一起，探讨诗的"内容""形式""辞藻""诗情""诗艺"等最"具体"而"恳切"的问题。既重视外国诗论以及法、德和英文诗的翻译，也注重我国古典诗词歌赋，以及民歌小调和方言土语的研究，放眼世界，纵贯古今，雅俗兼顾。这样的"读诗会"真的非常难得。沈从文在同一篇文章中谈及"读诗会"同人对"朗诵诗"和"民歌"的探讨时说：

> "朗诵诗"成为一个时髦的名词，并不是很久的事。它的来源还同"集体创作"一样，是由比邻转贩前来的。这名辞虽在一部分海上出版物上创作诗上见到，真的老老实实的朗诵试验，依然还在北方，比读诗会稍慢一点，以北大歌谣学会，燕大通俗读物编刊社，北平研究院历史语言系作中心，有个中国风谣学会产生。这团体目的顾名思义即可知是着力于民间诗歌的。集会时系在北平中南海北平研究院戏剧陈列馆，参加者有胡适之、顾颉刚、罗常培、容肇祖、常惠、佟晶心、吴世昌……诸先生，杨刚、徐芳、李素英诸女士。集会中有新诗民歌的诵读，以及将民间小曲用新式乐器作种种和声演奏试验。

---

[1] 《沈从文全集》第 17 卷，第 246—247 页，北岳文艺出版社，2002 年。

集会过后还共同到北平说书唱曲集中地的天桥地方，去考察现代技艺人表演各种口舌技艺的情形。并参观通俗读物编刊社所编鼓词唱本表演情形。当时这个组织，正准备一面征集调查，一面与说书人用某种形式合作，来大规模编制新抗日爱国适用于民间的小册子，可惜这个计划，因芦沟桥事变便中止了。[1]

顾颉刚日记中也有关于"读诗会"的记载，他1936年4月25日的日记记：

> 到朱光潜家，为诵诗会讲吴歌。同会者有朱光潜、周作人、朱自清、沈从文、林徽因、李素英、徐芳、卞之琳等。[2]

"吴歌"是吴语民间歌谣的简称，是流传于"长江以南，浙江以西"这一带劳动人民口中的民间歌曲。1918年初，北大教授刘复、沈尹默等因提倡写白话诗而注意到歌谣。在校长蔡元培的大力支持下，开始征集歌谣，在《北京大学日刊》上陆续发表，随后又成立了歌谣研究会，出版《歌谣》周刊。1919年春，顾颉刚在苏州养病期间受到《北京大学日刊》上刊载的"新鲜的歌谣"的影响，搜集了一大批吴地歌谣，又加以考订注释，汇集为《吴歌甲集》出版，成了"吴歌"研究的先驱者。"读诗会"邀请历史学家顾颉刚到会讲吴歌，

---

[1]　《沈从文全集》第17卷，第248—249页，北岳文艺出版社，2002年。
[2]　顾潮编著：《顾颉刚年谱》，第251页，中国社会科学出版社，1993年。

似乎也能看出他们都意识到我国的新诗应该在外国诗歌以及我国民歌的基础上发展。

有关"读诗会",既有当年的"实录",也有事后的回忆。1934年冬,萧乾应沈从文和林徽因的邀请,第一次参加慈慧殿三号的"读诗会"。在这次"读诗会"上,萧乾听朱先生和梁宗岱辩论"刚性美"和"柔性美",又听何其芳羞怯地朗诵他的新诗《梦后》,以及与会者对《梦后》的评说。萧乾被大家的争论和评说吸引住了,"仿佛有一种喝足了醇香的陈酒而醺醺的感觉",朱先生的客厅"恰似一座金矿"出现在他的面前,"到处都是闪光的矿石"。[1] 杨周翰在《饮水思源——我学习外语和外国文学的经历》中说:朱先生慈慧殿的"寓所就是一间文学沙龙,我也经常去敬陪末座。朱先生使我开阔了对西方文学的眼界,同时使我对创作发生了兴趣"[2]。至于"读诗会"的特色,排在第一位的是一个"争"字,即论争的"争"。萧乾在《一代才女林徽因(代序)》中写到他与林徽因的交谊时说:

> (自从林徽因发表了他的短篇《蚕》)以后,我们还常在朱光潜先生家举办的"读诗会"上见面。我也跟着大家称她做"小姐"了,但她可不是那种只会抿嘴嫣然一笑的娇小姐,而是位学识渊博、思想敏捷,并且语言锋利的评论家。她十分关心创作。当时南北方也颇有些文艺刊物,她看得很多,而又仔

---

[1] 李辉:《萧乾传》,第四章"文艺沙龙",江苏文艺出版社,1993年。
[2] 杨周翰:《饮水思源——我学习外语和外国文学的经历》,《外语教育往事谈——教授们的回忆》,上海外国语教育出版社,1988年。

细,并且对文章常有犀利和独到的见解。对于好恶,她从不模棱两可。同时,在批了什么一顿之后,往往又会指出某一点可取之处。一次我记得她当时面对梁宗岱的一首诗数落了一通,梁诗人并不是那么容易服气的。于是,在"读诗会"的一角,他们抬起杠来。[1]

林徽因在"读诗会"上与梁宗岱"抬杠"的事,朱自清在1935年10月22日日记中也有记载:"沈从文告以林徽因与梁宗岱间之口角。"[2] 梁宗岱好辩,温源宁介绍说:"对于他(按指梁宗岱),辩论简直是练武术,手腿、头、眼、身一齐参加。若一面走路一面辩论,他这种姿态尤为显著:跟上他的脚步,和跟上他的谈话速度一样不容易,辩论得越激烈,他走得越快。他尖声喊叫,他打手势,他踢腿。若在室内,也完全照样。辩论的题目呢,恐怕最难对付的就是朗非罗和丁尼孙这两位诗人的功过如何。要是不跟梁宗岱谈,你就再也猜不着一个话题的爆炸性有多大。多么简单的题目,也会把火烧起来。因此,跟他谈话,能叫你真正筋疲力尽。说是谈话,时间长了就不是谈话了,老是打一架才算完。"[3]

然而也正是这一次次的"打架",使得"读诗会"同人拓宽了眼界,增进了友谊,达成了共识,为新诗发展做出了重大的贡献,

---

[1] 陈钟英、陈宇编:《中国现代作家选集·林徽因》,第2页,人民文学出版社,1992年。

[2] 《朱自清全集》第9卷,第387页,江苏教育出版社,1997年。

[3] 温源宁:《一知半解及其他》,第44页,辽宁教育出版社,2001年。

并促进了《大公报·文艺》副刊"诗特刊"的诞生。诗人陈世骧在1935年10月22写给沈从文的信《对于诗刊的意见》[1]中说：

> 那天在朱先生家"诗会"上会见，到现在已有几个礼拜了，自己每日忙着教书，很少有阅读杂志和拜会朋友的余暇，不知先生所计划诗刊已怎样。今天趁着学校放假，把自己对诗刊的一点小意见写给先生……

仅从这一段话便可看出，沈从文在他主编的《大公报·文艺》副刊开辟"诗特刊"，这个决定是"读诗会"上作出的；没有"读诗会"，或许就不会有"诗特刊"。"诗特刊"1935年12月6日创刊，"每月刊两次"，沈从文的《新诗的旧账——并介绍〈诗刊〉》[2]可以看作"诗特刊"的发刊辞。他在这篇文章中说：

> 就目前状况说，新诗的命运恰如整个中国的命运，正陷入一个可悲的环境里。想出路，不容易得出路。困难处在背负一个"历史"，面前是一条"事实"的河流。抛下历史注重事实（如初期新诗）办不好，抱紧历史不顾事实（如少数人写旧诗）也不成。有人想两面顾到，用历史调和事实，甩去一半担负再想法涉水过河，因此提倡"本位文化"。倘若这个人真懂得历

---

[1] 《大公报·文艺》副刊第55期"诗特刊"，1935年12月6日。
[2] 《大公报·文艺》副刊第40期，1935年11月10日，署名上官碧。

史，认清事实，叫出"本位文化"的口号，也并不十分可笑。如今之乎者也的新诗，近于诗的本位文化具体化，看看他们使用之乎者也的方法，就可知道他们并不大懂历史上这些字眼儿的轻重。新诗要出路，也许还得另外有人找更新的路，也许得回头，稍稍回头。

新诗真的出路同国家出路相同，要的是有人能思索，能深刻的思索，能工作，能认真来工作。认定"洛阳桥不是鲁班一天作成的"，把完成的日期延长一点，又明白"洛阳桥终究是人作成的"，对工作有信心，有勇气。只要有人肯埋头苦干，人多手多，目前即或不成，对于"将来"依然应当乐观。

为了给"正陷入一个可悲的环境里"的新诗寻找"出路"，特地开了这个"试验的场所"，"来发表创作，共同批评和讨论"。"诗特刊"由"孙大雨、梁宗岱、罗念生先生等集稿，作者中有朱佩弦、闻一多、俞平伯、朱孟实、废名、林徽因、方令孺、陆志韦、冯至、陈梦家、卞之琳、何其芳、李广田、林庚、徐芳、陈世骧、孙毓棠、孙洵侯、曹葆华诸先生，这刊物篇幅不大，对中国新诗运动或许有点意义"。沈从文热情地希望读者"从国内外各处地方把诗寄来，把个人对于新诗的意见写来，让它慢慢成为中国读者最多，作品也最多，同时还为多数人最关心认可的刊物"。

1936年7月19日，"诗特刊"出至第17期时改名为"诗歌特刊"，篇幅由原来的半版改为整版，每月出一期（有时因稿件过多，另外增加半页，题为"半页诗歌"）。《编者致辞》中说：

承各方师友的帮忙指导，我们第一个"专刊"竟能这样顺利地出现，这自是极应向各位作者感谢的。在这种功利的年月，居然还有那么些位对诗歌热心，远瞻中国新文学的前程，真是一件值得欣喜的事。此后，在诸位师友的督促下，对这方面我们将永不松懈地努力下去。

遗憾的是"诗歌特刊"生不逢时。1937年7月25日，"诗歌特刊"出至第9期即因《大公报》停刊而终结。这期间，《大公报·文艺》副刊还出版过"流亡者的歌"，以及"外行人论新诗（一）"和"外行人论新诗（二）"三个专刊。

　　作为"读诗会"的主人，朱先生为新诗寻找"出路"的心情，与沈从文及"诗特刊"（"诗歌特刊"）同人一样的急切。我国是一个"诗国"，朱先生认为"中国文学只有诗还可以同西方抗衡"，"它的精炼深永却往往非西方诗所可及"。[1] 但新诗在新文学各门类中成绩较差，"旧形式破坏了，新形式还未成立"；"新诗放弃了文言，也放弃了旧诗的一切形式，放弃了我国诗歌的传统"。[2] 他担心我国的诗歌会"终绝"，内心充满了焦虑。组织"读诗会"，创为"诗特刊"，使朱先生的"焦虑"得以释放。朱先生在"诗特刊"发表的《从生理观点论诗的"气势"和"神韵"》[3] 和《心理上个别

---

[1]　朱光潜：《给一位写新诗的青年朋友》，桂林《大公报》"文艺"副刊第14期，1941年4月18日。

[2]　《现代中国文学》，《文学杂志》第2卷第8期，1948年1月。

[3]　《大公报·文艺》副刊第65期"诗特刊"，1935年12月23日。

的差异与诗的欣赏》[1]，是"诗特刊"（"诗歌特刊"）这一"试验的场所"中最精彩的论文。前一篇突出"诗的命脉是节奏"这一主题；后一篇谈诗歌欣赏，对"什么是诗"作了精辟的阐述，"诗的好坏应该同时从两方面见出：第一，它的意境是否新鲜美妙？第二，它的语言是否恰好传达它的意境？"这些真知灼见后来都融入《诗论》的改定和写作中，而"读诗会"同人思想和观念碰撞所擦出的火花，也使得朱先生对《诗论》的修改有了"源头活水"。

四

《文学杂志》创刊于1937年5月1日。创刊号的封面图是由林徽因设计的，特别富有象征意义。画的是一红一蓝两条小鱼蜷曲着身体嘴尾相对，紧紧环绕在一支倒立的毛笔两边，就像是一枚小小的徽章似的，给人以"海阔凭鱼跃"的联想。图像四周配有粗细两个边框，两个边框之间有窄窄的空隙，犹如画框的内衬。这种双边框设计增加了封面的空间感。封面上方的刊名"文学杂志"四个字、图像中的"毛笔"，以及下方"商务印书馆发行"一行字都是黑色的；刊名下方的一条线，以及"创刊号"和图像中的一条鱼都是蓝的；而另一条鱼和粗细两个边框都是红色的；封面的纸张是米色的。红黑蓝和米色四种颜色配搭在一起，浑然一体，格外醒目。其余各

---

[1]《大公报·文艺》副刊第241期"诗歌特刊"，1936年11月1日。

期，封面图像不变，只是四种颜色另有调配，真的是尽善尽美，让具有高雅文学品味的读者一见倾心。朱先生在《文学杂志》发刊词《我对于本刊的希望》[1]中说：

> 中国的新文艺也还是在幼稚的生发期，也就该有多方面的调和的自由发展。我们主张多探险，多尝试，不希望某一种特殊趣味或风格成为"正统"。这是我们的新文艺的试验时期。在试验时期，我们免不着要牺牲一点，要走些曲路甚至于错路，不能马上就希望有如何惊人的成就。不过多播下一些种子，将来会有较丰富的收获。在不同的趣味与风格并行不悖时，我们可以互相观摩，互相启发，互相匡正。在文艺方面，无论是对于旁人或是对于自己，冷静严正的批评都是维持健康的良药。有作用的标榜都是"艺术良心"薄弱的表现。没有"艺术良心"，决不会有真正的艺术上的成就。别人的趣味和风格尽管和我们的背道而驰，只要他们的态度诚恳严肃，我们仍应表示相当的敬意。我们努力的方向尽管不同，但是"条条大路通罗马"，只要真正是努力前进，大家终于可以殊途同归地替中国新文艺开发出一个泱泱大国。

坚守"艺术良心"，以"宽大自由而严肃"的文化姿态，"自由运用心智"，"造成新鲜自由的思想潮流"，"殊途同归地替中国新文艺开

---

[1] 《文学杂志》创刊号，1937年5月1日。

发出一个泱泱大国",这就是《文学杂志》的创刊理念。

《文学杂志》的作者大多在北方,以平津地区为主。抗战前出版的《文学杂志》第 1 卷第 1 期至第 4 期的作者除朱先生外,还有叶公超、胡适、戴望舒、卞之琳、沈从文、老舍、杨振声、陈西滢、李健吾、林徽因、周作人、钱锺书、杨季康(绛)、废名(冯文炳)、程鹤西、周煦良、常风、梁实秋、王了一(王力)、郭绍虞、陆志韦、梁宗岱、施蛰存、萧乾、何其芳、朱自清、林庚、曹葆华、冯至、方令孺、杨世骥、蹇先艾、俞平伯、徐迟、李影心、朱东润、孙毓棠、朱颜、贾芝、石民、路易士、贾处谦、高一凌、凌叔华、杜衡、杨刚、章郏、史卫斯、方家达、张骏祥,共五十一位。周作人、沈从文、林徽因、俞平伯、梁实秋、李健吾、废名、冯至、何其芳、卞之琳是"京派作家",而程鹤西、林庚、曹葆华、杨刚、孙毓棠等是"读诗会"的成员,至于钱锺书、杨季康、戴望舒、施蛰存、杜衡等都是朱先生的好友。

当年"文学刊物"在编排体例上大多以"论文"打头,随后是"小说""散文""诗歌""戏剧";或者以"小说"打头,"论文""散文""诗歌""戏剧"紧随其后。而朱先生主编的《文学杂志》则把"诗论"(评论)排在最前面,紧随其后的是"诗",然后才是"小说""散文"和"戏剧",书评殿后。把诗歌理论和诗歌创作放在最突出的位置,书评殿后,使《文学杂志》卷首卷尾都凸显出浓厚的理论色彩,以及对于"诗"特有的情怀。

《文学杂志》前四期发表的论文有朱光潜的《我对于本刊的希望》、叶公超的《论新诗》、知堂(周作人)的《谈俳文》、梁实秋的《莎士比亚是诗人还是戏剧家？》、王了一的《语言的化装》、郭绍虞的《宋代残佚的诗话》、陆志韦的《论节奏》、知堂的《再谈俳文》、钱锺书的《中国固有的文学批评的一个特点》、朱东润的《说"衙内"》、炯之（沈从文）的《再谈差不多》，共十一篇。

《文学杂志》第1期"诗"专栏刊登了胡适的《月亮的歌》、戴望舒的《新作二章〈寂寞〉〈偶成〉》、卞之琳的《近作四章〈第一盏灯〉〈多少个院落〉〈足迹〉〈半岛〉》）；第2期"诗"专栏刊登了废名的《诗三首〈十二月十九日夜〉〈宇宙的衣裳〉〈喜悦是美〉》、陆志韦的《杂样的五拍诗》、梁宗岱译的《莎士比亚十四行诗二首》；第3期"诗"专栏刊登了卞之琳的《白螺壳》、林庚的《诗二首〈柳下〉〈斗室〉》、曹葆华的《无题》、冯至的《给几个死去的朋友》、方令孺的《听雨》、杨世骧的《云麓官前额》；第4期"诗"专栏刊登了孙毓棠的《暴风雨》、朱颜的《进城》、林徽因的《去春》、贾芝的《水手和黄昏》、石民的《浣溪沙（拟古之一）》《谢了的蔷薇》、路易士的《不朽的肖像》、覃处谦的《路工的乡愁》和高一凌的《凉》。

《文学杂志》前四期"书评"专栏刊登的书评有：周煦良评夏衍的《赛金花》和林庚的《北平情歌》；朱光潜评戴望舒的《望舒诗稿》、废名的《桥》、芦焚的《〈谷〉和〈落日光〉》；常风评斯诺编译的《活的中国》、萧军的《第三代》、周文的《烟苗季》、王统照的《春花》、杜衡的《漩涡里外》、阿英的《春风秋雨》、李健吾的《新学究》、左兵的《天下太平》；李影心评陆蠡的《海星》；叶公超评叶慈的《牛津现代诗选（1892—1935）》；鹤西评废名的

《桥》和《莫须有先生传》、李健吾评芦焚的《里门拾记》。除此以外,朱先生写的四篇"编辑后记"也是极其精彩的"综合性文论"。

《文学杂志》"象征着一个文艺复兴的朕兆"。初拟成立八人组成的编委会,即朱光潜、杨振声、沈从文、叶公超、周作人、朱自清、林徽因、废名,后来又加进凌叔华、陈西滢和李健吾,共十一人。这十一人都是"京派作家"中的重要人物,比较起来反倒是作为主编的朱先生因为回国的时间不长,在文艺界的"资历"较浅。大概也正是因为朱先生意识到自己的"资历"较浅,对其他编委特别尊重,每编一期都要开一次编委会,用聚餐的方式把编委以及关心《文学杂志》的名家邀请到慈慧殿三号家中,在餐桌上议论办刊方针,商讨稿件,决定取舍。

关于慈慧殿三号,朱先生写过散文《慈慧殿三号——北平杂写之一》[1],细致地描述了位于地安门内这一所在,"慈慧殿并没有殿,它只是后门里一个小胡同,因西口一座小庙得名"。它荒凉、冷清,"孤零零地兀立在破墙荒园之中"。朱先生和诗人梁宗岱合住一个园子。园子里有一棵百年以上的大柏树,"它的浓阴布满了一个小院子";柏树以外,最多的是枣树,最稀奇的是楸树。"园子终年是荒着的。一到夏天来,狗尾草、蒿子、前几年枣核落下地所长生的小树,以及许多只有植物学家才能辨别的草都长得有腰深。"秋天开满了菊花。北方有的鸟雀儿这里也算应有尽有。从1933年7月到1937年7月离开北平,朱先生居住在慈慧殿三号的四年间,

---

[1] 《朱光潜全集》第8卷,第433页,安徽教育出版社,1993年。

以文会友，广结良缘。朱自清在日记中除了写到慈慧殿三号参加"读诗会"外，还写了到慈慧殿三号参加《文学杂志》的编委会，且看朱自清1937年的两则日记：

> 1月26日：中午在朱光潜家午膳。商谈《文学月刊》事。[1]
> 3月14日：参加《文学月刊》宴会。陆志韦先生告我，他在研究方言与官话的句型。他将要求许多人为他读诗，以便灌唱片。[2]

陆志韦是我国著名的心理学家、语言学家、教育家、诗人，当时担任燕京大学校长，虽说不是《文学杂志》的编委，但是一位很热心的作者。《文学杂志》第2期发表过陆志韦的《杂样的五拍诗》，《文学杂志》第3期打头的就是他的长篇论文《论节奏》。朱先生在《编辑后记》中对《杂样的五拍诗》和《论节奏》都作了热情的颂扬：

> 陆志韦先生是新诗运动的先驱。这些年来初期新诗人们死的死，逃的逃，只有他还在猛勇奋斗。他在白话诗初起时便试验应用西方诗的音律技巧，《杂样的五拍诗》是长久试验之后的收获，虽然据他自己说，这几首诗倒不仅是"技巧的"而是"性灵的"。[3]

---

[1] 《朱自清全集》第9卷，第452页，安徽教育出版社，1993年。
[2] 同上书，第458页。
[3] 《文学杂志》第1卷第2期《编辑后记》，1937年6月1日。

"新诗人们死的死,逃的逃",其中的"死",指的是徐志摩和朱湘等新诗人的早逝,而"逃"指的是闻一多等人的转向,由"诗人"转变为"学者",借此来彰显陆志韦的"猛勇奋斗",进而对《论节奏》作出了很高的评价:

> 陆志韦先生近来费了许多工夫用心理学方法研究诗的节奏文字意象诸问题。《论节奏》是他所得的成绩的一部。文分两段。第一段讨论节奏本身的性质以及诗的节奏与音乐的节奏的异同。第二段叙述他个人做诗及试验用五节拍的经过。他主张诗的节奏应根据语调的节奏而加以整理。这是一段自道甘苦的话,所以很亲切有味。[1]

也正是因为陆志韦很热心,朱先生邀请他参加《文学杂志》的编委会,以利于集思广益,更好地把握国内外的文坛现状,引领文艺的走向。就朱先生本人而言,他对诗坛关注得尤其多。当年诗坛上有关"诗歌形式""音律""节奏"以及"新诗前途"和"研究方法"的探讨和论争,朱先生都参与过,从而拓宽了他的"诗学"的视野,对于"诗"和"新诗"发展的方向也有了更多的发言权。他在《给一位写新诗的青年朋友》的公开信中说:

> 在这二十年中我虽然差不多天天都在读诗……我讲授过多

---

[1] 《文学杂志》第1卷第3期《编辑后记》,1937年7月1日。

年的诗,当过短期的文艺刊物的编辑,所以常有机会读到青年朋友们的作品。这些作品中分量最多的是新诗。……我读过许多新诗,我很深切地感觉到大部分新诗根本没有"生存理由"。

这封信大概写于 1941 年 4 月初,刊登在 1941 年 4 月 18 日桂林《大公报·文艺》副刊第 14 期上。信中所说的"二十年中",指的是从"五四"新文学运动开始以来的二十年。这二十年间,朱先生"差不多天天都在读诗",又"讲授过多年的诗,当过短期的文艺刊物的编辑","常有机会读到青年朋友们的作品",熟悉诗坛的现状。"很深切地感觉到大部分新诗根本没有'生存理由'"的话,看似相当严苛,但确实寄托着他要促进诗歌繁荣发展的热忱。他在 1941 年 5 月 12 日给好友方东美的信中说:

> 弟自入蜀以来,人事多扰,所学几尽废,而每日必读诗,惟不敢轻尝试,以自揣力不能追古人也。尝以诗词为中土文艺之精髓,近日士子方竞骛于支离破碎之学,此道或送终绝命,今读大作,兼清刚鲜妍之美,大雅不作,或幸竟为杞忧矣。五四时代,倡新文学运动者,对旧诗颇肆抨击。年来弟稍致力西诗,对时下诸公颇有"轻薄为文哂未休"之感。惟亦觉文艺随时变迁,中西史实所示至彰明较著。泥古不化,亦不免是钻牛角,终无出路。晚近诗人与词人,多自囿于南宋之窠臼,其深微婉约者,在辞藻而不在意境。谢太傅评王坦之云:"安比见之乃不使人厌,然出户去不复令人思。"读近人诗词,尝不

免使人有此种感想。严沧浪以宋人较唐人，谓不同者在气象。此实公论，即言北宋词晏氏父子与欧公，仍自是一番气象。自梦窗、沂孙诸公出，而风气日浸于僻窄矣。弟于诗词，喜其造意深微而造语浅显者，此或为偏见，亦或由于浅学。兄于此道，造诣甚深，甚望有以启导之。暇时如有兴致，乞书尊诗数首于一小条幅，俾悬之座右，可以当晤对。此时佳纸难得，即用蜀纸可也。[1]

"入蜀以来"，指的是他来到成都之后。1937年"七七"事变后，朱先生离开北平，前往成都任四川大学文学院院长。1939年1月由成都转到嘉定（乐山），担任武汉大学教务长。漫天烽火，"人事多扰，所学几尽废，而每日必读诗"，"诗"简直成了他的"宗教"。这种执着固然是为了深入研究我国的"诗学"，讲好"诗论"这门课，写好《诗论》这本书；但更重要的是要为新诗的"生存"发展探索和指引路径，绝不能任由正在"生发期"的新诗轻易地"流产"。

五

在武汉大学讲授诗歌的几年间，朱先生又把《诗论》"原稿大加修改一番"。这回的"大加修改一番"，有叶圣陶的日记佐证。叶

---

[1]《高等教育季刊》第1卷第1期，1941年6月。

圣陶当时也在武汉大学执教,与朱先生朝夕相处。叶圣陶1940年11月的日记记:

> 11月8日:孟实以所作《诗学通论》原稿示余,明日当细读之。[1]
>
> 11月9日:读孟实《诗学通论》,迄于傍晚。[2]
>
> 11月10日:上午续看孟实《诗学通论》。[3]
>
> 11月12日:看孟实稿,毕。其说理颇精,而嫌其简略。[4]
>
> 11月13日:(午后)三时半,至孟实所,将其原稿交还。[5]

叶圣陶勤谨是出了名的,《诗论》一连看了三天,"嫌其简略"的话说得很直白,"将其原稿交还"时会说得很具体,显然是希望朱先生再作"修改",使其更圆满厚重。朱先生当然不会辜负老朋友的厚爱。

作家、学者、翻译家齐邦媛,早年就读于南开中学,1943年考入四川乐山武汉大学哲学系。朱先生赏识齐邦媛的才华,亲自促请她从哲学系转到外文系,成了朱先生的学生。齐邦媛在其人生回忆巨作《巨流河》中,用了三个章节的篇幅介绍朱先生。她

---

[1] 《叶圣陶集》第19卷,第303页,江苏教育出版社,2004年。
[2] 同上。
[3] 同上。
[4] 同上。
[5] 抄自叶圣陶日记。

写朱先生讲授英国文学史课程，讲解华兹华斯《玛格丽特的悲苦》(The Affection of Margaret)，读到"The fowls of heaven have wings, ...Chains tie us down by land and sea"（天上的鸟儿有翅膀……链紧我们的是大地和海洋）时，"竟然语带哽咽，稍微停顿又继续念下去"，念到最后两行"If any chance to heave a sigh（若有人为我叹息），They pity me, and not my grief（他们怜悯的是我，不是我的悲苦）"时，朱先生"取下了眼镜，眼泪流下双颊，突然把书合上，快步走出教室，留下满室愕然"。[1]写到朱先生讲雪莱《西风颂》时说，"雪莱的颂歌所要歌颂的是一种狂野的精神，是青春生命的灵感，是摧枯拉朽的震慑力量"，在武大文庙配殿那间小小的斗室之中，朱先生讲书表情严肃，也很少有手势，"但此时，他用手大力地挥拂、横扫……口中念着诗句，教我们用 the mind's eye 想象西风怒吼的意象（imagery）。这是我第一次真正地看到了西方诗中的意象，一生受用不尽"。[2]在齐邦媛的笔下，朱先生渊博、真挚，不仅对英诗有独到的感悟，且处处联系与英诗相似的中国诗词进行分析比对，对学生要求严格，学生跟他念的每首诗都得背，让学生由生变熟，确能领悟英国诗歌的真意。齐邦媛对朱先生充满感念之情，宣称是朱先生的"心灵后裔"。书中这方面的叙述相当多，这里再引录一节：

> 朱老师上课相当准时，他站在小小的讲台前面，距我们

---

[1] 齐邦媛：《巨流河》，第113页，三联书店，2011年。
[2] 同上书，第114页。

第一排不过两尺。他进来之后，这一间石砌的配殿小室即不再是一间教室，而是我和蓝天之间的一座密室。无漆的木桌椅之外，只有一块小黑板，四壁空荡到了庄严的境界，像一些现代或后现代的 studio。心灵回荡，似有乐音从四壁汇流而出，随着朱老师略带安徽腔的英国英文，引我们进入神奇世界。也许是我想象力初启的双耳带着双眼望向窗外浮云的幻象，自此我终生爱恋英文诗的声韵，像山峦起伏或海浪潮涌的绵延不息。英文诗和中国诗词，于我都是一种感情的乌托邦，即使是最绝望的诗也似有一股强韧的生命力。这也是一种缘分，曾在生命某个飘浮的年月，听到一些声音，看到它的意象，把心拴系其上，自此之后终生不能拔除。[1]

很显然，朱先生讲授英国诗歌，以及由此折射出来的思想和光辉，成了《巨流河》最令人动容的回忆。文学史家王德威在这本书的"后记"《如此悲伤，如此愉悦，如此独特——齐邦媛先生与〈巨流河〉》中写道：

> 齐邦媛对朱光潜抗战教学的描述揭露了朱较少被提及的一面。朱在战火中一字一句吟哦，教导雪莱、济慈的诗歌，与其说是与时代脱节，不如说开启了另一种响应现实的境界——正所谓"言不及己，若不堪忧"。某日朱在讲华兹华斯的长诗之

---

[1] 齐邦媛：《巨流河》，第 119 页，三联书店，2011 年。

际,突有所感而哽咽不能止,他"快步走出教室,留下满室愕然"。就此令人注意的不是朱光潜的眼泪,而是他的快步走出教室。这是种矜持的态度了。朱的美学其实有忧患为底色,他谈"静穆"哪里是无感于现实?那正是痛定思痛后的豁然与自尊,中国式的"悲剧"精神。

......

齐邦媛以书写自己的生命来见证文学无所不在的力量。她的文学启蒙始自南开,孟志荪老师的中国诗词课让她"如醉如痴地背诵,欣赏所有作品,至今仍清晰地留在心中"。武汉大学朱光潜教授的英诗课则让她进入浪漫主义以来那撼动英美文化的伟大诗魂。华兹华斯清幽的"露西"组诗,雪莱《云雀之歌》轻快不羁的意象,还有济慈《夜莺颂》对生死神秘递换的抒情,在让一个二十岁不到的中国女学生不能自已。

......

齐先生有泪,不只是呼应千年以前杜甫的泪,也是从杜甫那里理解了她的孟志荪、朱光潜老师的泪,还有她父亲的泪。文学的魅力不在于大江大海般的情绪宣泄而已,更在于所蕴积的丰富思辨想象能量,永远伺机喷薄而出,令不同时空的读者也荡气回肠;而文学批评者恰恰是最专志敏锐的读者,触动作品字里行间的玄机,开拓出无限阅读诠释的可能。[1]

---

[1]　齐邦媛:《巨流河》,第 381—382、386—387 页。

王德威盛赞朱先生是最能触摸到"作品字里行间的玄机""开拓出无限阅读诠释的可能"的"最专志敏锐的读者",这固然是知人之论。但"在讲华兹华斯的长诗之际,突有所感而哽咽不能止",这件事发生在身着素袍,一直庄重矜持的朱先生身上实属反常。朱先生字孟实,"孟"系在弟兄行辈中居长,"实"是诚实、踏实、求实的意思。朱先生觉得"实"字的这类含义多少表明了他的学术品格和人生理想,进入学术界以后,便时常用"孟实"做笔名,此外还用"明石""蒙石""盟石""石",都是"孟实"或"实"的同音字。这位从青年时代起就以"石"自励,像石头那样坚致和纯静的武大教务长,居然在讲授诗歌的课堂上"哽咽不能止",乃至"快步走出教室,留下满室愕然",个中的原因既有由英诗引发的"国破山河在,城春草木深"的苍凉与无奈,也有对于我国诗坛太寂寞的焦灼和期盼。中国这么大,时代那么混乱,人民那么艰辛,如果没有诗歌,也就没有声音。透过"哽咽不能止"的泪水,我们感触到的是朱先生异于常人的率真和悲壮。如何借鉴西方诗歌的理论和艺术,融入我国已有的传统,来促进我国新诗的进步和繁荣,集文艺理论家、美学家、教育家于一身的朱先生,在"哽咽不能止"的同时更努力地把这个心愿编织在《诗论》的研究和写作中。朱先生在《〈诗论〉(抗战版序)》中说:

> 在目前中国,研究诗学似尤刻不容缓。第一,一切价值都由比较得到,不比较无由见长短优劣。现在西方诗作品与诗理论开始流传到中国来,我们的比较材料比从前丰富得多,我们

应该利用这个机会,研究我们以往在诗创作与理论两方面的长短究竟何在,西方人的成就究竟可否借鉴。其次,我们的新诗运动正在开始,我们必须郑重谨慎,不能让它流产。当前有两大问题须特别研究,一是固有传统究竟有几分可以沿袭,一是外来影响究竟有几分可以接收。这都是诗学者所应虚心探讨的。

朱先生本人就是一直在"虚心探讨"的典范。他说从1932年到1943年的十多年间,《诗论》"改来改去,自知仍是粗浅",预备把《诗论》"搁"下来,"预备将来有闲暇再把它从头到尾重新写过","再搁七八年"也无关紧要。不料陈西滢和其他几位朋友等不及,他们主编了一套"正中文学丛书",硬要拉《诗论》来"充数",盛情难却,朱先生只好把书稿

《诗论》国民图书出版社1943年版

贡献出来。1943年6月,《诗论》由重庆国民图书出版社出版,学界称为"抗战版",全书凡十章,目录如下:

序

第一章　诗的起源

第二章　诗与谐隐

第三章　诗的境界——情趣与意象

第四章　论表现——情感思想和语言文字的关系

第五章　诗与散文

第六章　诗与乐——节奏

第七章　诗与画——评莱森的诗画异质说

第八章　中国诗的节奏与声韵的分析（上）论声

第九章　中国诗的节奏与声韵的分析（中）论顿

第十章　中国诗的节奏与声韵的分析（下）论韵

附　录　一封公开信《给一位写新诗的青年朋友》

六

仅从目录就可以看出，《诗论》"抗战版"对《诗论》的第二份"讲义"又有重大的修改，像第七章"诗与画——评莱森的诗画异质说"，明显是《诗论》第二份"讲义"中第九章"诗与画"的改写。因为这第二份"讲义"未能找到，这里只能就《诗论》"抗战版"与第一份"讲义"作一些浅近的比对。

与第一份"讲义"不同的是：首先，在文字方面有相应的修改。以第一章"诗的起源"第一小节为例：

（讲义）想明白一件事物的本质，最好先考究它的起源；犹如想了解一个人的性格，不能不先知道他的祖先和环境。诗也是如此。许多人在纷纷争论"诗是什么？""诗应该如何？"诸问题，争来争去，终不得要领。如果他们先把"诗是怎样起来的？"一个基本问题弄清楚，也许可以免去许多纠纷。

（抗战版）想明白一件事物的本质，最好先研究它的起源；犹如想了解一个人的性格，最好先知道他的祖先和环境。诗也是如此。许多人在纷纷争论"诗是什么"、"诗应该如何"诸问题，争来争去，终不得要领。如果他们先把"诗是怎样起来的"这个基本问题弄清楚，也许可以免去许多纠纷。

把"考究"改为"研究"，把"一个"改为"这个"，用词显得更准确；删去三个问号，行文更简洁流畅。

其次，是每章的正文部分都加了标题，使内容更加醒目。例如第一章"诗的起源"，"讲义"中分六个段落，冠以"一""二""三""四""五""六"的字样；"抗战版"拟了六个标题，即：

一 历史与考古学的证据不尽可凭

二 心理学的解释："表现"情感与"再现"印象

三 人类诗歌与鸟歌的比较

四 诗歌与音乐跳舞同源

五 诗歌所保留的诗乐舞同源的痕迹

六 原始诗歌的作者

再次,与"讲义"相比对,"抗战版"新写了两章,即"第三章 诗的境界——情趣与意象"和"第七章 诗与画——评莱森的诗画异质说";重写了"第四章 论表现——情感思想和语言文字的关系";其他各章也都有重大的修改和提升。"讲义"的"第五章 中国诗的节奏与声韵的分析"拉长为第八、第九和第十章;而"讲义"的第六、第七两章则被割舍了。现就"抗战版"新增的第三、第七两章,以及重写的第四章和"附录"作一点介绍。

第三章论"诗的境界——情趣与意象"。诗的境界是情趣("情")和意象("景")的融合。情趣("情")和意象("景")两个要素的发生,都源于直觉("见")或想象(即"见"所带有的"创造性":"所见意象必恰能表现一种情趣"),它们忻合无间,创造出"诗的境界"。"诗的境界"固然有"'隔'与'不隔'""'有我之见'与'无我之境'""'超物之境'与'同物之境'"几种分别,但都不是绝对的。诗虽有"主观的"(偏重情感的"表现")和"客观的"(偏重人生的"再现")两种偏向,但并"没有诗完全是主观的","也没有诗完全是客观的",主观的和客观的分别只是情趣和意象两者间配合上有等差罢了。中国古诗的演进,也可以藉此来分析出三个步骤(因情生景或因情生文;情景吻合、情文并茂;即景生情或因文生情)。

第四章"论表现——情感思想和语言文字的关系",是对原"第三章 诗的实质与形式(对话)"的重写。将"对话"改写成

"论",既加重了理论的分量,又使之与上一章衔接得更自然紧密。开篇即对"表现"作了明确的定义:"所谓表现就是把内在的'现'出'表'面来,成为形状可以使人看见。"克罗齐称之为"外达"(Lestrinscayione),托尔斯泰称之为"传达"(communication)。又对"实质"和"形式"作了界定:"情感思想(包涵意象在内)合为实质,语言组织为形式",两者不可分隔。所谓"美",并非专属于形式的成分,也并非纯粹属于作者直觉所得的结果,而是语言和情感、思想彼此联贯融合的艺术活动所创造出来的。一般人"误解情感思想和语言的关系",以为"语言也可以离开情感思想而独立"。他们不知道"语言的实质就是情感思想的实质,语言的形式也就是情感思想的形式,情感思想和语言本是平行一致的,并无先后内外的关系"。再论及"'寻思'与修改":"寻思""就是把模糊隐约的变为明显确定的,把潜意识和意识边缘的东西移到意识中心里去";"寻思必同时是寻言,寻言亦必同时是寻思"。最后对"文字"的"死活"划出界限:"散在字典中的文字,无论其为古为今,都是死的;嵌在有生命的谈话或诗文中的文字,无论其为古为今,都是活的。"进而批评"做诗如说话"的口号,提倡用"写的语言"写诗。

第七章是"诗与画——评莱森的诗画异质说"。"诗画同质与诗乐同质是古今中外一个普遍的信条。"莱森有诗画异质说,以为画只宜于描写静物,诗只宜于叙述动作;图画叙述动作时必化动为静,诗描写静物时亦必化静为动。此种学说,有很多贡献,如强调艺术的"特殊"性,看出艺术与媒介的重要关联,"从读者的观点讨论艺术"等。但立论的根据,在自然的模仿,失却"表现"的意义;又过于着重艺术"媒介的限制",与事实也不免有相违背之处。例如中国画首重"气韵生动","中国诗向来就不特重叙事","尤其是西晋以后的诗,向来偏重景物的描写,与莱森的学说恰相反"。

附录的一封公开信《给一位写新诗的青年朋友》称:"诗是最精妙的观感表现于最精妙的语言",一般青年存在着"诗容易做"的心理,已经是根本的错误;又现今"文学的最正常的表现的方式似乎是散文、小说而不是诗",因之大部分的新诗可以说没有"生存的理由"了。一首诗应有"凡诗的公同性",尤应有它的"特有的个性";"诗的公同性"和"特有的个性"这两个成分合起来才是一首诗的形式。"诗的真正形式",不是"七律、商籁之类躯壳",而是"节奏的规律化",或者说是"语言的音乐化"。诗和散文的分别,也就在节奏的有无规律化。新诗实在比旧诗难做,因为新诗没有固定的模型可以依仿,不容易得到诗的公同性;形式固然要适合于特殊的内容,可是一般新诗的作者又不能使每一首诗现出很显著的音节上的个性,所以大家都归于失败。讲到"学"诗,眼前有西方诗、中国旧诗、民间文学三个途径,都各有它的限制,写新诗的青年朋友要善为运用,切不可依傍门户,而要有自由独立的精神,以努力创造新的内容和新形式相融合的作品。将近结束时写道:

> 中国诗现在还没有形成一个新的"民族形式","民族形式"的产生必在伟大的"民族诗"之后,我们现在用不着谈"民族形式",且努力去创造"民族诗"。未有诗而先有形式,就如未有血肉要先有容貌,那是不可想象的。至于"旧瓶装新酒"的

比喻实在有些不伦不类。诗的内容与形式的关系不是酒与瓶的关系。酒与瓶可分立；而诗的内容与形式并不能分立。酒与瓶的关系是机械的，是瓶都可以装酒；诗的内容与形式的关系是化学的，非此形式不能代表此内容。如果我国有新内容，就必须创造新形式。这形式也许有时可从旧形式脱化，但绝对不是呆板的模仿。应用"旧瓶"是朝抵抗力最低的路径走，是偷懒取巧。

抗战爆发后，流亡到大后方的诗人和作家在"全民总动员"的抗日的大背景下，又写起了被他们遗弃的旧体诗词。闻一多就曾针对当年重庆写旧诗成风的现象提出过严厉而尖锐的批评，说"在今天抗战时期，谁还热心提倡写旧诗，他就是准备作汉奸！汪精卫、黄秋岳、郑孝胥，那个不是写旧诗的赫赫名家！"[1] 朱先生也反对写旧体诗词，但不像闻一多那么激烈，而是从文学发展的规律和"诗"的学理的层面指出"创造新形式"的重要性，认为"应用'旧瓶'是朝抵抗力最低的路径走，是偷懒取巧"，热忱地希望"写新诗的青年朋友"抖擞精神，"死心踏地做自己的功夫，摸索自己的路径，开辟自己的江山"，努力去创造伟大的"民族诗"。

经过增添和重写，《诗论》"抗战版"成了我国诗学中"一种极有系统的著作"。张世禄在评论中说："凡是对于诗学的重要的和基本的问题，大致一一加以探讨，包罗无遗。开头从诗的起源上推究

---

[1] 郑临川：《闻一多反对写旧诗》，《新文学史料》1979 年第 1 期。

诗歌和乐舞的关系，因而确定了'诗是有音律的纯文学'这一个基本的观念，再以此为出发点，进而讨论诗的创作及内容和形式上的种种问题，终于归结到了内容和形式的不可分隔。诗的作品，一半是音乐的，一半又是语言的；因为是音乐的，所以要注重声音的节奏及和谐；因为是语言的，所以要讲究情趣和意象的美妙，以及两者间的契合。诗人所追求的，就是在怎样使音乐化的声音和含有美妙的情意的语言，相融合起来，以构成一种艺术品。朱氏此书颇能依据这种意旨来发挥，不但使读者对于诗学得到一个深切的认识，而且给予中国目前的新诗运动一种明确的指示；就是希望新诗的作者，不要专从形式的解放上着想，而要从根本的正确的艺术活动上努力锻炼，以求得一种新的内容和形式相融化的作品的出现。这是此书的特色之一。"[1]

七

抗战胜利后，朱先生于 1946 年冬回到北大，任西语系主任并兼任文学院代院长。1947 年 6 月，停刊了十年之久的《文学杂志》复刊（自第 2 卷始），成为沉寂多年的平津文坛和文化界最为期待的复兴文学、振兴文化的象征。朱先生在复刊号《复刊卷头语》中说：

---

[1] 张世禄：《评朱光潜"诗论"》，《国文月刊》第 58 期，1947 年 6 月。

《文学杂志》在二十六年创办，发行了四期就因抗战停刊。当时每期销行都在两万份以上，在读者中所留的印象并不算坏。事隔十年，到现在还有些读者打听它有无复刊的消息。这一点鼓励使我们提起勇气把它恢复起来，虽然我们明知道目前复刊是处在一个不很顺利底环境。我们准备着挺起腰杆奋斗下去。我们的目标在原刊第一期已表明过，就是采取宽大自由而严肃的态度，集合全国作者和读者的力量，来培养成一个较合理的文学刊物，藉此在一般民众中树立一个健康的纯正的文学风气。我们现在仍望指着这个目标向前迈进。[1]

《文学杂志》复刊后一共出了十八期，编排上保持了原来的风格，以"诗论"（评论）打头，紧随其后的是"诗"，然后才是"小说""散文"和"戏剧"。除前四期的作者有些继续写稿外，新加进的作者有：吴之椿、甘运衡、徐盈、季羡林、萧望卿、戴镏龄、俞铭传、穆旦、袁可嘉、毕基初、李瑛、王佐良、游国恩、傅庚生、张英、刘贝汶、罗大冈、田畴、林蒲、汪曾祺、萧赛、杨溎、张希怪、贾光涛、孟士孙、邢楚均、萧凤、金湜、闻一多（遗著）、艾芜、陈占元、萧沉、郭士浩、朱介凡、刘荣恩、少若、闻家驷、朱君允、许素任、鲁人、陈方、张怪、金隄、孙楷第、马君玠、艾辰、雷妍、陈方、方回、君弱、叶苍岑、晁朴、陈思岑、徐家昌、方域、罗大冈、陈石湘、常乃慰、冯友兰、川岛、余冠英、李广田、马文珍、

---

[1] 《复刊卷头语》，《文学杂志》第 2 卷第 1 期，1947 年 6 月。

王瑶、缪钺、方敬等一大批学者和青年作家。他们大多为北大、清华、燕京等大学的教师或学生。复刊后的《文学杂志》刊登的文学论文有七十多篇，其中有朱光潜的《中国现代文学》《诗的难与易》《诗的意象与情趣》《游仙诗》；朱自清的《古文学的欣赏》；李长之的《李清照论》《陶渊明的孤独之感及其否定精神》；游国恩的《屈原文艺论》；陈思苓的《楚声考》；萧望卿的《李白思想与艺术观》《艺术的透视——李白新论之一》；罗大冈的《两次大战间的法国文学》《时势造成的杰作》；冯至的《歌德的西东合集》；戴镏龄的《近代英国传记的简洁》；俞铭传的《一首诗的形式》；盛澄华的《纪德的艺术与思想的演进》；陈石湘的《法国存在主义运动的哲学背景》；袁可嘉的《现代英诗的特质》《诗与意义》《对于诗的迷信》《诗的戏剧化》《释现代诗中底现代性》《当前批评底任务》；林庚的《诗的活力与新原质》《再论新诗的形势》；徐家昌的《诗歌的音调》；傅庚生的《论文学的本色》《文学意境中的梦与影》；常风的《新文学与古典文学》《人物的创造》；吴之椿的《明日世界与中国文化》；李广田的《爱仑坡的"李奇亚"——〈创作论〉中之一例》；陆志韦的《从翻译说到批评》；等等。"诗"专栏刊登的诗作就更多了。对于一直"留意中国诗"的朱先生来说，通过主编复刊后的《文学杂志》，对《诗论》又有了更细腻和深入的思考。

1947年夏，朱先生将《诗论》收入他主编的"正中文学丛书"，由正中书局于1948年3月出版，朱先生称之为"增订版"。"增订版"保留了"抗战版"的规模，增收了《诗论》第一份讲义中的第六章和第七章，即"增订版"中的第十一章"中国诗何以走上'律

《诗论》正中书局 1948 年版封面　　　《诗论》正中书局版版权页

的路（上）：赋对于诗的影响"，第十二章"中国诗何以走上'律'的路（下）：声律的研究何以特盛于齐梁以后？"，此外又增加了第十三章"陶渊明"，以及作者 1947 年夏天在北京大学写的"增订版序"。现将"增订版"目录抄录于下：

抗战版序

增订版序

第一章　诗的起源

第二章　诗与谐隐

第三章　诗的境界——情趣与意象

第四章　论表现——情感思想和语言文字的关系

第五章　诗与散文

第六章　诗与乐——节奏

第七章　诗与画——评莱森的诗画异质说

第八章　中国诗的节奏与声韵的分析（上）论声

第九章　中国诗的节奏与声韵的分析（中）论顿

第十章　中国诗的节奏与声韵的分析（下）论韵

第十一章　中国诗何以走上"律"的路（上）赋对于诗的影响

第十二章　中国诗何以走上"律"的路（下）声律的研究何以特盛于齐梁以后？

第十三章　陶渊明

附　录　一封公开信《给一位写新诗的青年朋友》

与"抗战版"相比对，"增订版"对一些章节作了调整，标题也作了相应的修改，更清晰和厚重。以第一章"诗的起源"为例：

（抗战版）

一　历史与考古学的证据不尽可凭

二　心理学的解释："表现"情感与"再现"印象

三　人类诗歌与鸟歌的比较

四　诗歌与音乐跳舞同源

五　诗歌所保留的诗乐舞同源的痕迹

六　原始诗歌的作者

（增订版）

　　一　历史与考古学的证据不尽可凭

　　二　心理学的解释:"表现"情感与"再现"印象

　　三　诗歌与音乐跳舞同源

　　四　诗歌所保留的诗乐舞同源的痕迹

　　五　原始诗歌的作者

在文字方面也有修润。朱先生在"增订版序"中说:

> 这部小册子在抗战中由重庆国民图书出版社印行过二千册,因为错字太多,我把版权收回来以后就没有再印。从前我还写过几篇关于诗的文章,在抗战版中没有印行,原想将来能再写几篇凑成第二辑。近来因为在学校里任课兼职,难得抽出工夫重理旧业,不知第二辑何日可以写成,姑将已写成的加入本编。这新加的共有三篇,《中国诗何以走上律的路》上下两篇是对于诗作历史检讨的一个尝试,《陶渊明》一篇是对于个别作家作批评研究的一个尝试,如果时间允许,我很想再写一些像这一类的文章。
>
> 朱光潜 1947 年夏于北京大学

"新加"的前两篇其实就是《诗论》"讲义"中第六章"中国诗何以走上'律'的路(上)赋对于诗的影响"和第七章"中国诗何以走上'律'的路(下)声律的研究何以特盛于齐梁以后?",编入"抗战版"时删掉了。朱先生对这两章作了改写并加了"标题"后收入"增订版"。先看文字方面的修饰：

讲义：《诗经》里的诗本皆可歌，调与词虽相谐合而却可分立，正如现在歌词与乐谱的关系一样。

增订版：《诗经》里的诗大半可歌，歌必有调，调与词虽相谐合而却可分立，正如现在歌词与乐谱的关系一样。

讲义：东汉以后，因为佛经的翻译与梵音的输入，音韵的研究极发达。这对于诗的声律运动是一种强烈的兴奋剂。

增订版：东汉以后，因为佛经的翻译与梵音的输入，音韵的研究极发达。这对于诗的声律运动是一种强烈的刺激剂。

"本皆可歌"的话有点绝对；"大半可歌"就显得圆通。"歌必有调"四个字，是对"调"与"词"相"和谐"的补充和阐释，添加了这四个字行文就显得自然流畅。"刺激"二字含有被激发、被唤起的成分，显然要比"兴奋"二字更准确。这二处的修改就不仅仅只是"文字的订正"，而是对《诗经》的理解以及对"音韵"研究的深化。"讲义"第六章"中国诗何以走上'律'的路（上）赋对于诗的影响"，分（一）（二）（三）（四）共四节；第七章"中国诗何以走上'律'的路（下）声律的研究何以特盛于齐梁以后？"，分（一）（二）两节，都没有标题。"增订版"则拟了标题：

第十一章　中国诗何以走上"律"的路（上）赋对于诗的影响
　　一　自然进化的轨迹
　　二　律诗的特色在音义对仗
　　三　赋对于诗的三点影响
　　四　律诗的排偶对散文发展的影响
第十二章　中国诗何以走上"律"的路（下）声律的研究何以特盛于齐梁以后？
　　一　律诗的音韵受到梵音反切的影响
　　二　齐梁时代诗求在文词本身见出音乐

有了标题，内容和条理就都显得特别清晰。真正属于"新"写的是第十三章"陶渊明"，这是一篇诗人论，也可看作一篇带有批评性质的传记。从体例上看似乎与全书不很协调，其实是有很深的内在联系的。宛小平和魏群认为朱先生是"以人格来透视艺术的风格，并尝试用类似传体写严肃的学理著作"，"应该视为匠心独运"。[1] 朱立元在《〈诗论〉导读》里说："第十三章看似游离于全书完整结构，实则是朱光潜匠心独运地以陶渊明为个案印证他的诗境说的普适性。"[2] 关于《陶渊明》，1948 年初朱先生在答重庆《大公报》问"我的下一本书将是什么？"时，有如下表述：

---

[1] 宛小平、魏群：《朱光潜论》，第 163 页，安徽大学出版社，1996 年。
[2] 朱立元：《〈诗论〉导读》，第 3 页，上海古籍出版社，2001 年。

二十年前就已蓄意写一部《魏晋人品》，想在魏晋时代选十来个代表人物，替他们写想象的传记（如同 Ludwig 和 Maurois 所做的），综合起来可以见出那个时代的精神。这些年来，我颇留意中国诗，也想挑选一些诗人出来作一种批评的研究（如同我去年写的《陶渊明》那一类文章），但是我目前在学校里担任行政事务，精力疲于簿书酬对，什么时候我可以抽工夫做我自己所爱做的事，自己也不知道。[1]

所谓"批评的研究"，也就是朱先生常说的"文学研究方面"的"科学精神"。[2] 朱先生"二十年前就已蓄意写一部《魏晋人品》"，他在魏晋名家中最景仰陶渊明，1919 年在香港大学读书时就抄录陶渊明《形影神》中的四句诗"纵浪大化中，不喜亦不惧。应尽便须尽，无复独多虑"，作为修身处世的准则，还把这四句诗写给朋友们共勉。他特别欣赏陶渊明的"醇朴""冲澹"和极为丰富的精神生活，为此曾受到鲁迅严厉抨击。

　　那是 1935 年 10 月，老友夏丏尊来信，说他"近来颇有志于文章欣赏法"，对"曲终人不见，江上数峰青"这两句诗觉得很好，但究竟好在哪里却说不出来，请朱先生给予指点。

　　"曲终人不见，江上数峰青"，是钱起《省试湘灵鼓瑟》中的名句。钱起，字仲文，唐代"大历十才子"之一，长于写景，诗多

---

[1] 《朱光潜全集》第 9 卷，第 312 页，安徽教育出版社，1993 年。
[2] 朱光潜：《〈朱光潜美学文学论文集〉编后记》，《朱光潜美学文学论文集》，第 476 页，湖南人民出版社，1980 年。

为赠别应酬之作，风格清空闲雅、流丽纤秀。鼓瑟的是湘水女神，她所弹的曲子非常奇妙感人，竟使听者如醉如痴，忘了弹奏者的存在。直到曲子演奏完了，人们才如梦初醒，想看看这位技艺超绝的鼓瑟者。但湘水女神不是肯轻易久留的，早已随风而去了。人们苦寻一番，没找到半个人影，只见湘江上矗立有几个染着青翠颜色的山峰。相传，"曲终人不见，江上数峰青"这两句诗得自"鬼谣"，是神灵相助的产物。

　　朱先生也很欣赏这两句诗，在给夏丏尊的回信中，从美学的角度对这两句诗作了详细的评介。他说：我爱这两句诗，多少是因为它对于我启示了一种哲学的意蕴。"曲终人不见"所表现的是消逝，"江上数峰青"所表现的是永恒。可爱的乐声和奏乐者虽然消逝了，而青山却巍然如旧，永远可以让我们把心情寄托在它上面。人到底是怕凄凉的，要求伴侣的。曲终了，人去了，我们一霎时以前所游目骋怀的世界，猛然间好像从脚底倒塌去了。这是人生最难堪的一件事。但是一转眼间我们看到江上青峰，好像又找到另一个可亲的伴侣、另一个可托足的世界，而且它永远是在那里的。"山穷水尽疑无路，柳暗花明又一村"，此种风味似之。不仅如此，人和曲果真消逝了么？这一曲缠绵悱恻的音乐没有惊动山灵？它没有传出江上青峰的妩媚和严肃？它没有深深地印在这妩媚和严肃里面？反正青山和湘灵的瑟声已发生这么一回的因缘，青山永在，瑟声和鼓瑟的人也就永在了。朱先生把"和平静穆"看成是文学的"最高理想"，称"静穆"是艺术的极境。他在信中说：

我从前读"曲终人不见，江上数峰青"，以为它所表现的是一种凄凉寂寞的情感，所以把它拿来和"相思黄叶落，白露点青苔"，"可堪孤馆闭春寒，杜鹃声里斜阳暮"诸例相比。现在我觉得这是大错。如果把这两句看成表现凄凉寂寞的情感，那就根本没有见到它的佳妙了。艺术的最高境界都不在热烈。就诗人之所以为诗人而论，他所感到的欢喜和愁苦也许比常人所感到的更加热烈。就诗人之所以为诗人而论，热烈的欢喜或热烈的愁苦经过诗的表现出来以后，都好比黄酒经过长久年代的储藏，失去它的辣性，只剩一味醇朴。……古希腊——尤其是古希腊的造形艺术——常使我们觉到这种"静穆"的风味。"静穆"是一种豁然大悟，得到归依的心情。它好比低眉默想的观音大士，超一切忧喜，同时你也可说它泯化一切忧喜。这种境界在中国诗里不多见。屈原、阮籍、李白、杜甫都不免有些像金刚怒目，愤愤不平的样子。陶潜浑身是"静穆"，所以他伟大。[1]

朱先生在回信中一是承认过去理解上的错误，二是提出一些新的看法，"就正于丏尊先生及一般爱诗者"。不料鲁迅立即予以抨击。他在《"题未定"草之七》[2]中说朱先生对钱起诗的评论是寻章摘句，"割裂为美"，"是从衣裳上撕下来的一块绣花"，加以"吹嘘或附会"，把读者"弄得迷离惝恍"，郑重地指出这种"摘句""大

---

[1] 朱光潜：《说"曲终人不见，江上数峰青"——答夏丏尊先生》，《中学生》1935年12月号。

[2] 《鲁迅全集》第6卷，第439—444页，人民文学出版社，2005年。

足以困人","最能引读者于迷途"。他说钱起的《省试湘灵鼓瑟》"虽不失为唐人的好试帖,但末两句也并不怎么神奇","'曲终'者结'鼓瑟','人不见'者点'灵'字,'江上数峰青'者做'湘'字",不过是科举试律诗点题的老套。朱先生踢开全篇,用"曲终人不见,江上数蜂青"两句诗来概括作者的全人,"又用这两句来打杀了屈原,阮籍,李白,杜甫等辈",使这四位"都因为垫高朱先生的美学,做了冤屈的牺牲的"。针对朱先生的"陶潜浑身是'静穆'"的说法,鲁迅讽刺说"抚慰劳人的圣药,在诗,用朱先生的话来说,是'静穆'",但是"历来伟大的作者",是没有一个"浑身是'静穆'"的。陶潜正因为并非"浑身是'静穆',所以他伟大"。"现在之所以往往被尊为'静穆',是因为他被选文家和摘句家所缩小,凌迟了。"在这篇文章中,鲁迅还深刻地阐述了文学批评要"顾及全人"的理论,指出"倘要论文,最好是顾及全篇,并且要顾及作者全人,以及他所处的社会状态,这才较为确凿。要不然,是很容易近乎说梦的",从而加重了批判的力度。

鲁迅与朱先生的分歧,固然是由钱起的两句诗引发的,但这只是个"引子",更主要的还是对陶渊明的评价有偏差。"五四"以前的历代评论家,大都把陶渊明看作"篇篇有酒""不染尘俗"、脱离现实的"田园诗人",奉为"古今隐逸诗人之宗"。1927年7月鲁迅在《魏晋风度及文章与药及酒之关系》中,批评了将陶渊明划为"田园诗人"的"旧说",指出:

……《陶集》里有《述酒》一篇,是说当时政治的。这样

> 看来，可见他于世事也并没有遗忘和冷淡，不过他的态度比嵇康阮籍自然得多，不至于招人注意罢了。……由此可知陶潜总不能超于尘世，而且，于朝政还是留心，也不能忘掉"死"，这是他诗文中时时提起的。用别一种看法研究起来，恐怕也会成一个和旧说不同的人物罢。[1]

而朱先生对陶渊明的理解，偏离了鲁迅《魏晋风度及文章与药及酒之关系》一文中关于全面分析陶渊明的生平及其作品的正确意见。到了三十年代，朱先生还在宣传陶渊明之"伟大"在于"浑身是'静穆'"，这就为鲁迅所不能宽容了。

面对鲁迅的批评，朱先生一直保持沉默，也一直在反省。经过反省，反倒更加挚爱陶渊明了。抗战前，他从陶渊明《时运》诗序中的"欣慨交心"中取出"欣慨"两个字，作为他的室名，特地请两位会篆刻的朋友替他刻了"欣慨室"三字图章，又请马一浮为他写了"欣慨书斋"四字的横幅。朱先生认为"欣慨交心"这句话，可以总结陶渊明的精神生活。"他有感慨，也有欣喜；惟其有感慨，那种欣喜是由冲突调和而彻悟人生世相的欣喜，不只是浅薄的嬉笑；惟其有欣喜，那种感慨有适当的调剂，不只是奋激佯狂，或是神经质的感伤。他对于人生悲喜两方面都能领悟。"朱先生用陶渊明的这句话陶冶情操，激励自己在"多可喜，亦多可悲"的现实人生中孕育高超的胸襟和深广的同情。

---

[1]《鲁迅全集》第3卷，第538—539页，人民文学出版社，2005年。

1945 年 9 月，燕京大学哈佛燕京社刊印了陈寅恪的《陶渊明之思想与清谈之关系》，文章结论说：

> 渊明之思想为承袭魏晋清谈演变之结果，及依据其家世信仰道教之自然说而创设之新自然说。惟其为主自然说者，故非名教说，并以自然与名教不相同。但其非名教之意仅限于不与当时政治势力合作，而不似阮籍、刘伶辈之佯狂任诞。盖主新自然说者不须如旧自然说之积极抵触名教也。又新自然说不似旧自然说之养此有形之生命，或别学神仙，惟求融合精神于运化之中，即与大自然为一体。因其如此，既无旧自然说形骸物质之滞累，自不至与周孔入世之名教说有所触碍。故渊明之为人实外儒而内道，舍释迦而宗天师者也。

在朱先生看来，陈寅恪的陶渊明研究在方法与结论上都值得商榷，于是写了很早以前就想写的《陶渊明》[1]，对陶渊明研究提出了新的见解。他在文章中说：

> （陈寅恪先生在《陶渊明之思想与清谈之关系》一文里作的结论）本来都极有见地，只是把渊明看成有意地建立或皈依一个系统井然、壁垒森严的哲学或宗教思想，象一个谨守绳墨的教

---

[1] 《陶渊明》（上），天津《大公报·星期文艺》第 1 期，1946 年 10 月 13 日；《陶渊明》（下），天津《大公报·星期文艺》第 2 期，1946 年 10 月 20 日。

徒，未免是"求甚解"，不如颜延之所说的"学非称师"，他不仅曲解了渊明的思想，而且他也曲解了他的性格。渊明是一位绝顶聪明的人，却不是一个拘守系统的思想家或宗教信徒。他读各家的书，和各人物接触，在于无形中受他们的影响，象蜂儿采花酿蜜，把所吸收来的不同的东西融会成他的整个心灵。在这整个心灵中我们可以发现儒家的成分，也可以发现道家的成分，不见得有所谓内外之分，尤其不见得渊明有意要做儒家或道家。假如说他有意要做某一家，我相信他的儒家的倾向比较大。

至于渊明是否受佛家的影响呢？寅恪先生说他绝对没有，我颇怀疑。渊明听到莲社的议论，明明说过它"发人深省"，我们不敢说"深省"的究竟是什么，"深省"却大概是事实。寅恪先生引《形影神》诗中"甚念伤吾生，正宜委运去，纵浪大化中，不喜亦不惧，应尽便须尽，无复独多虑"几句话，证明渊明是天师教信徒。我觉得这几句话确可表现渊明的思想，但是在一个佛教徒看，这几句话未必不是大乘精义。此外渊明的诗里不但提到"冥报"而且谈到"空无"（"人生似幻化，终当归空无"）。我并不敢因此就断定渊明有意地援引佛说，我只是说明他的意识或下意识中可能有一点佛家学说的种子，而这一点种子，可能象是熔铸成就他的心灵的许多金属物中的寸金片铁；在他的心灵焕发中，这一点小因素也可能偶尔流露出来。……他的诗充满着禅机。

进而从"身世""情趣""胸襟"和"人格"等方面论述陶渊明的"情

感生活",结合"情感生活"阐述陶诗的"冲澹",引领读者品味陶诗中的"苦闷"和"忧生之嗟"。在论述陶渊明的"人格"时着重谈了他的"隐逸""忠臣"和"侠气";在评说陶诗的好处时突出一个"真"字,称陶诗使人读了有"亲"的感觉,这是陶诗"近人情"所致;针对苏东坡的"质而实绮,癯而实腴"、刘后村的"外枯而中膏,似淡而实美"、姜白石的"散而庄,淡而腴"、释惠洪援引于苏东坡的"初视若散缓,热视有奇趣"等等评述,朱先生作了深入的比对后认为"陶诗的特色正在不平不奇、不枯不腴、不质不绮,因为它恰到好处,适得其中;也正因为这个缘故,它一眼看去,却是亦平亦奇、亦枯亦腴、亦质亦绮。这是艺术的最高境界。可以说是'化境',渊明所以达到这个境界,因为像他做人一样,有最深厚的修养,又有最率真的表现"。这些论述都是很精辟的。青年评论家少若盛赞《陶渊明》是一篇"专以'知人论世'作综合批评的大作"。他在评论萧望卿的《陶渊明批评》[1]一书时,着重谈了对朱先生《陶渊明》的评价:

  近来谈陶渊明的作品,最公允最周到也最深刻的,窃谓无过于朱光潜先生的一篇专文《陶渊明》……就个人的私见,几乎完全同意于朱先生的说法。……不客气地说,(萧望卿的《陶渊明批评》)比起朱光潜先生的看法,却明显地见出了逊色之处。不惟不及朱先生说得鞭辟入里,即以持论的依据而言,就

---

[1] 《文学杂志》第 2 卷第 8 期,1948 年 11 月。

根本不曾跳出朱先生的圈子。

朱先生最终写出了"专以'知人论世'作综合批评的大作",对陶渊明作出了"最公允最周到也最深刻"的评价,这固然与鲁迅的批评不无关联,像朱先生这样严谨的学者是会虚怀求益、纳受善言的;但更主要的还是得缘于他的执着,对陶渊明做深入的研究;也得缘于他对"现实"的关怀,在"诗学"的研究领域极想有所作为。如果说《诗论》的前十二章是"诗"的"宏观"研究,那么《陶渊明》就是"诗"的"微观"研究。从"二十年前就已蓄意写一部《魏晋人品》",到1935年的《说"曲终人不见,江上数峰青"——答夏丏尊先生》,再到1947年的《陶渊明》,都说明朱先生是自发的"我要写";而1935年鲁迅的《"题未定"草之七》,1945年9月陈寅恪的《陶渊明之思想与清淡之关系》,则是朱先生"我要写"的催化剂。从这个漫长的过程不难看出:朱先生"对于个别作家作批评研究的一个尝试"的《陶渊明》的酝酿和写作,是与《诗论》同步的。《诗论》前十二章重在阐述"诗是什么""诗应该如何",这最后一章重在说明"诗人应该如何"以及"如何写诗评",从而给《诗论》画上了一个完整的句号。

八

这之后,由于众所周知的原因,《诗论》一直未能再版。1980

年湖南人民出版社出版《朱光潜美学文学论文选集》时，朱先生特地从《诗论》中选了《诗的起源》《诗与谐隐》《诗的境界——情趣与意象》《中国诗的节奏与声韵的分析（上）——论声》《中国诗的节奏与声韵的分析（中）——论顿》《中国诗的节奏与声韵的分析（下）——论韵》《中国诗何以走上"律"的路》共七篇，编入《选集》。他在"编后记"中说：

> 《诗论》大量地谈到中国诗，特别是对于中国诗的音律分析，北京师大中文系钟敬文同志和南京大学中文系程千帆同志都劝我将《诗论》再版，再版暂不可能，所以多选载了一些。我希望我的初步分析有助于科学精神在文学研究方面日益上升。[1]

随着改革开放的进程，朱先生以为的"不可能"终于有了转机。1984 年 7 月，《诗论》由北京三联书店重版，学界称之为《诗论》"三联版"。《诗论》"三联版"保

《诗论》三联书店 1984 年版

---

[1] 《朱光潜美学文学论文选集》，第 476 页，湖南人民出版社，1980 年。

留了"增订版"的规模,增补了《中西诗在情趣上的比较》和《替诗的音律辩护》,分别附在第三章和第十二章的后面,书后有作者1984年4月21日写的"后记",是为第三版。朱先生在这篇"后记"中说:

> 《诗论》自一九四七年以后,一直没有单独印行。去年,三联书店建议我将《诗论》重版,对他们的盛意我十分感谢。
> 　　在我过去的写作中,自认为用功较多,比较有独到见解的,还是这本《诗论》。我在这里试图用西方诗论来解释中国古典诗歌,用中国诗论来印证西方诗论;对中国诗的音律、为什么后来走上律诗的道路,也作了探索分析。

又说"对过去版本中的一些文字讹错,承张隆溪同志帮助,也一一作了订正"。其实,朱先生"订正"的不仅仅是"讹错"的文字,也有文字和标题的增删和推敲。这增删和推敲得益于朱先生对诗的热忱和关注,且几十年如一日。他在1975年3月28日给章道衡的信中说:

> 弟素不能书,但爱读碑帖,正如素不能诗而每日必读诗。[1]

朱先生在这里所说的"每日必读诗",着实令我们惊异。人们

---

[1] 《朱光潜全集》第10卷,第430页,安徽教育出版社,1993年。

往往把"自古学诗宜少年"奉为"规箴",强调启蒙学诗的重要性。可朱先生一辈子都信奉"不学诗,无以言"的哲理,学生时代"每日必读诗",当上大学教授后仍坚持"每日必读诗",即便在烽火连天的抗战流亡生活中,在新中国成立初期因"历史问题"被"管制"和"改造"的境遇中,在"文革"令人窒息的岁月中,朱先生都坚持"每日必读诗",用拼搏的灯火照亮屈辱和苦难的暗隅,沉湎于学术中而淡忘其余的一切。正是古今中外诗歌瑰宝的沾溉,使朱先生有了更坦荡的心胸,有了散落在报刊上的许多篇诗论和诗评,有了修订《诗论》的执着和激情。

从新中国成立到"文革"的十七年间,朱先生先后发表过《新诗从旧诗能学习得些什么》《涉江采芙蓉》《怎样学习中国古典诗词》《谈白居易和辛弃疾的词四首》《迢迢牵牛星》《一个幼稚的愿望》《谈李白三首诗(〈经下邳圯桥怀张子房〉〈黄鹤楼送孟浩然之广陵〉〈闻王昌龄左迁龙标遥有此寄〉)》《谈新诗格律》《山水诗与自然美》《但丁的〈论俗语〉》《目送归鸿,手挥五弦》《柏拉图、亚理斯多德》和《谈诗歌朗诵》[1]等理论和鉴赏性的论文,在"诗论"研究领域又有了丰厚的积累和新鲜的见解,对《诗论》的"订正"也就水到渠成,从容自如。在《诗论》"三联版"中,朱先生对某些章的"节"作了调整,"标题"也有相应的增删。"抗战版"和"增订版"的目录只列章,不列"节","三联版"在各章后面标出"节"和"标题",这些精致而简洁的"标题",对"章"

---

[1] 以上文章均编入《朱光潜全集》第10卷。

乃至整本《诗论》都起到提纲挈领、画龙点睛的作用，让人一看到目录就想阅读全文，翻检起来也更为便捷。现将《诗论》"三联版"的目录抄录于下：

抗战版序

增订版序

第一章　诗的起源

　　一　历史与考古学的证据不尽可凭

　　二　心理学的解释："表现"情感与"再现"印象

　　三　诗歌与音乐、舞蹈同源

　　四　诗歌所保留的诗、乐、舞同源的痕迹

　　五　原始诗歌的作者

第二章　诗与谐隐

　　一　诗与谐

　　二　诗与隐

　　三　诗与纯粹的文字游戏

第三章　诗的境界——情趣与意象

　　一　诗与直觉

　　二　意象与情趣的契合

　　三　关于诗的境界的几种分别

　　四　诗的主观与客观

　　五　情趣与意象契合的分量

　　附：中西诗在情趣上的比较

第四章　论表现——情感思想与语言文字的关系
　　一　"表现"一词意义的暧昧
　　二　情感思想和语言的联贯性
　　三　我们的表现说和克罗齐表现说的差别
　　四　普通的误解起于文字
　　五　"诗意"、"寻思"与修改
　　六　古文与白话
第五章　诗与散文
　　一　音律与风格上的差异
　　二　实质上的差异
　　三　否认诗与散文的分别
　　四　诗为有音律的纯文学
　　五　形式沿袭传统与情思语音一致说不冲突
　　六　诗的音律本身的价值
第六章　诗与乐——节奏
　　一　节奏的性质
　　二　节奏的谐与拗
　　三　节奏与情绪的关系
　　四　语言的节奏与音乐的节奏
　　五　诗的歌诵问题
第七章　诗与画——评莱辛的诗画异质说
　　一　诗画同质说与诗乐同质说
　　二　莱辛的诗画异质说

三　画如何叙述，诗如何描写

四　莱辛学说的批评

第八章　中国诗的节奏与声韵的分析（上）：论声

一　声的分析

二　音的各种分别与诗的节奏

三　中国的四声是什么

四　四声与中国诗的节奏

五　四声与调质

第九章　中国诗的节奏与声韵的分析（中）：论顿

一　顿的区分

二　顿与英诗"步"、法诗"顿"的比较

三　顿与句法

四　白话诗的顿

第十章　中国诗的节奏与声韵的分析（下）：论韵

一　韵的性质与起源

二　无韵诗及废韵的运动

三　韵在中文诗里何以特别重要

四　韵与诗句构造

五　旧诗用韵法的毛病

第十一章　中国诗何以走上"律"的路（上）：赋对于诗的影响

一　自然进化的轨迹

二　律诗的特色在音义对仗

三　赋对于诗的三点影响

　　四　律诗的排偶对散文发展的影响

第十二章　中国诗何以走上"律"的路（下）：声律的研究何以特盛于齐梁以后？

　　一　律诗的音韵受到梵音反切的影响

　　二　齐梁时代诗求在文词本身见出音乐

　　附：替诗的音律辩护

　　　　——读胡适的《白话文学史》后的意见

第十三章　陶渊明

　　一　他的身世、交游、阅读和思想

　　二　他的情感生活

　　三　他的人格与风格

附　录　给一位写新诗的青年朋友

后　记

《诗论》"讲义"初成于1932年年底，1934年作为"北京大学讲义"印行；《诗论》"三联版"重版于1984年7月，时间跨越了半个多世纪。《诗论》"讲义"的发现对于朱先生学术道路和学术研究的路径提供了弥足珍贵的史料。其意义至少有以下三个方面：

　　一是"讲义"丰富了朱先生文艺观的研究。上世纪三十年代文坛上有过喧嚣一时的"小品文"热和"古文"热。萧乾在《我与商务》[1]

---

[1]　萧乾：《我与商务》，《中华读书报》1996年10月23日。

一文中说:"1933年以前,北平文艺界一片枯寂,暮气沉沉。当时北方文坛实际上是以周作人为盟主,当时最流行的是明清小品,并以《晨报》和《京报》为主要阵地。"林语堂则在上海主编《论语》《人间世》《宇宙风》等杂志,以自由主义者的姿态,提倡"幽默""闲适",抒写"性灵",要使小品文成为"供雅人摩挲"的"小摆设",沉醉于谈"宇宙之大,苍蝇之小",在"酒宴的味道"和"明星舞女的风流逸事"中尽情享受生活,因而被鲁迅斥为"倚徙华洋之间,往来主奴之界"的"现在洋场上的'西崽相'"[1]。施蛰存则在1933年10月8日于《申报·自由谈》发表《<庄子>与<文选>》一文,"劝文学青年读《庄子》与《文选》","从这两部书中可以参悟一点做文章的方法,同时也可以扩大一点字汇",以提升"文学修养",以"古雅""立足于天地之间",因而被鲁迅骂为"洋场恶少"[2]。朱先生对当年风行一时的小品文有过猛烈的抨击,在给《天地人》半月刊主编徐訏写的《论小品文(一封公开信)——给<天地人>编辑徐先生》中说,文坛上"大吹大擂地捧晚明小品文",玩弄的是"制造假古董"的"把戏",希望徐訏把《天地人》办得"比较少年"。[3] 朱先生的这些观点在"讲义"中也有所凸显。

"讲义"第三章"诗的实质与形式(对话)",是秦希(拥护形式者)、鲁亮生(拥护实质者)、褚广建(主张实质形式一致者)、孟时(一个无成见的人,但遇事喜欢"打个呵欠问到底")四位"对

---

[1] 《鲁迅全集》第6卷,第366页,人民文学出版社,2005年。
[2] 同上书,第585页。
[3] 《天地人》创刊号,1936年3月1日。

话者"之间的"对话"。孟时（孟）和鲁亮（鲁）的"对话"中就涉及对"晚明小品"的批判，现摘录二则：

孟： 秦先生这番话提醒我的一个感想。近来我很爱读六朝人的作品，我读得并不多，只是《六朝文絜》和《文选》里面所选的一部分。我的第一个印象好象走到一个春天的花园里，眼前全是一片花花绿绿锦绣灿烂的世界，真是好看，心里也真觉得舒服，但是一到我设法抓住它的后面的实质时，它就渺无踪影地从手指缝里溜去了。它好象一片在空中浮荡的极浓郁的云彩花卉和枝叶，没有着土的根。"言之无物"，看之又似有物。在这种作品里，我觉得秦先生重形式的话似乎很对，不知道鲁先生的意见以为如何？

鲁： 我根本不欢喜六朝人的作品。我觉得诗人和文匠有很大的分别。要做好诗须先是一个诗人。诗是情感和思想的自然流露。第一流诗人比一般人都较富于情感和想象力，积于中者深厚然后形于外者雄伟，往往不假雕琢，自成机杼。所以学诗须先从培养性情学问下手，做诗也要择大题目，要"言之有物"，要抓住人类的普遍的永恒的情趣。实质空洞而专讲形式者是文匠而不是诗人。"为文艺而文艺"是文艺颓废时代的窄狭主张，充类至尽，它必然使艺术囚在象牙之塔里，和人生社会断绝关系。这种艺术没有不浮靡肤浅的。说诗重实质，其实就是说艺术不能离开人生。我不满意象六朝的那样花花公子似的文学，就因为它言之无物，和人生隔离太远。

"诗重实质""艺术不能离开人生",以及这一章后面说到的诗的语言要有"活性",要善于运用"土语","取各地土语放在一块'簸'过一遍,簸出最精纯的一部分,另造一种'精炼的土语'(The Illustrious Vulgar)为诗文之用",等等,也都可以理解为是对"晚明小品"的逆反,对从"《庄子》与《文选》"中"扩大字汇"的批评,对"要以'古雅'立足于天地之间"的否定。

与抨击当年风行一时的小品文相对应的,是朱先生一辈子都在斥责那些低级劣质的刊物"是精神食粮中的吗啡鸦片烟,像吗啡鸦片烟一样,它刺激你,麻醉你,弄得你黄皮刮瘦,瘫软无能;弄得你骨髓精血里都深藏着它的毒素,遗传给你的子子孙孙"。"吗啡鸦片的毒是有形的,人人知其祸害;黄色刊物的毒是无形的,许多人深中其毒而不自知。它的猖獗反映着民族精神的颓废,一般人的生活趣味的低落。"朱先生对诗的研究显然带有试图用"健康的文艺",以及"严肃的文学"和"雅文学"来扑灭低俗文艺的用心,以促使中华民族成为"一个纯洁健康的民族"。[1]

二是"讲义"彰显了朱先生学术的创造性。对于"诗",朱先生既从历史发展的总趋势上有独到的完整的把握,又能深入每一首诗的细部作精微细腻的艺术分析。他对《诗经》、楚辞、六朝诗、唐诗、宋诗,都有独到的感悟,举例时如探囊取物,随手拿来,自如至极。且看第六章"中国诗何以走上'律'的路?(上)赋对于诗的影响",朱先生对中国诗体的变化以及律诗的兴起和六朝诗人

---

[1] 《朱光潜全集》第 9 卷,第 322 页,安徽教育出版社,1993 年。

的贡献有如下评述:

> 中国诗的体裁中最特别的是律体诗。它是外国诗体中所没有的,在中国也在魏晋以后才起来。起来以后,它的影响就非常广大。……
>
> 无论近人怎样唾骂律诗,它的兴起是中国诗的演化史上的一件重大事变,这是不能否认的。律诗极盛于唐朝,但是创始者是晋宋齐梁时代的诗人。唐朝诗人许多都是六朝诗人的私淑弟子。……他们好像以为唐诗是平地一声雷似地起来的。历史家分诗的时期,也往往把六朝归入一个阶段,唐朝又归入另一阶段,好像以为两段落中间有一个很清楚的分水线。这种卑六朝而尊唐的传统看法不但是对于六朝不公平,而且也没有认清历史的连续性。平心而论,如果我们把六朝诗和唐诗摆在同一个平面上去横看,六朝自较唐稍逊。六朝诗人才打新方向走,还在努力新风格的尝试,自然不免有许多缺点。但是如果把六朝诗和唐诗摆在一条历史线上去纵看,唐人却是六朝人的继承者,六朝人创业,唐人只是守成。说者常谓诗的格调自唐而始备,其实唐诗的格调都是从六朝诗的格调演化出来的。

他还说:"文学史本来不可强分时期,如果一定要分,中国诗的转变只有两个大关键。第一个是乐府五言的兴盛,从《十九首》起到陶潜止。它的最大的特征是把《诗经》的变化多端的章法、句法和韵法变成整齐一律,把《诗经》的低回往复一唱三叹的音节变成直率平坦。""第二个转变的大关键就是律诗的兴起,从谢灵运和'永明诗人'起,一直到明清止,词曲只是律诗的余波。它的最大特征是丢开汉魏诗的浑厚古拙而趋向精妍新巧。这种精妍新巧在两方面见出,一是字句间意义的排偶;一是字句间声音的对仗。"由此可见:"这两个大转变之中,尤以律诗的兴起为最重要;它是由'自然艺术'转变到'人为艺术';由不假雕琢到有意刻划。如果《国风》是民歌的鼎盛期;汉魏是古风的鼎盛期,或者说,民歌的模仿期,晋宋齐梁时代就可以说是'文人诗'正式成立期。由'自然艺术'到'人为艺术',由民间诗到文人诗,由浑厚纯朴到精妍新巧,都是进化的自然趋势,不易以人力促进,也不易以人力阻止。"上述议论仅就诗体的变化来说,的确是独具慧眼,是对中国诗史作整体考察的榜样。

三是"讲义"折射出朱先生"诗学"研究的志向和理想。"讲义"正文的题名为《诗学通论》,1940年11月送请叶圣陶审阅的原稿仍为《诗学通论》。"通论",当指通达的议论,或"诗学"这一学科的全面的论述。《后汉书·冯衍传下》云:"讲圣哲之通论兮,心愊忆而纷纭。"可见朱先生对"诗"的研究定位之高,他在"诗学"研究领域要放眼域外,打通古今。其最终目的,还是在为新诗"探路"。他在《诗的普遍性与历史的连续性》一文中说过:"诗由颓废而复兴,也只有两个办法:接近民众与恢复传统。""如何使新诗真正地接近民众,并且接得上过去两千余年中旧诗的连续一贯到底的生命,这是新诗所必须解决的问题。新诗能否踏上康庄大道,也就要看这个问题解决到什么程度。"朱先生对诗的研究,就是为了要使新诗"踏上康庄大道"。

读者朋友大概都知道：朱先生的《给青年的十二封信》1929年3月由开明书店出版后，立即风行一时，销行在三十版以上，青年学生几乎人手一册，朱先生由此赢得了"青年导师"的赞誉。《谈美——给青年的十三封信》1932年12月由开明书店出版后，立即被学界推举为透彻、圆满、创造性地"介绍外国学说的一个好榜样"[1]而广为流传。但朱先生却以为这两部书是"通俗读物"，是"应时之作"。他认为作为一个学者，固然要关心现实，写作普及性的"通俗读物"和富有社会效益的"应时之作"，但更重要的是锐意求新，开拓学术研究的新领域，精心创造富有学术价值的"传世之作"。他把"通俗读物"和"应时之作"的写作，看作是学术征程中的一种调剂和娱乐，提倡以"科目"和"问题"为中心去读书，由博而约，由杂而专。他主张像打仗那样去做学问。打仗须攻坚挫锐，占据要塞；做学问要善于研究重大的科研课题，不能东打一拳西踢一脚地打"消耗战"。在英、法留学的八年间，朱先生紧紧抓住五个目标，那就是撰写《变态心理学派别》《变态心理学》《悲剧心理学》（博士论文）、《文艺心理学》和《诗论》。这"五个目标"都是严格意义上的"学术著作"。可前四部都是"阶段性"的，只有《诗论》可以说写了一辈子。虽说《诗论》远没有《给青年的十二封信》《谈美——给青年的十三封信》那么畅销，"空间"传播

---

[1] 知白：《谈美》，天津《大公报·文学副刊》第292期，1933年8月7日。

并不那么广,但在"时间"上,在我国现代诗歌理论史上,它将不断地吸引、一直在征服着新诗理论的探寻者。其中所讨论的一些问题,也必然为此后有见解的理论家持续引用。朱自清在为《文艺心理学》写的"序"中说:"这部《文艺心理学》写来自具一种'美',不是'高头讲章',不是教科书,不是咬文嚼字或繁征博引的推理与考据,它步步引你入胜,断不会教你索然释手。"同时期的书评家们也盛赞《文艺心理学》是"一部极美的散文集"。《诗论》又何尝不是呢!全书文字如行云流水,晶莹光润,且坚实而各有其独特性,是理论著作中写得最"美"的经典之作。只不过朱先生生前还有更远大的追求,他在谈及《诗论》时多次说到"我希望我的初步分析有助于科学精神在文学研究方面日益上升"[1]。收在《朱光潜全集》里的"绝笔"是1986年初写给胡乔木的一封短信:

乔木同志:

　　这次病又发作,承赐信垂问,也未及作复。本想寄拙著《诗论》二册,恰遇放假,没有取得存书,只有待三联书店开门的时候,才去取出寄上请教。《诗论》专就中国诗歌传统立论。从前我没有专书讲诗论,是个缺点,所以特别想请您指教。

朱光潜敬启[2]

---

[1] 朱光潜:《〈朱光潜美学文学论文选集〉编后记》,《朱光潜美学文学论文集》,第476页,湖南人民出版社,1980年。

[2] 《朱光潜全集》第10卷,第734页,安徽教育出版社,1993年。

这封信发出不久，朱先生就于当年3月6日谢世了。朱先生谢世后，朱师母把朱先生备用的那本《诗论》送给了胡乔木，书上密密麻麻地批写了许多，显然是留作修订用的。朱先生对中西、现代与古典、词曲与民谣，采撷得多，体悟得深，他的诗学研究像冰山一样，基础在水底下，浮出水面的才只一点点。如果天假以年，朱先生肯定还会"百尺竿头更进一步"，竭尽全力使这部《诗论》更宏伟。难怪胡乔木在回信中说："收到奚老所寄朱老自藏《诗论》一书，弥增感激。"[1]

商金林

2012年2月8日草成

2017年1月2日修改

2017年6月8日改定于北大畅春园寓所

---

[1]《朱光潜纪念集》，第9页，安徽教育出版社，1987年。